纽约餐桌

FOOD AND THE CITY

美食城市的缔造者

[美]艾娜·雅洛夫 —— 著　乔阿苏 —— 译

新星出版社　NEW STAR PRESS

Food and the city: New York's professional chefs, restaurateurs, line cooks, street venders, and purveyors talk about what they do and why they do it by Ina Yalof
Copyright © 2016 by Ina Yalof
All rights reserved including the right of reproduction in whole or in part in any form.
This edition published by arrangement with G.P. Putnam's Sons, an imprint of Penguin Publishing Group, a division of Penguin Random House LLC.
Simplified Chinese edition copyrights: 2022 New Star Press Co., Ltd., Beijing China
著作权合同登记号：01-2020-2516

图书在版编目（CIP）数据

纽约餐桌：美食城市的缔造者 /（美）艾娜·雅洛夫著；乔阿苏译 . —— 北京：新星出版社，2022.2

ISBN 978-7-5133-4172-1

Ⅰ.①纽… Ⅱ.①艾… ②乔… Ⅲ.①纪实文学－作品集－美国－现代 Ⅳ.① I712.55

中国版本图书馆 CIP 数据核字（2021）第 229803 号

纽约餐桌：美食城市的缔造者

［美］艾娜·雅洛夫 著　乔阿苏 译

策划编辑：东　洋		**责任编辑**：李夷白	
责任校对：刘　义		**责任印制**：李珊珊	
装帧设计：×1000 Shanghai		**插　　画**：丽塔·卡罗尔（Rita Carroll）	

出版发行：新星出版社
出 版 人：马汝军
社　　址：北京市西城区车公庄大街丙3号楼　　　100044
网　　址：www.newstarpress.com
电　　话：010-88310888
传　　真：010-65270449
法律顾问：北京市岳成律师事务所

读者服务：010-88310811　　service@newstarpress.com
邮购地址：北京市西城区车公庄大街丙3号楼　　　100044

印　　刷：北京美图印务有限公司
开　　本：889mm×1029mm　　1/32
印　　张：13.25
字　　数：236千字
版　　次：2022年2月第一版　　2022年2月第一次印刷
书　　号：ISBN 978-7-5133-4172-1
定　　价：88.00元

版权专有，侵权必究；如有质量问题，请与印刷厂联系调换。

作者附言

各位读者请注意:我本人从未干过以下工作——餐厅评论家、烹饪书作者、美食博主。我也从没有在快餐店打过工,没卖过奶酪,没做过服务员,没在厨具店当过班。我只是一个喜欢把特定主题深挖到底的调查记者。本书虽然聚焦于纽约美食界,但其内容核心仍是人。这些不同文化背景、不同年龄、不同收入和不同品位的人拥有一个共性:他们都在这个无与伦比的城市里撰写美食的故事。更确切地说,他们就是故事本身——是故事的核心、灵魂和本质。他们是美食家,而我只是一个拿着录音机的记录者。

噢,说来我也是个食物相关领域的专家——吃。在这个领域,我的确是世界一流的。

前言

我在迈阿密海滩长大,父母从不做饭,除非每晚把冷冻食品扔进微波炉也能被称为"做饭"。但我们的晚餐有两种例外情况。一是我父亲制作他"声名远播"(但对我和我弟弟来说其实是臭名昭著)的招牌菜——周日晚上的炸三文鱼饼。他会把一整罐小黄蜂牌三文鱼罐头和两个蛋一起丢进一个绿色的中等大小的破碗里,倒进去满满的非凡农场牌面包碎,搅拌一下。然后往铸铁锅里扔 1/4 条黄油棒,加热,直到其发出吱吱声——或是烧起来,这取决于在此期间我爸有没有跑去别的房间抽烟。接下来,他将四块鱼饼放进锅里,煎到两面焦黄,完工!这就是里奥先生亲制的名菜炸鱼饼!另一种例外情况是我们全家一起下馆子,当然这种情况极少发生。每次下馆子不是去沃菲连锁烤肉店(Wolfie's)就是去朱尼尔连锁咖啡馆(Junior's)。只有在非常特殊的日子我们才会去山核桃屋(Hickory House),那倒是一个正经餐厅。

直到我嫁给了一个纽约吃货,并且见到了他的母亲,我才知道这些年自己都错过了什么。我婆婆住在 72 街的奥克特酒店，美其名曰带厨房的快捷公寓，其实简陋得要命。所谓厨房，只有一个带小水池的改装橱柜，两个灶眼，还有一个电烤炉搁在临时搭起来的料理台上。冰箱则堂而皇之地立在卧室的一角，外壳上贴着葡萄藤花纹的康塔牌装饰纸，使其与房间内的"装饰风格"更相配。我妈把高尔夫球放在冰箱里，因为她坚信冷藏过的球能飞得更远，而我婆婆的冰箱里则塞满了能喂饱一个冰球队的各种食物。

我婆婆教会我做饭，而她儿子教会我如何像纽约人一样吃饭。我们的孩子刚学会说"贝果"这个词，我们就已经带着他们吃遍了纽约——去科尼岛的内森餐厅（Nathan's）吃沾满番茄酱的锯齿状炸薯条，去巴尼绿草餐厅（Barney Greengrass）吃葱花面包卷和白鲑鱼，去缘分餐厅（Serendipity）吃冰冻热巧克力。有好几年，每当犹太赎罪日的斋戒一结束，我们就会去北京鸭庄（Peking Duck House）大吃一顿，然后再走两个街区到费拉拉餐厅（Ferrara's）吃个奶油煎饼卷，当日的这顿大餐才算正式结束。吃到美食总能让我开心得宛如置身天堂，当然有时我也的确身在"天堂"，毕竟"猪肉天堂[①]"是我挚爱的中餐厅之一（后来我才知道，它是本书第 243 页的主角艾德·舍恩菲尔德策划的餐厅）。

[①]猪肉天堂（Pig Heaven），台湾菜餐厅，1984 年开业，至今仍在营业。（除特别标明的外，注释均为译注。）

吃了几十年的饭，经过了无数餐饮潮流的洗礼，如今我对纽约这个美食世界产生了前所未有的迷恋。在这里，所有人的话题都是吃什么和去哪儿吃。

我写这本书最初的动机，来自一次偶遇。那是某个三月初的温暖下午——一个令人灵感迸发的美好时光，我刚在一家新开的素食餐厅吃完午饭，在回家的路上经过了一家开在上西区阿姆斯特丹大街上的肉铺。店门敞开着，我瞥见一个魁梧的大汉坐在柜台后，背靠着墙，正在和顾客聊天。我没有停下脚步，但说不清是什么原因让我绕了一圈又回到了这家店的门口。此时那位顾客已经离开，壮汉盯着大门口，就像早已预见到我会回来。我走进去要了 2 磅① 碎肉。一位员工在后面帮我现绞着肉，老板和我聊起了现今屠夫的生活。他对答如流又幽默睿智，对生活的观察细致入微，对工作的热情富有感染力，我不由得想：纽约还有多少像这样的人呢？还有多少人的故事值得分享呢？

结果，我发现这样的人还真不少。

我花了几年时间研究了纽约的餐饮，所获足以写上一部百科全书。既然我只能写出一本书来，我就必须在百科全书一般丰富的主题里精选出一样来。我列了一张长长的单子，写出哪

---

① 1 磅约等于 453.6 克，后文不再注。

位餐饮人士对纽约人的饮食选择和餐饮方式产生了影响，但最终我把列好的单子揉成一团，又重新开始写起。因为我发现，拥有最引人入胜故事的人，往往是那些默默无闻的从业者。

本书中最有趣的一些采访对象往往是我意外碰到的，或者说是随缘碰上的吧。比如某天我在城里闻到一阵难以抗拒的烤洋葱香，于是循着香味找到了一辆餐车，老板是埃及裔美国人穆罕默德·阿布雷恩，当时他正在为车外一长队饥肠辘辘的顾客飞速做着一盘盘清真烤羊肉。我才知道原来面前这辆餐车好几年来一直都是纽约最受欢迎的清真餐车，在清真餐饮界可谓首屈一指。

纽约人际关系网的帮助当然也必不可少。我通过朋友的朋友的朋友才联系上了鲍比·韦斯，他是布朗克斯新富尔顿鱼市一家海鲜批发商的第四代继承人。如法炮制，我辗转找到了劳伦·克拉克和玛丽安·乔诺夫，前者是布鲁克林的一位果仁糖师傅，后者是一位拥有以色列和乌兹别克斯坦血统的女服务员。我女儿给我介绍了露露·鲍尔斯，一位广受欢迎的外烩业者（caterer）。露露给我介绍了她的吃货小姐妹，对方又给我介绍了一位供职于《纽约时报》四星①餐厅的总经理。总经理安排我和他们新来的甜品行政主厨戈雅·奥利维拉见了面，而戈雅的

---

①《纽约时报》的美食版对餐厅的打分，一至四星分别代表好（good）、很好（very good）、出色（excellent）、非凡（extraordinary）。

故事成了我在本书中最喜欢的故事之一。事情就是这样成形的。

这本书是关于纽约美食的口述历史,书中的每个人都在讲述自己的故事。他们中有行政主厨和流水线厨师,餐厅老板和夜班经理,批发商和奶酪供应商,烘焙师,街头摊贩,外烩业者,机构的餐饮策划者,以及其他同业者。他们讲述的故事在我面前展现出了一个瞬息万变的纽约餐饮舞台。这里竞争激烈,充满了无法预知的挑战,新旧更迭的速度是如此之快,有些餐厅直到倒闭了才为人所知。他们在追寻梦想的路上跌跌撞撞,失败常有,却不能阻挡他们前进的脚步。在这个瞬息万变的舞台上,唯一不变的就是不断改变。

他们是一群截然不同的人。有人来自纽约四大外区[①]的族裔聚居地,有人来自曼哈顿的时髦社区。但他们的背景遍布全球,从埃及到意大利,从多米尼加到克罗地亚,从墨西哥到美国。其中有些人在餐饮界算是小有名气,有些人则连他们的老板也未必叫得出名字。我特意避开了那些厨师界的巨星,毕竟他们已经太有名了——至少对于美食频道(Food Network)的8800万名观众来说是这样的。

我用一个手掌大小的录音机录下了所有的采访。每次采访都是在被访者的工作现场面对面进行的,尤其有些时候我还特

---

①四大外区(outer boroughs)指纽约市除曼哈顿之外的布鲁克林、皇后区、布朗克斯和斯塔滕岛四个行政区。

别幸运地能够进入现场的核心区域。比如我曾进过布朗克斯亨茨波因特肉市的一个肉类冰柜，还近距离观察了外人本不应得见的火热厨房现场。我向扎巴商店的内行人学习了切熏鱼的秘诀，从皮埃尔酒店宴会经理那里听说了被抛弃的新郎们的故事。在21俱乐部的酒窖里我入迷地看着身边那4897瓶酒的酒标，完全没有意识到自己已经快被冻死了。采访的过程中，我在各种地方吃过早饭午饭还喝过茶，有像丹尼尔餐厅这样备受好评的高级餐厅，也有像卡菲特拉这样从不打烊的切尔西非主流小酒馆，还有一些新发现的去处（至少我个人以前没去过），比如雷哥公园的布哈拉餐厅切布什纳亚。每次采访结束，我不仅吃得满嘴流油，而且手中小小的录音机里录满了价值连城的记录。

在这些故事里，有些主题会反复出现。几乎每个人都有自己专属的儿时美食记忆，有某一种味道能打开通往过去的时光之门，但并不是所有人都有机会在此时此刻重现这些记忆中的美味。贝托尼餐厅的伊蒙·洛基因为怀念爷爷而设计了老狗珊蒂这款酒，所用的原料能让他回忆起爷爷的烟斗和奶奶的蜂蜜；红色农场的艾德·舍恩菲尔德童年时总和父母一起吃中餐，在二十二年后这些回忆潜移默化地成了店里风味独特的煎龙虾、炒蛋和猪排骨；亚历山大·思莫斯从长辈那里听来的那些关于非洲奴隶的故事，引起了他对奴隶迁徙历程的兴趣，而这正是他开设塞西尔俱乐部的原点。

有许多受访者都提到了媒体的影响力。在如今这个信息爆炸的年代提到这个话题倒也不足为奇。在餐饮行业，有两大类媒体尤其能左右餐厅的命运。一大类是像"吃货"（Eater）和"格拉布街"（Grub Street）这样的美食博客——正是它们发掘了多米尼克·安塞尔的畅销单品牛角甜甜圈。不少受访者所在的餐厅也深受《纽约时报》食评家们的影响。另一大类媒体则是奥普拉①，尽管她的节目已停播长达五年，但其当年曾报道过的餐厅直到今天依然生意火爆。她对餐厅的出品微微颔首表示赞赏，对餐厅来说就是无价之宝。"七点半"餐厅的尼诺·埃斯波西托和勒万面包房的女老板们都领教过奥普拉的威力。

最后，有些在采访中反复被提到的词本身也是一个主题。尽管受访者曾多次提到"牺牲"和"没有家庭生活"，但"热情""爱"和"美国梦"被提及的频次还是更高一些。

在我沉浸于纽约美食王国的这段时间里，我发现不管是服务员还是外烩业者，是行政主厨还是流水线厨师，是新移民还是第四代继承人——所有优秀的人都拥有一个共性，那就是他们深深知道，在涉及食物的工作中，微小的细节可以带来巨大的改变。不管你是负责切牛排还是卖牛排，是负责装饰蛋糕还

---

①奥普拉·温弗里（Oprah Winfrey），美国著名电视节目主持人、制作人、慈善家。其主持的日间谈话节目《奥普拉秀》（The Oprah Winfrey Show）1986 年开播，2011 年停播，是美国电视史上具有超高收视率的节目之一。

是为客人端上蛋糕,是负责养鸭还是决定橄榄油的售价,最终,就像流水线厨师麦肯锡·阿灵顿所说:"我们这些从业者对食物都怀着同样的执念、动力和热情。这是一切的前提,也是唯一重要的事。我们所想的只有食物,食物,食物。"

目录

1 白手起家
Starting from Scratch

多米尼克·安塞尔	多米尼克·安塞尔烘焙坊	4
诺亚·博塔扎尔	博纳维斯塔玉米饼	10
萨姆·索拉兹	百事通肉类供应公司	15
捷琳娜·帕西克	哈林摇一摇	22
萨米·阿纳斯塔西奥	城市小馆	29
劳伦·克拉克	糖果之死	36
艾文·李·思莫斯	老李的面包店	42
穆罕默德·阿布雷恩	清真伙计	48

2 鸭子王朝与其他王朝
Duck and Other Dynasties

唐伟生	南华茶室	60
道格拉斯·柯文	新月养鸭场	67
帕尔玛·德尼诺	德尼诺比萨店和小酒馆	72

麦可·博克	德尼诺比萨店和小酒馆	77
鲍比·韦斯	蓝丝带渔业公司	82
艾米·鲁本斯坦	彼得·鲁格牛排馆	86
大卫·福克斯	"福克斯—不错"	93
亚历山大·普洛斯	木瓜王	99

3 突出重围
Taking the Heat

麦肯锡·阿灵顿	桃福	111
路易斯·"墨西哥狠人"·伊格莱西亚斯	中央车站蚝吧	124
赫苏斯·阿尔比诺·"阿比"·乔卡	四季酒店	127
卡门·梅伦德斯	汤姆猫烘焙坊	131
古约·品犹·卡塔瓦南	四季酒店	134
胡斯托·汤姆斯	伯纳丁餐厅	138

4 主厨的罗曼史
Romans à Chef

帕特里克·柯林斯	荷兰人餐厅	147
珊迪·英格伯	中央车站蚝吧	160
戈雅·奥利维拉	丹尼尔餐厅	164

约翰·格雷利	21俱乐部	178
托尼·罗伯森	文华东方酒店	185
杰布·伯克	新闻集团	192
路易莎·费尔南多	罗伯特餐厅	198

5 派对生产线
The Party Line

克里斯·艾蒙德	皮埃尔酒店	211
露露·鲍尔斯	东西海岸的"娱乐学家"	218
伯特·利维塔尔	纽曼与利维塔尔餐饮服务公司	226
西尔维亚·温斯托克	西尔维亚·温斯托克蛋糕	232

6 餐厅的门面
Front of the House

艾德·舍恩菲尔德	红色农场	243
玛丽安·乔诺夫	切布什纳亚	251
乔纳森·帕里拉	卡菲特拉	255
大卫·麦昆	格莱美西小酒馆	260
亚历山大·思莫斯	塞西尔俱乐部	265
尼诺·埃斯波西托	"七点半"餐厅	275

7 完美搭档
Pairings

亚历桑德罗·波尔格尼奥内与中泽大辅
　　　　　　　　中泽寿司　　　　　　　　282

康尼·麦克唐纳和潘·韦克斯
　　　　　　　　勒万面包房　　　　　　　294

布莱斯·舒曼和伊蒙·洛基
　　　　　　　　贝托尼　　　　　　　　　305

8 大锅饭
Crowd Feeding

宝莱特·约翰逊	赖克斯岛纽约市惩教所	327
乔乔·艾斯珀西托	斯塔滕岛第五消防救援队	336
史黛西·艾德勒	Y-CATS 员工服务	341

9 柜台文化
Counter Culture

列尼·博克	扎巴商店	355
克里斯·伯加蒂	伯加蒂意大利饺子和鸡蛋面	359
阿伦·托尼·夏姿	夏姿肉铺	363
罗伯·考夫特	穆雷奶酪店	372
查理·萨哈迪	萨哈迪	378

后记	385
厨房团队编制	391
术语表	395
致谢	403

1 白手起家

Starting from Scratch

本章的八位主角,无一例外都是白手起家,拥有了自己的餐饮事业。他们没人上过商学院,没人获得丰厚的投资加持,也没有位高权重的亲友为之铺路。他们大多是移民,来自波兰、希腊、埃及、克罗地亚和法国,没有一个是纽约本地人。都说"宁为鸡头不为凤尾",但他们放弃了在小地方成为佼佼者的机会,非要投入纽约餐饮的洪流。纽约,纽约……那首脍炙人口的歌里是怎么唱的来着?

"若我能在纽约获得成功……"①

他们的确在纽约站稳了脚跟。在这个为美食疯狂的国际大都市里,尽管已经充斥着各式各样的餐饮企业,却还是为我们

---

① 指约翰·坎德(John Kander,曲作者)和弗雷德·埃伯(Fred Ebb,词作者)为马丁·斯科塞斯1977年的电影《纽约,纽约》(New York, New York)创作的同名主题曲,歌词中唱道:"若我能在纽约获得成功,走到哪里都能成功。纽约啊纽约,全靠你了。"(If I can make it there, I'm gonna make it anywhere, It's up to you, New York, New York.)

的八位主角——果仁酥卷①专家、肉类批发商、清真餐车的厨师、墨西哥玉米饼供应商、果仁糖师傅、烘焙之王，还有开餐厅的人们，留出了一席之地。然而这个行业的新陈代谢是如此迅速，这八位主角为何能坚守至今并大放异彩？尽管他们精专的领域各不相同，但是否拥有一些共性——甚至是一些相同的成功小秘诀呢？

如果在Google上搜寻"企业家的特质"，搜索结果里会包括以下形容词——激情、动力、毅力、智慧、远见和自信。这些词概括了一切领域成功人士的特质，同时也体现了本章的主题。只是我们在此讨论的仅限于和食物相关的业界人士——暂且不看那些IT业、制造业、汽车业、制鞋业或是建筑业的翘楚，只来看看食物。令人心旷神怡的食物。

为什么会选择从事和食物相关的行业呢？对于热爱家乡菜的人来说，在工作中能与故乡的文化发生关系固然能带来些安慰，但影响职业选择的因素还有许多。比如这一行能提供许多基础岗位的就业机会，既对英语没有硬性要求，也几乎不需要什么专业培训；也可能是受城市里不断涌现的欣欣向荣的餐饮机构和市场的驱动；还有可能只是出于某种连他们自己也没意识到的理由。食物，是家庭生活的核心，它总能勾起我们的回

---

①果仁酥卷（rugelach），一种犹太糕点，又称可颂饼干，形状像牛角。用奶酪或奶油和面，将面团切成三角形，卷入巧克力或果酱、坚果等烤制而成。

忆，为我们带来欢乐、慰藉和温暖。食物是能量的来源，没有能量，就没有激情、动力、智慧和其他种种企业家必备的特质。当然，不管你是不是企业家，食物都维系着你的生命。食物本身就是生命。没有食物就没有生命。

当然，选择这一行还可能是出于爱。对邻里的爱，对情人的爱，对家人的爱，对动物的爱，对自己的爱——烹饪和服务对于我们每个人来说，既是谋生的手段，也是爱的体现。这一章也分享了关于食物与爱的感悟。这或许就是本章八位主角的共同之处：为人们提供饮食，不仅是他们的谋生手段，还让他们的内心平和且安稳。

多米尼克·安塞尔
Dominique Ansel
多米尼克·安塞尔烘焙坊
DOMINIQUE ANSEL BAKERY

安塞尔身材高挑瘦长,肤色黝黑,看起来开朗乐观。虽然他在美国已经待了近十年,说起话来却还带着一口浓重的法国腔。自十六岁高中毕业,他就当起了职业厨师,并且在历史悠久的巴黎名店馥颂(Fauchon)获得一份美差。离开馥颂之后,他去了纽约的丹尼尔餐厅,在丹尼尔·布鲁德[①]麾下兢兢业业干了六年的甜品行政主厨。在他任职期间,餐厅赢得了米其林三星殊荣,并获得《纽约时报》四星美誉。2013年,他自立门户,开了自己的同名面包店。

我至今还记得面包店开业的那天。我当时紧张到几乎无法呼吸,不知道会有多少人来,也不知道大家是否会喜欢我的出品。那天我早早到店里筹备开业。在开门前我做的最后一件事

---

①丹尼尔·布鲁德(Daniel Boulud),法国名厨,旗下多家餐厅曾荣膺米其林三星及《纽约时报》四星殊荣。

是把建筑工人贴在朝街窗户上的牛皮纸揭开。当我把纸扯下来时，看见门口至少有十个人在排队等开门，当时我真是松了一口气。喏，这就是纽约人。他们一看到有新店开张，就要把这家店探个水落石出才行。

没过几天，《纽约时报》上就有了一小篇关于我们店的评论。开业后的第一个周末生意就爆满，似乎所有人都知道了我们开业的消息。刚开店时，我们的团队只有六个人，因陋就简就这么干了起来。结果生意竟然这么好，于是我们急需更多的人手来提高产能、加强服务。我完全不知所措。

当你面临这样的情况，你很快就意识到自己已不再是个打工仔了。这不是一份工作也不是一个梦想，而是你必须面对的活生生的现实。只要当上了老板，所有事你都得一肩扛。扫厕所的清洁工没来上班？你自己去扫。没人倒垃圾？你自己去倒。这就是厨师与老板的区别。一旦你自己做起了生意，就得没日没夜全心全意扑在上面，不管放不放假。我的意思是说，假如你竟然还妄想能给自己放一天假的话。

店里推出的首个爆款要数DKA点心。我在馥颂工作时，在法国发现了这种点心。我把它称为DKA，意思是"多米尼克的布列塔尼蛋糕"（Dominique's Kouign Amann）。布列塔尼蛋糕，在凯尔特语中意为"黄油蛋糕"，通常用烤面包剩下的面团制成。以前，烘焙师们切完面团之后，会在剩下的面团里放入大量的黄油和糖,入炉烘烤。成品口味浓厚,油脂和糖分都很重。但我做的版本截然不同,每个蛋糕只有一人份大小,只用了原配方分量一半不到的黄油和糖。我把面团、黄油和糖一层层薄薄地交替叠在一起,最终的成品更像一个焦糖可颂面包。这种甜品非常容易让人上瘾。我常看到客人买了一个边走边吃,还没走出半条街去,就拐回来又买了一个。这样的客人总让我忍不住要笑出声来。

牛角甜甜圈的成功纯粹是个偶然,我们都没想到它会这么受欢迎。它诞生于2013年初的一次员工会议。我们正在讨论要如何进行产品创新,有人提议:"不如做一种特殊的甜甜圈?"我说:"你晓得我是法国人吧?我们法国没有甜甜圈,所以我没有这玩意儿的配方。不过我或许可以搞出一些类似的点心来。"我花了三个月时间,经过无数次尝试和失败,在时间和温度上进行了多次微调,终于找到方法能把圆面团做得像牛角面包一样富有层次且外皮酥脆。为了让它看起来像个甜甜圈,我们在面团中间挖了个洞,在洞里填满了奶油。因为它是牛角面包与甜甜圈的结合体,我们称之为"牛角甜甜圈"。我觉得它风味绝佳,于是将其摆上了我们的甜品单。

没过多久,一位《纽约》(New York)杂志美食博客"格拉布街"的作者碰巧来店里喝咖啡。他问我们最近有没有什么新产品。我取来了牛角甜甜圈:"刚推出了这个。"他尝了尝,拍了照，在博客上为它写了篇报道。报道于2013年5月9日下午两点十分准时在网站上线。当天晚上，我们接到了"格拉布街"工作人员的电话："哥们儿，你们知道了吗？这个牛角甜甜圈很可能要爆红了。你们明天可得多备点货！"他们说网站流量涨了三倍，当天下午这篇文章的点击量超过了140000次。

我自然很乐意看到这篇文章发表，但完全没料到它能带来这样的效果！我们像往常一样为次日准备了50多个牛角甜甜圈。结果第二天一开门，已经有50多个人在门口排队了。我很纳闷："这是为什么？"我每天早上都亲自为小店开门，这已经成了一种习惯，因为我想亲自迎接店里的第一个顾客。这篇文章发表的第三天，我一早打开店门，发现门口排队的人超过了100个！但我依然说不清这一切到底是怎么发生的。

我们每天备的货都比前一天更多一些，但依然无法满足猛增的客流！为了保证尽可能多的客人买到牛角甜甜圈，我们不得不制定了一些规则。我不愿意这么做，但因为产品天天售罄，实在是别无选择。我们无法每天都做这么多牛角甜甜圈，毕竟我们是个小店，而且还要做很多其他糕点。规则一：每人限购两个牛角甜甜圈，这就能让尽可能多的客人买到我们的牛角甜甜圈；规则二：每个人都得排队，不得例外。即使我们遇到了美食作家、电视明星之类的客人，我们也得有礼貌地请他们排队。我们尊重每一位顾客，尤其是那些早上五六点钟起床前来排队的顾客。因此,无论是何种"贵客"莅临,公平起见,我也不会破例让他们插队的。

谁也没想过牛角甜甜圈会如此爆红,我本人尤甚。于是我想:"尽管它很成功,我还是希望自己的小店不仅仅是因为某一种糕点而出名。不能让我们自己的产品扼杀了我们的创造力。"换句话说,一个产品成功了,并不意味着你能就此彻底躺在功劳簿上。一位作品出众的画家,或是一位畅销书作家,绝不可能止步于一件成功的作品。他们会不断创作新的作品,持续创新,尝试不同的手法与技巧。

继牛角甜甜圈之后,我们又推出了一款新品——冻棉花糖夹心饼干。一团棉花糖,内里包裹着冻香草蛋奶酱和巧克力薄片,然后将其串在用烟熏烤过的树枝上,闻起来有篝火的味道。我们把棉花糖的外壳轻烤一下,这样一来外壳就变成了焦糖,像烤布蕾上面那层薄薄的酥壳一样。在酥壳包裹下的棉花糖略有嚼劲,冻蛋奶酱口感绵密而清凉,还混合着巧克力薄片的酥脆。整个甜品混合了不同类型的口感、温度、外观和风味。我希望顾客们能有完全不同的体验,而不仅是像在吃一勺冰激凌。然后我们又推出了魔法舒芙蕾——方形的橙花黄油面包塔里裹着融化的巧克力,再加上少许柑曼怡力娇甜酒。将其放入烤箱加热几分钟后趁热食用。我们一直都没有停下产品创新的脚步。

这家小店的方方面面,哪怕是最微不足道的细节,对我来说都至关重要。与丹尼尔·布鲁德共事的经历教会了我这一点。从你迈进他的餐厅的那一秒,直到你离开的那一刻,有人来迎接你,带你入座,给你端上黄油和面包,为你倒水,帮你点菜,介绍菜单上的菜品,上菜,奉上甜品和咖啡,还有在餐末赠送的小巧克力,最后再祝你度过一个美好的夜晚,在街边为你拦好出租车。每一个细节对他来说都很重要。我们的服务事实上在客人还没进门时就已经开始了。店铺每天早上八点钟开门,但如果有客人提早一两个小时就在门口排队,我们就会每隔15分钟左右派人出去跟他们聊聊天,送他们一些刚烤出来的玛德琳小蛋糕,感谢他们这么早就大驾光临。没有一位客人的到来是理所应当的。相反,我们对他们的光顾感到无比感激和荣幸,因为我们深深知道,他们是为了我们才来的。

诺亚·博塔扎尔
Noe Baltazar

博纳维斯塔玉米饼
BUENA VISTA TORTILLAS

　　博纳维斯塔玉米饼工厂位于布鲁克林的一座大厂房里。这天早晨,通往街道的金属卷帘门缓缓卷起,一辆辆叉车装满了封好盒的玉米饼和各种物资,忙碌地鱼贯出入。在厂房深处,空气中弥漫着温暖而甜美的熟玉米香,一台机器正忙着搅拌玉米面团,并把面团压成一张张薄饼,另一台机器则将薄饼切成直径约16厘米的圆形。一张张切好的小圆饼掉落到传送带上,被送往500华氏度高温的烤炉中,然后又被送进一个冷却管里。冷却管以每分钟上百张的速度将这些烤好的饼喷射到巨大的塑料桶里,接下来该轮到工人们上手了。五个戴着手套的工人迅速而有条不紊地清点着柔软的面饼,把它们叠起来装进袋子里,再小心地用金属丝封上袋口。整个过程中看不到任何嬉笑打闹,也没有人说话。

　　诺亚是这家公司的老板。他身材壮实,胡子和头发一般乌黑浓密,看起来和蔼可亲。他首先道歉说自己的英文不大好。

"我很喜欢美国,"他一边说一边用双手比画着,"美国给了我机遇。在我老家普埃布拉①,人们的口袋里除了梦想啥也没有。想实现梦想,只能来美国。世贸中心出事的时候,我哭了,因为美国对我来说就像家一样。我在这儿能吃上饭,能看上病。我刚来的时候,很多像我一样穷得叮当响的人也能去医院看病,看完病了医院才问我们能付得起多少钱。而在墨西哥,看病得先给钱。如果没钱,你连医院都进不去。他们根本不管你死活。"

我五岁起就跟着妈妈在农场里摘番茄和青椒。我挽着一只小篮子装着采来的番茄。我八岁的时候,妈妈已经可以放心出去工作,把我留在家里照看弟弟。小男孩总是饿得快,妈妈不在家的时候,我就得给自己做吃的。我会亲手为我们兄弟俩做玉米饼。其实不难。把玉米粉放在碗里,加水,然后和面,直到和出一个弹力球大小的面团。然后把面团用两张塑料纸夹住,用手掌末端把面团压扁。将扁平的面团从塑料纸中取出,放进热锅里煎一会儿,翻面再煎一会儿,就大功告成了。当然,超市里有卖制饼机的,能直接把面团压扁切边,方便得很。只是我们家没那个闲钱。

---

①普埃布拉(Puebla),墨西哥中部的一个城市。

我小时候在老家过得很苦。长大后我发现当地没什么工作机会。运气好的话，一年也就只能干上六个月的活儿。但是一年有十二个月，人每天都要吃饭啊。我老想着能让家里人过得更好，于是就希望在美国找到这样的机会。

我刚到纽约的时候，在一家玉米饼厂的生产线上工作。我只会干这个，每天的工作就是往机器里放原材料，然后把饼装进包装盒。他们让我干啥我都愿意。我干了整整二十年。直到有一天，一个亲戚过世了，我得去得州参加葬礼。等回到纽约，工作就没了，并且我也很难再找到其他工作了，因为我只会做玉米饼。于是我决定自己干。反正已经一无所有，也不会再糟到哪儿去了。

我在法拉盛租了一个快倒闭的玉米饼小工厂，又买了两台旧机器，修好之后就开工了。刚开张就已经有很多人要来买我的玉米饼了。这是一个好兆头。我最早给这个小厂子起名叫"老墨西哥"，后来决定改叫"博纳维斯塔（Buena Vista）"，因为我在普埃布拉的老家就叫这个名字。公司的招牌换成新名字之后，生意更好了。这儿有很多人都知道博纳维斯塔，他们都很愿意来光顾我的生意。

头四年，我拼了命工作，但没赚到什么钱。每天厂子里大大小小的事都是我一个人干。我和老婆孩子们住在很小很小的公寓里。创业早期甚至连饭也吃不饱。说实话，当你看到孩子挨饿时，很难继续坚持创业，但我们还是尽力坚持了下来。我每天工作十七个小时，每周工作七天，每天都累透了，而且还没法和家人待在一起。有时候我满脑子都想着要回家，真的太想回家了。

我这门生意的竞争对手就是那些大公司。我很明白如果想在竞争中脱颖而出，就必须有所不同。所以我追求高品质。玉米饼的原料无非是玉米粉和水，没什么特别的。既没有油，也没有香精，啥也不加。所以玉米粉的质量就成了产品质量的关键。玉米粉分为一级、二级和三级。三级玉米粉，人能吃，也能用来喂牲口。不是说这种玉米粉有什么不好，但它的确就是三等货色。我会用市面上能找到的最好的玉米粉。如果你用便宜的玉米粉，那你干的就是一锤子买卖。如果顾客不喜欢你的产品，你白送他们都不要。一旦顾客不喜欢，你的生意就完了。如果顾客喜欢你的产品，他们就会告诉自己的朋友们。你的口碑也就建立起来了。

最开始，我就是自己一个人干。一天里，我半天做饼，半天开着卡车出去卖饼，给杂货铺和超市送货。后来我好歹雇了两个人来帮忙。我的小厂子刚开始一天能做20—40盒饼，也就是36000块玉米饼。顾客都说我做的饼最好吃。货真价实，他们说，玉米饼就该是这个味道。三年内，我的业务迅速发展，厂子也搬到了现在的地方。这里的面积超过460平方米，有15

个全职员工。如今的日产量能达到450000块，客户包括州内外的超市、杂货店、餐厅。还挺不错的吧？

玉米饼对墨西哥人来说就像面包一样重要。如果墨西哥人的餐桌上没有玉米饼，就会觉得这一餐没吃饱。就像中国人要是没吃上米饭，就觉得这餐饭少了点啥。墨西哥人对玉米饼的态度也是同一个道理。你得吃点儿玉米饼才会觉得吃饱了。咱墨西哥人都这样。

墨西哥人能在纽约立足是很幸运的，但纽约能拥有我们这么多墨西哥人，又何尝不是它的幸运呢？是我们一点一滴建设起这个城市的食品行业。你知道大伙儿都怎么说吗？人人都说，如果纽约所有的墨西哥人都回老家了，那这个城市的食品行业也就消失了。

萨姆·索拉兹
Sam Solasz
百事通肉类供应公司
MASTER PURVEYORS

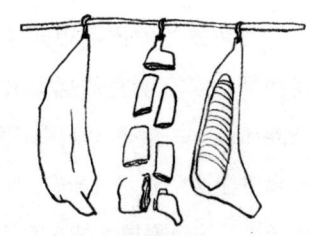

  这是12月的一个清晨,空气清爽,离日出还有一个钟头。我来到了位于南布朗克斯的亨茨波因特肉市B–14号单位。三个穿着白工装的工人站在卸货台上,尽管戴着手套,还是不停地在搓手跺脚取暖。一个低低地戴着黑色羊毛帽的人解释说,他们正在等从芝加哥过来的拖车:"车子会运来一百头阉公牛。车到了之后,我们要花四五个钟头卸货。"

  一位戴着黄色安全头盔的年轻工人把我带进市场,走过一小段台阶,就来到了会议室。这里的主人萨姆·索拉兹先生正在里面等着我。他身材矮小,体格健壮,双手看起来强而有力,感觉能在半分钟内把一头公牛掀翻在地。尽管他已经八十三岁了,仍老当益壮。他穿着一件厚毛衫和一件屠夫的外套,起身把门关上,招手让我坐在他对面。我打开录音机,用一个最常问的问题开始了我们的对话:"你来自哪里?"而接下来听到的答案,却是我万万没有想到的。

我在波兰的比亚韦斯托克长大。1939年那会儿还是二战初期,老家所有的犹太人都被集中起来送去了犹太人区(ghetto)——就是一个在城里的隔离区。曾有65000个犹太人一起挤在这个分明只能容下6500个人的地方。接下来十几年的光景,这个聚居区基本就是个强制劳动营。德国人让我们干啥,我们就得干啥。我爸以前干过屠夫,教过我如何宰杀动物。于是我们这些人每天早晨就被德国人用卡车运去聚居区外的一个屠宰场,为德军处理肉类。下午他们又把我们运回聚居区。德国人还会定期把人一批批地遣送去集中营。被运走的成千上万人里面,可能只有50多个人得以幸存。

你问我是怎么活下来的?我来跟你讲讲。1942年,我在犹太人区里已经待了二十三个月。有一天早晨,我们当中有8000个人接到通知,要坐火车去特雷布林卡①,那是纳粹在波兰建的一个集中营。我当时虽然才十三岁,但早已听说过这个地方,我知道去了那儿就是死路一条。别问我是怎么知道的,我们所有人都知道。

眼看着还有三千米就要到特雷布林卡了,我鼓起勇气跳下了火车。我拼尽全力用最快的速度跑进了铁路旁的树林。在树林里我遇到了埋伏在秘密营地里的一大群游击队员。他们当中

---

①特雷布林卡(Treblinka),灭绝营,1942年建于波兰。二战期间约有870000人在此处遇害。

不仅有犹太人，还有苏联人和其他地方的人，都是像我这样想逃离纳粹视线的难民。我们躲在树林里，自己觅食，有时候也接受好心陌生人的施舍。直到1944年6月底，苏联人找到了我们。他们说："是我们解放了你们，所以现在你们得为我们做些事。"他们需要我们的帮助，因为我们对这片树林太熟悉了。德军在树林里埋了不少地雷和炸弹，我们对埋雷的地方了如指掌，知道哪些地方危险，哪些地方可以安全通行。

我和苏联人一起待了四个星期就逃走了。我先逃去华沙，又到了罗兹①，然后去了捷克斯洛伐克，最后逃到了德国慕尼黑。那是1945年。二战已经结束四个月了，我被送去了一个难民营。当时我十六岁。在慕尼黑，他们有专门的机构给战后幸存者们提供寻亲服务。我只会说波兰语，于是我就找人帮忙给纽约的《向前报》(*Forverts*，纽约的一家犹太报纸)写了一封寻亲信。我的爷爷奶奶和叔叔在1922年移民去了美国。某个周六，做完礼拜后，我父亲的一个亲戚在报纸上看到了我的信。他立刻打电话告诉我叔叔："嘿！我刚发现有个男孩在找你！"

五个月后，我坐上了前往美国的船。

我到纽约的时候，全家人都来码头接我。当时码头上有许多人在招工，有个人在找屠夫，叔叔就把我带过去应聘。我拿

---

①罗兹（Lodz），波兰中部城市，罗兹省首府，位于华沙西南方。

了那人的名片放在兜里，他来自美国第三大食品公司——海格雷食品公司（Hygrade Food Products）。第二天叔叔就带我去了海格雷。接待我们的经理递给我一件白外套，一条围裙，一套刀具，然后说"让我看看你的本事"。我细心地磨了磨刀，然后挽起袖子干足了俩小时。次日，我就去公司上班了。

我干完了第一天的活儿之后，他们告诉我，我的薪水是每周300美元。在当时这可是一大笔钱。那会儿的时薪普遍是1.65美元，1加仑①燃气只要35美分，一包口香糖卖5美分，一包烟才1.2美元。我处理肉类的方式就是打小在家里学的，但经理觉得这种方式很特别，他让我教教其他工人，于是我就告诉他们该怎么切牛肉，怎么把牲口劈成两半。在屠宰场里，我处理过阉猪肉、猪肉、牛肉，还有好多其他的肉类。每天除了不停地干活儿，就是不停地教别人干活儿。

转眼到了1956年，我决定辞职出来自己单干。我提前两周通知了老板，然后兜里揣着这些年攒下的6500美元，坐公交车到了14街，在肉类批发区租了一块地方。这一切发生得实在太快，以至于当房东问我的公司叫什么名字的时候，我还没想好。我的第一个念头是，不如叫"百事通的店（Meister's）"。在欧洲，"Meister"就是百事通的意思。在海格雷，每次大家需要什

---

① 1加仑（美制）约等于3.78升，后文不再注。

么时，就会说"给索尔① 打电话，他是个真正的百事通"。我又加了个词"供应公司（Purveyors）"，意思是我也卖东西。然后有个朋友说："索尔，你现在可是在美国。你得用英语！"在英语里，"Meister"要写成"Master"。于是最后我们就成了"百事通肉类供应公司（Master Purveyors）"。接着，我们处理完所有法律事项，1957年8月16日，百事通肉类供应公司开张营业了。

8月16日是我的幸运日。这是悲喜交加的一天。8月16日这一天，德军在比亚韦斯托克进行了大屠杀。但我活了下来。

我们的生意越做越大，地方也越搬越大。终于，在2001年，我们离开了肉类批发区。那块地方当时正在进行城区改造，以后要建成夜生活场所和购物中心的聚集地，租金越来越高。于是我们也像其他商户一样，把工厂搬到了南布朗克斯的亨茨波因特，也就是今天你看到的这个地方。即使是在如今的新环境里，我们依然用传统的方式在做生意，所有的牲口都是从屠宰场直接采购的。

每周，工厂会收到接近50万磅肉类，平均每天差不多7万磅。这些都是最好的、顶级的肉。我们所有的牛肉都是阉公牛肉。当公牛还是小牛犊的时候，他们就将其阉割，好让它长得更重更壮。这样的肉质量好、风味佳，能满足我们对肉类的所有要求。

---

① 索拉兹昵称。

我一般打电话给屠宰场订50头阉公牛，送来的时候每头牛都已经被切成四块了，也就是总共有200块肉。拖车把肉拉到我们的卸货台，然后我们的"搬运工"就会每人扛起四分之一头牛，重220—250磅，把它们挂到钩子上。钩子连在滚轴的一根横杆上。有人立刻就会来给每块肉盖上我们的"百事通"印章。我们把肉分解之后，会再盖一次章。这是我们产品的标志。如果有顾客抱怨肉有问题，想来退款，我就会说："是吗？你把章给我看看。"

肉被挂上钩子，盖好章，接着就会被滚轴运进工厂里。有一个伙计拿着电锯把钩子上的肉直接锯成两块。然后往下轮，大家一个接一个地切。流水线上的每个人都有自己专属的任务。两个小时之后，后部牛肉被切成十大块。这十大块又会被分解成大块的里脊、肋排、牛胸，等等。我教大家如何用我想要的方式来切肉。如果要把肉分解成更小的部分，我们还有"板凳工"。如果有订单需求，板凳工就会把肉从冷库里取出，放在板凳上，把它切成菲力排[①]，沙朗排[②]。你要什么部位，我们都能给你切出来，尽力满足每位顾客的需求。艾米·鲁本斯坦，彼得·鲁格牛排馆[③]的老板之一，每周四上午都会来这儿为餐厅亲

[①]菲力排，牛腰内侧的里脊肉。
[②]沙朗排，牛后腰脊柱两侧的肉，位于腰部和臀部附近，又称牛外脊肉。
[③]彼得·鲁格牛排馆（Peter Luger Steak House），位于纽约的米其林一星百年老店，详见第86页。

自挑选本周要用的肉,已经持续好多年了。她会给选好的肉盖上彼得·鲁格的章,这样我们就知道这是她要的肉。

我每天工作十八个小时,每周工作五天。一直如此。我的一天开始于八点半,我是说晚上八点半而不是早上八点半。我一般夜里进厂,这样可以看到每天进厂的货色和出厂的产品。下午两点离开工厂,然后跟我老婆约在餐厅碰面。这是属于我们二人世界的时间。她吃她的午饭,我吃我的晚饭。我一周吃五次牛排。我完全不吃汉堡这类东西,只吃1.5磅或2磅的牛排。我不让我老婆做饭,她值得被好好照顾。我平时很少待在家里,对她来说真的很不容易。但我们已经结婚五十六年了,我想她现在可能也习惯了。

下午四点左右,我就准备睡了。我一般会睡上四个小时,到晚上八点或者八点一刻起床去工作。我的孩子们也跟我一起工作,所以他们的作息时间也挺离谱的。我们都是夜猫子。小儿子斯科特每天晚上十点上班。大儿子马克一般午夜过来。半小时之后,就是我女婿的上班时间。我女婿原本是个医生,但最近辞职加入了我们团队。工人们在夜里一点左右陆陆续续进厂。从我到美国的第一天起,我就是这么工作的。六十三年过去了,我依然上着夜班,一天没停过。这活儿我闭着眼都能干。

捷琳娜·帕西克
Jelena Pasic

哈林摇一摇
HARLEM SHAKE

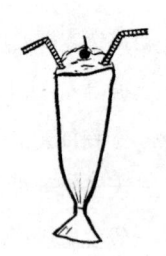

她出生在克罗地亚的里耶卡，一个只有15万人口的小城。念大学时，她在宝洁公司工作，赚着美元，生活水平颇为理想。然而2000年大学毕业之后，她却决定以一种隆重的方式开始千禧年。她要去美国。

她在南加州的墨特尔海滩找了份工作，兜里揣着200美元，拿着J-1交换签证就来了美国。靠这个签证，她能在美国打五个月的工，还能再旅游一个月。"上班第一天，我发现这工作还得捡烟头和收垃圾。我没等到下班时间就辞职了。"此后她又经历了几次职场滑铁卢，甚至还卖过文身贴纸。后来她去了纽约，当上了服务员。这一年，她三十八岁。

我当服务员的时候认识了我后来的老公。他那时一直想自己开餐厅。于是我们双方父母一起掏了点钱，资助我俩在华盛顿高地合伙开了一系列颇为成功的小咖啡馆。七年过去，我们离婚后，我才发现其实我根本不是这些咖啡馆真正的合伙人。于是当时我既没有工作，也没有钱，几乎破产，还带着两个嗷嗷待哺的孩子。我得做出选择：要么余生都去给别人打工，要么自己琢磨着干点能让人生翻盘的事。我有商学学位，又知道该如何运营咖啡馆，所以我就想："为什么不重操旧业呢？不如开个自己的餐厅！"

我的首要目标是能自给自足，养活孩子；其次是要打造一个美丽、实用，并且有文化氛围的场所。总之，我想开的餐厅，是让妈妈能带着两个孩子一起来吃饭的那种价格实惠的地方。我知道做这种生意就是赌一把，但我觉得只要谨慎一些，控制好预算，应该还不至于亏得血本无归。

2012年5月，我决定放手一搏。开店的第一步是选址。我知道哈林区是个新兴街区。马库斯·萨缪尔森（Marcus Samuelsson）的红公鸡餐厅（Red Rooster）在这儿可谓生意兴隆，"社交角落"餐厅（Corner Social）和其他的高端餐厅也都红火得很。然而这一带却很少有那种能随便吃两口的好地方。如果我的餐厅能够填补这一空白，就肯定能成功。对我而言，莱诺克斯大街上的楼群让这里看起来就像巴黎的街道，自打红公鸡开业后，这个街区就越发热闹起来。我很确定，这里一定会发展成为纽约最具特色的一个街区。

我听说在莱诺克斯和124街中间有个街角的空铺招租，于是就去看了看。那地方真是乱七八糟。破破烂烂的天花板摇摇欲坠，没有窗，木地板令人作呕。但当我看着这栋楼时，眼里却只有我心目中那个可爱的街角。房东是位七十五岁的老爷爷，他压根儿没想过还能把这儿租出去，毕竟此处曾开过不少餐厅，却都以失败告终。我花了整整三个月时间和他谈租约，就像进行重大国事谈判一样。最后我谈下了十五年的租约，这可是一个很大的承诺——我觉得房东肯定也很开心，毕竟有人一下租了这么长时间。不过房租便宜得很。

还记得签完租约的那天，我站在街角想："行吧，捷琳娜，你到底打算怎么做呢？"我知道自己想开一家风格随性的餐厅，然而具体该是什么样的呢？然后我忽然想到，不如就开一家专卖汉堡和奶昔的餐厅吧！对于我这样带着两个孩子的母亲来说，专注做这两样食物，比开一家要营业到深夜还得提供酒水的餐厅要容易得多。Shake Shack[①]启发了我。他们的食物品质好、味道佳，如今已经成为游客来纽约必去的打卡胜地。据我观察，在哈林区的确还没有出现这种概念的汉堡店。我想就在这儿为哈林区开一家这样的餐厅。

一个白人要在黑人文化区做生意，可不是件容易的事。我明白，即使自己怀着极好的初衷，努力想做出优秀的产品，依

---

①创建于2004年的知名连锁汉堡店，在全球拥有200多家门店。2019年1月在上海新天地开设中国内地第一家门店。

然需要有人来帮我跨越这种文化上的鸿沟。我打电话给丹尼斯·德克（Dennis Decker），他是一名出色的创意设计师，已经在哈林区住了十三年。我们决定餐厅的设计要强调哈林区的文化，让它成为让哈林区引以为豪的地方。餐厅的名字也必须要有哈林特色。我想着名字里总归要带上哈林二字，哈林这个，哈林那个，哈林汉堡店……然后有个朋友随口说："要不就叫'哈林摇一摇'吧？""行！"我说，"本来也要卖奶昔，'摇一摇'这个名字太合适了！"[①]第二天，我就让律师来安排把这个名字注册成了商标。

好玩儿的事接踵而至。

2013年2月，餐厅还在装修，我朋友肯吉·阿尔特（Kenji Alt）忽然给我发来一封电邮："捷琳娜，有个怪事，你快去YouTube上看看这个视频！"肯吉是那种潮流先锋，他是网红博主、美食作家，还是个食评家，对一切时髦的事都很敏感。他说："网上有个视频，各种人都在跳同样的舞蹈，舞蹈名称就叫'哈林摇一摇'。真的非常好笑！而且现在大家已经开始互相比拼起来了！"

那时我们餐厅在Facebook上的主页已经获得了384个赞。我也不知道为什么会有这么多赞。店都还没开业，怎么会有人

---

① "摇一摇"原文为"Shake"。奶昔英文即"milkshake"或"shake"，因传统奶昔采用牛奶、冰激凌、水果等食材手摇制成。店名有双关之意。

来点赞呢？但这个视频火起来后，我们的主页每天都会增加七八千个赞。大家都疯了。各种各样的人在 YouTube 上发布了成百上千个视频——有年轻人，有老人；有黑人，有白人——所有人都在跳同样的舞步，就像快闪一样。"哈林摇一摇"这个舞蹈源自一位舞者的视频，他在类似纽约中央车站的地方兀自跳着这支舞，周围的人看似并没有注意到他。忽然，所有人都加入了他的舞蹈，一群人乐此不疲地重复着同样的舞步。各种人用自己的方式复现了视频里的这段舞蹈。我听说佐治亚大学的男子游泳队和跳水队在水下跳了这支舞；挪威军队也跳了。所有参与者都用自己的方式来演绎同一段舞蹈，把视频放到 YouTube 上。这完全是自发的。当时有各种各样的商标代理来报价要买我的商标。而餐厅在开业之前，已经在 Facebook 上获得了 27000 个赞。

我忽然开始担心人们可能会因此不喜欢我和我的餐厅，我怕大家觉得我这个白人妇女打算靠"哈林摇一摇"这个名字来敛财，觉得我贬低了他们的文化。这对生意可不是什么好事，我得尽快有所行动才行。因为当时正在装修，所以工地外面围了一块 15 米高的胶合板隔离墙。我们雇了一位叫金度·哈珀（Kindo Harper）的涂鸦艺术家来帮忙做些特别的设计。他在墙上喷绘了由近 2 米高的大字母组成的一句话："来试试真正的哈林摇一摇吧！"就这么简单。不到一周，这块胶合板隔离墙就成了城中的一个景点。旅游大巴开始把游客往这儿拉,附近的居民也会在此驻足拍照。太有趣了,我和孩子看着这景象傻笑不止。大概有五十个游客在那儿拍照,而他们压根儿不知道这一切背后的故事。

我觉得自己很幸运。周围的居民因为"哈林摇一摇"的出现而感到开心和自豪。他们会来板子前面跳那段舞。所有纽约的媒体都报道了我们,实在太棒了。到了餐厅要开业的时候,我想:"我们该如何拆掉这块隔离墙呢?它已经成了一件艺术品,不能就这样毁掉它啊。"所以我们把它捐给了沃德利高中。那是附近街区的一所表演艺术公立学校。他们把这面墙作为舞台上的表演道具,用它来表现剧中的哈林区背景。

5月13日,我们正式开业了。开业当天,来就餐的人从门口一直排到了街上。我们完全忙晕了,这可真不是开玩笑。我当时坐在地下办公室里,忙得晕头转向,说:"再也不能这么搞了!"我们有没有出过什么纰漏?在开头那几周里,何止是出了"一些纰漏"啊,简直是错漏百出——菜没准备好,把客人点的菜搞错了……一家刚开的餐厅,面对门口一英里[①]长的队伍,我们可以说是把所有能犯的错都犯了。我们是新人,直到现在也还是。我们还在努力解决各种困难和问题,但我觉得未来

---

① 约1609.34米。

可期!

人们总在谈论美国梦,而我就切切实实在过着美国梦。我搬来美国的时候把一切都卖了。当我重新开始的时候,几乎一无所有。我很怕迈出创业这一步,但最终还是迈出去了。我喜欢潜水和跳伞,我觉得这段经历就像跳伞,当你跳出机舱的时候并不知道降落伞能不能顺利打开,但有时这就是唯一的出路。你想要有所作为——那就得搏一搏,跳下去。

目前我们的小店已经营业个把月了。我依然住在126街上的一居室公寓里。孩子们每个月有两周和我在一起。开这家店花光了我的积蓄,此刻我也负担不起更好的生活条件了。当孩子们跟我一起坐在办公室里时,我常常能察觉他们其实不想待在那里。但至少他们现在能理解我,这是我们眼下必须要做的事。我现在感到很安心,就像找到了自己的归宿一样。当然,我知道可能会失败。但至少此刻,我还是自己命运的主人。

萨米·阿纳斯塔西奥
Sammy Anastasiou

城市小馆
CITY DINER

1981年,他来美国找寻更好的未来。那年他二十五岁,新婚,之前在雅典当了七年警察。

从希腊来到纽约的布朗克斯区,怎么说呢,这种感觉有点像得了战后综合征。我当时整个人都很低落。我不喜欢纽约那种灰暗的楼。我住的公寓就跟监狱似的,前边有个门,窗户上有栏杆。在希腊,我们晚上都会出去溜达。在这儿,晚上既无事可做,也无处可去。

我马上就开始工作了。当时我能找到的工作就是在一个小咖啡馆里当洗碗工,别的什么也干不了。纽约就是这样,你要是不会说英文,那要么去工地搬砖,要么去餐厅厨房里打下手,只有这两种工作不怎么需要说话。我的英文主要是靠着模仿顾客说话学会的。在厨房里,我会问来问去:"这是什么?这又是什么?"像个牙牙学语的孩子。夜里我回到家,会掏出书来努力学认字。我就是这么学英语的,语言学校我一天也没上过。

我来美国当然不是为了当洗碗工。我认识的所有人但凡在美国待过三五年,再回国的时候多少都挣了点小钱。我觉得自己也能行,总有一天要衣锦还乡的嘛。但当我努力开始融入当地的生活,入乡随俗,认识了些朋友,学了点英语之后,我逐渐喜欢上了这里。我对美国的态度也渐渐改变了。我在希腊当了七年警察,一个月也就赚206美元。我在这儿当洗碗工,一周就能赚225美元!我怎么会不喜欢这儿呢?我努力存钱,谨慎投资,终于买了自己的房。一开始生活还是比较拮据,我们从来都不出去下馆子,因为实在吃不起。我老婆也明白我们得过一阵苦日子。生活很现实,你要么改变自己的生活方式,要么就滚回老家去,而我不打算回老家了。

纽约有不少希腊人开的餐厅。为什么?因为新移民刚来的时候,总是喜欢去吃老移民常光顾的那些家乡菜。希腊人尤其如此,他们要么是认识餐厅老板,要么是觉得在希腊餐厅里比较自在。新移民的工作无非是洗碗、拌沙拉、煎肉饼、做快餐,这些工作基本不需要进行沟通。如果你雇一个美国人来干这种活儿,他干不了一天就得走了。因为要伺候的人实在太多了。你得让老板开心,让经理满意,还得让顾客高兴。压力太大了。美国人有文化,也不喜欢这么大的压力,所以都干不长。但移民就能待得住。不然你还能干什么?你要是干得稍微像样些,还能获得晋升。我认识的有些人从洗碗工干起，很快就成了厨子，然后有了自己的小吃摊，越做越大，开起了自己的咖啡馆，或者小餐厅。一般都是这样的过程。

我也是这样的。

然而，餐饮业的情况已经今非昔比。你很少看到希腊的年轻人干这行了。大概在（二十世纪）五十年代末六十年代初，曼哈顿有很多咖啡馆和小吃店都是希腊人开的。现在早没了。年轻人不愿意继续在餐厅里干父辈们的那些苦活儿。他们不想一周工作七天，每天干十四个小时——没有节假日，也没有周末。于是他们就去干别的了。这也怪不了他们。

我的第一个店就开在布朗克斯。我有两个合伙人，每天凌晨两点起床干活儿，晚上七点才能回家。那个店特别小。我又做饭，又搞卫生，还要服务客人，什么都得干。干了几年之后，我们就把小店卖了，在 77 街和百老汇的街角开了"曼哈顿小馆"（Manhattan Diner）。那个餐厅特别成功！我太喜欢那个餐厅了，根本没法用语言表达我有多喜欢它。我热爱那一片街区，也喜欢我们的顾客。我认识店里所有的客人——保姆、看门人、大楼管理员，还有那些举家前来的客人。他们也都认识我们，我们相处得特别好。我全身心都扑在那间餐厅上，干了十一年。

直到 2011 年初的一天，命运的重锤哐当落了下来，一切都结束了。

这就是个典型的纽约故事——大楼业主结束了租约，我们的餐厅不得不关张。这个街区还有其他一些小店也都被迫关门了，而一座20层的奢华百货大楼将取而代之。现在你看到的这个街区已经面目全非。我们整个老街区都没了。"染烫大师"发廊，没了；"维"餐厅，没了；"坚果冰激凌世界"糖果店、"新比萨小镇"，也没了，都消失得无影无踪，就像不曾存在过一样。以前我们经常给孩子们送棒棒糖，还会让他们帮忙合上收银机的小抽屉。这些事情再也不会发生了。

我们甚至都没来得及跟这一切告别。我们至今仍记得那些老主顾的喜好。客人还没坐下，我们就已经为他准备好半低咖啡因的咖啡，加半勺糖，再来一个烤透了的贝果，不要黄油。我的服务员不用问就知道客人喜欢吃嫩些的炒蛋还是老些的。而这一切都不复存在了。当时整个城市都在进行街区改造，但我一点也不觉得这有什么好。直到现在，每次我经过那个街角，心里还是很不好受。

餐厅停业的时候，我真是伤心透了。我需要逃离现实，彻底放空一段时间，于是我就回了希腊。我计划回去之后和老同学们打打扑克，晚上和朋友们出去逛逛。回去就是为了重聚嘛。结果我虽然回了希腊，但没能实现自己的重聚计划，因为大家都要上班。我在希腊待了七个月，实在是太无聊了，迫不及待想回美国。但是回了纽约之后呢？情况也是一样啊，每个人都要工作，包括我老婆。我无事可做。以前那么多年，我一点私人时间也没有，天天盼着放假。现在我时间多得很，却很不喜欢这样。那时候我才意识到，开餐厅就是我的人生。这是唯一能让我感到充实的事。

于是我重操旧业了。

我跟合伙人一起买下了上西区的一个餐厅，也就是现在这个。我又过起了以前那种每周工作七天，每天十四小时的生活。没假期，没周末，我的小孩都见不到我。我一直都觉得自己错过了孩子的成长，但是我也找不到别的方法来改变自己的生活，我能怎么办？

忽略家庭只是开餐厅的诸多弊端之一。还有个大问题就是很难招到合适的员工。要找到好的帮厨实在是太难了——如果你找到了，留人又是个大难题。我的厨房里现在有10个员工。负责烧烤和三明治的员工在楼上工作，其他大部分员工在地下室厨房。有些人负责调味和佐料，有些人负责烘焙。洗碗工也在地下室里。在地下待一整天真的很难受，地下室没有窗户，这我都了解。但这工作就是这样。

如今，唯一愿意干粗活儿累活儿的就只有墨西哥人了。真的。你想请其他人来，他们干上一两天就走了。我之前请了一个洗碗工，他干了五分钟之后就抱怨说："这工作不适合我。"哥们儿你想什么呢？你是来应聘洗碗工的啊。那你还想干什么？想去服务客人？要是墨西哥人有一天也不干了，那我们都得完蛋。

我还注意到我们面临的一个新挑战，那就是我们的客人越来越老了。有时候这挺尴尬的。年轻人想找点乐子，不会想来这里看拄着拐杖的老头儿。如今，餐厅不仅要好吃，氛围也要好。我有个九十来岁的客人，几乎每天都来，已经持续二十五年了。现在他身体不太好，脑子可能也不太清醒，时常会把其他客人给惹毛，因为他走路太慢了，或者是因为他打扮得不太像样。那我能怎么办？让他以后别来了？我绝不可能对他说这种话啊，绝不会的。名人也有这样的问题。我们在上西区嘛，周边住了不少戏剧圈的人，他们也常来光顾。《纽约时报》第六版上报道的那些知名编剧啊，名流啊，只要你们能叫上名字的，都是我们的客人。对我来说，每个客人都是一样的。面对一个明星客人和一个每天早上都来买咖啡和炒蛋的老客人，我该对谁更好些呢，你说是吧？

在任何一个餐厅，如果你是老板，你就得从早忙到晚，会见到各种不同的人。光是在这儿碰到的客人，我就能写出一本书。如果你老是见到同样的人，你就会觉得自己和他们成了朋友。最棒的还是那种举家前来的老主顾。你能看到他们家的小孩慢慢长大。最开始我给他们准备高高的椅子，然后是儿童椅，然后他们渐渐长成了大男孩，我最喜欢看到这样的过程了。他们念书的时候踢完球会来买个冰激凌,毕业了之后还会过来吃午饭。现在他们都有自己的信用卡了。看到他们,我真的打心里高兴。我说:"看看你们这些孩子!你们要是去别的餐厅,他们都不认识你。但是在我这儿,我们永远都是老朋友!"

劳伦·克拉克
Lauren Clark

糖果之死
SUCRE MORT PRALINES

尽管在纽约住了将近十年,她仍操着一口柔软得不容置疑的路易斯安那口音。她三十出头,身材高挑,有着深色的头发和瞳孔。目前,她在一个叫"努巴报道"(Nuba Reports)的战地摄影项目担任编辑和网站经理,主要报道苏丹内战。"在家工作是挺轻松的,虽然社会存在感低了一些,但至少能有空做果仁糖。"访谈刚开始她还有点害羞。少顷,一聊起自己的家乡,她就立刻手舞足蹈了起来。

2005年8月,卡特里娜飓风袭击了我的家乡——路易斯安那的小城曼德维尔,就在新奥尔良边上。小城十分秀美,城里都是碎石小路,河道遍布,还有不少好厨子。它位于庞恰特雷恩湖的右岸,飓风来袭时,满涨的湖水正缓缓绕城流过。回想起来,这幅十分戏剧化的场景的确不乏壮美,但对我来说却又是十分痛苦的回忆。我当时住在布鲁克林,正舒舒服服地坐在卧室里看着电视上的新闻画面,心里既内疚又无助,恨自己无法和其他乡亲一样身在现场。

为了让自己心里好过一些,我开始在布鲁克林的小公寓里自制果仁糖,用的是奶奶传给我的食谱。果仁糖,Pralines,发音是"普拉琳",而非"普雷琳"。这是一种扁平的像软糖一样的圆形糖果,主要由糖和山核桃制成。因为它是新奥尔良特产,因此做糖果的过程常让我感到和家乡产生了某种联系。

我们家世世代代都沿袭着美国南部的烹饪习惯。卡特里娜飓风给我们带来了巨大的损失。大家忽然开始担心我们的传统文化会随着家园一起被飓风席卷而去。事实上,人们的担忧在很多方面都被不幸言中,但新奥尔良美食和厨艺倒是幸运地没有失传。我还记得有个女人以为她在飓风中失去了所有烹饪书和挚爱的独家食谱。结果某天早上她正在收拾家中的残骸时,惊讶地发现这些宝贝虽然被水泡得不成样子,却并没有丢失。她一下子如释重负:"我的房子没了,但至少食谱还在。"延续传统是重建城市的方式之一。灾后,人们回到新奥尔良,纷纷开始恢复那些本地独有的东西。而其中最典型的传统,就要数果仁糖了。

我已经不太记得具体是在什么时候决定把做糖果这一业余爱好变成自己的事业了。这个念头可能已经在我的潜意识里盘旋了相当长的时间。我当然知道在地理上我是彻彻底底的美国北方人。但如果从小就在这种糖果的陪伴下长大,你在情感上就很容易会产生一些偏差。在我的家乡,每逢婚丧嫁娶,人人都会带来一盘果仁糖。人们带着果仁糖去做礼拜,去参加受洗仪式,也会与邻居一同分享。感恩节晚餐的尾声如果不来些上好的果仁糖,就总让人觉得少了些什么。于是我想:"如果能一边吃着这么美味的糖果,一边在百老汇大街上散步,岂不妙哉?"

我觉得做糖果这个梦想的驱动力有一大部分来自几年前与多西亚·桑福德(Dosia Sanford)的一次会面。多西亚当时和我一起在一家零售商店工作。有一天吃午饭的时候,我们坐在一起展望未来,分享愿望。我们发现彼此都热爱美食。她特别热爱烹饪,厨艺可谓天马行空。而我的梦想则是做一个小生意。我一直都想做自己真正热爱的工作,顺便发个财。布鲁克林的食品从业者层出不穷,我也想加入他们的行列。于是我就向她提议,不如将她的疯狂厨艺和我奶奶的独家果仁糖食谱结合,一起创业做个小生意。我们一拍即合。于是一边继续着本职工作,一边合伙开创了这个仅有两个人的小公司,起名叫"Sucre Mort"。

"Sucre Mort"字面上的意思是"死去的糖",或者是"糖果之死"。这解释了果仁糖的制作过程,煮糖其实就是在杀死糖。但这个名字还意味着吃糖的快感,也就是那种摄入过量糖分之后的亢奋。

制作果仁糖并不难。基本上就是在融化的黄油里面把糖慢慢加热,直到它变成深色,成为焦糖。唯一困难的部分是要控制好煮糖的时间。整个过程需要至少25分钟,你得全程站在旁边不停搅拌糖浆,一分钟也不能走开,否则糖就会烧焦。相信我,糖真的会烧焦!当黄油和糖的混合物达到某种浓稠度时——你干一段时间就会知道大概要浓到什么程度——就会呈现出恰到好处的颜色和香味,一切就大功告成了。把锅从炉子上拿下来,用小勺把锅里的混合物舀出来,一勺一勺地放在蜡纸上,再等这些小圆糖饼自然冷却就行了。整个过程就这么简单。但你必须全程在场,绝不能走开,否则糖浆就要烧焦。

多西亚和我一直都一起煮糖。你想想,这么多年来,你和另一个人一直在同一个锅台边煮东西,俩人间的距离不超过30厘米,那你们彼此该熟到什么程度。我们分享了许多过去的经历,还试图弥补对方破碎的心。因为我俩实在是太熟了,于是最近,尤其是在冬天,我们开始编造一些鬼故事。当我们一边搅拌糖浆一边开始打起瞌睡时,对话的目的就是要把对方吓醒。

我们的第一份订单来自一个小店,它位于科罗尔花园,叫作"布鲁克林之畔"(By Brooklyn)。店主订了14包糖果。糖卖光之后,她和其他客户又追加了一些订单。既然我们有了真正的订单,就需要有一个专门煮糖的地方才行。在纽约,如果你自己创业搞餐饮，你的厨房就得有正式牌照。我们是有牌照的，但并非所有人都这么守规矩。本地有许多厨师都在不合规的厨房里偷偷工作。他们合租厨房，或者共用时段。但他们这么做也是因为别无选择——至少在创业初期是这样。租一个固定租期的厨房实在是贵得离谱。我曾经见过有人每月付 1000 美元租四个时段，每个时段两小时。每月只用八小时厨房，就得花 1000 块钱，这得卖多少果仁糖啊！

你自己创业的时候，最开始只会关注产品的质量。随着业务的推进，关注的重点渐渐就发生了改变。

你会开始从盈利的角度重新审视产品。我们很想拓展业务，于是就得面对现实——我们需要一个商业计划，并且需要一笔贷款。一直以来我们的生意都是勉勉强强维持生计。虽然没赚什么大钱，倒也没有负债。每包六块果仁糖我们定价 10 美元。原材料和包装材料总共要 5.5 美元，这还不包括消耗的时间和人力。做完糖果还要把它们打包发货，这也需要不少时间。这种糖果是不可长期储存的，很容易变质。它刚做出来的时候味道最好，但放上差不多三周，那美妙的风味就会流失了。这毕竟不是珠宝，不能"一颗永流传"。做果仁糖的生意，你就得不停地考虑这些问题。

我们老是自嘲能力实在太小，而市场的需求却很大很大。这固然令人兴奋，但有时也令人手忙脚乱。我们有时要工作到凌晨四点半,整个人已经头晕目眩。关键还不能开小差,因为必须要专注于手头的工作,我手腕上有好多被烧伤的燎泡能证明"专注"是一件多重要的事。于是我就得跟多西亚比比看谁比较累,然后不太累的那个人就会说:"咱俩之中得有一个人今晚去睡觉。你去吧。"

艾文·李·思莫斯
Alvin Lee Smalls

老李的面包店
LEE LEE'S BAKED GOODS

在哈林区南部118街的北侧，坐落着一家小小的面包店。屋檐上装着红白条纹的遮阳篷，窗上挂了一块牌子，上书"老大哥为你做的果仁酥卷"。下午三点，店里的玻璃柜台内放着今日供应的点心：胡萝卜麦芬、甜薯派、红丝绒蛋糕、什锦蛋糕，还有几十个果仁酥卷。店门两边各摆了一张盖着桌布的小方桌和舒适的长沙发。红白相间的墙纸已经略显斑驳。

老板喜欢大家称他为"李先生"。他七十来岁，身材高大，头发花白，身上套着一件面包师穿的白围裙，壮实的手臂上还沾着星星点点的面粉。他忙不迭地告诉我们，自己年事已高动作迟钝，身体大不如前。但在我们坐着聊天的当口，仍有许多客人过来和他打招呼。看来时间虽然催人老，却并不曾折损这些点心的魅力。每一位进得店来的客人似乎都得买点什么。只有小孩例外，他们两手空空地走进来，总能获赠一块饼干。李先生做这行已经大半辈子了。

我这个人没过过家庭生活。从来也没有，一天也没有过。我有一个儿子一个女儿，但不太见面。我儿子偶尔来打打下手，但他对这类工作没什么兴趣，总归是不够投入吧。干这行，你得百分百投入才行。

我1942年出生于南加州的乔治城，十九岁来到纽约，很快就在纽约医院的厨房里找到了自己的第一份工作。他们把我安排在蔬菜房里负责削洋葱。我不是吹牛，削了这么多洋葱，我一滴眼泪都没掉过。但你知道这工作也就那么回事。削了一年洋葱之后，甭管我削得多么炉火纯青，难免还是想干点别的。我时常路过饼房，觉得里边那些弟兄看起来挺开心的，于是我就想："可能饼房适合我。"

我拜托主厨把我调到了饼房。这下总算是不用再削洋葱了，改给平底锅刷油，一刷就刷了两年。饼房里有7个烘焙师，职能各不相同。有人负责做面包卷，有人负责做饼干，有人做派。在那个年代我们不管做什么都是从零开始。不像现在，所有的配方和流程都给你安排好了。我那时想多学一些关于烘焙的知识，于是就报名上了休息日开班的烘焙课。虽然只是学一些最基础的知识，但挺实用。终于，那些烘焙师发现我还能干点别的，就开始让我跟着他们一起烤东西。

有一天，我在报纸上看到了果仁酥卷的食谱，决定尝试一下。果仁酥卷就是一种小小的点心，两口就吃完了。我小时候吃过，当时街上还有些老犹太人和德国人开的面包店。如今那些人早已不在人世。现在的面包都是工厂批量生产的。我试了试报纸上的食谱，做出来的酥卷跟砖头一样硬。这对我来说可真是个挑战。我拿着食谱来回试，多加点面粉，少放点糖，多放点黄油。我把葡萄干放在蜂蜜里煮，据说这样能让葡萄干更湿润，诸如此类。烘焙的门道可真不少。经过各种尝试，我终于把它们烤成了理想的模样。于是放假的时候我就把它们分送给医院厨房的同事们。他们都非常喜欢，吃完又向我要。大家都不敢相信一个黑人能把犹太点心做得这么好。

那是1987年，医院饼房开始向大型的商业烘焙坊采购点心。我估计这么下去我们迟早要失业，该想办法开一个自己的面包店了。我的第一个店开在阿姆斯特丹大街上。一切都是我自己从无到有做出来的。有丹麦卷、派、面包卷，当然还有我最拿手的杏仁巧克力馅果仁酥卷。我把所有的精力和积蓄都投入到那个小店里。生意还算可以。（二十世纪）八十年代，人们还会专门去面包店买点心。街上还会有人排队买面包，尤其是放假的时候。不像现在，你在任何一个商店都能买到点心。

不幸的是，1994年，我的脊椎罢工了。医生说是久站导致的问题。谁能料到会发生这种事呢？我动了个手术，然后不得不把面包店关掉了。我把店里所有的东西都收进了储藏间，之后整整十年的时间，我只能做一些兼职。但我真的很怀念面包店，也想念我的客人们。我真的无聊到你无法想象的程度。有一天，我找到了一个新的小地方。于是我把那些烘焙工具又从储藏间里搬了出来，满怀希望地开了"老李的面包店"。那是在2001年9月10日。

那么，如果你还记得的话，那正是"9·11"恐怖袭击的前一天。

我家里人跟我说，世贸中心的坍塌是一个凶兆。以后生意一定好不了。但事实上，我的生意本来就不怎么样。这周边可以说是人迹罕至。大部分顾客是路对面美沙酮诊所的员工和病人。开店的头几年，我用自己的积蓄勉强维持经营。之后，周边的环境开始有所好转，生意也渐渐有了改善。我又撑了七八年，然后就碰上了经济危机。接着美沙酮诊所关门了，店里的生意每况愈下。说起来，这个小店跟我这一辈子还挺像，经历了这么多起起伏伏。为了维持店铺，我掏空了自己的积蓄。最终，2010年5月31日，我亲手关上了面包店的大门。

但是故事到此并没有结束。原来这附近的居民并不希望我的面包店倒闭，他们喜欢我的店。他们的孩子也喜欢，孩子们都知道放学后来店里就能白拿一块饼干。于是邻居们就在网上为我发起了一个筹款活动。他们在网上发布了广告，号召大家都来找我买些点心，好让我的店铺能继续在这个社区生存下去。

你说说，纽约人是不是还真有点意思？

所以我重新开张了。这次我的生意堪称火爆。邻居帮我建了一个网站来卖果仁酥卷和其他点心。客人不管身在何处都能通过网站来订购我的产品。两个月前，我往摩洛哥发了一批货。订货的那位女士光邮费就花了48美元，可见她有多想吃到我做的甜品。

我现在每天至少能卖掉200个果仁酥卷。如果我能做得更多，其实也都能卖掉。我曾经一个周末做了1000个面包。我也做其他的产品，比如柠檬派、曲奇饼干、杯子蛋糕，还有红丝绒蛋糕。我不知道为什么大家这么喜爱我的果仁酥卷。他们老是问我要食谱。我从来不透露自己的食谱，但我会告诉他们，我用的是真正的黄油而不是起酥油，而且会用市面上能买到的最好的奶油、奶酪和面粉。我也从来不用防腐剂。毕竟我的面包每天都能卖个精光，没有必要用防腐剂。最大的问题是，我一个人每天只能做出这么点东西来。地方很小，我只有一个小烤箱能用来烤东西，有时能找到一个人来帮忙。所以当一个纸盘的东西从烤箱里烤出来，另一个纸盘就必须准备好马上送进烤箱里。必须这么环环相扣才能提高效率。

最近，有一家新泽西的工厂想采购我的果仁酥卷、胡萝卜蛋糕和面包布丁。他们打算把这些甜品做成冷藏食品，在包装背后印上我的照片和故事——一个黑人做果仁酥卷的故事——然后批量销售。我拒绝了他们。我不是很擅长做生意，也不想做这样的生意。我对自己的现状挺满意的。或许等我退休后回想起来,会认为自己当时应该答应他们,毕竟可以让更多人参与到我的事业中来。嗯,到时候我可能会这么想吧,但也可能不会。我这个人啊,没准会贫困终老。但我可以确定地告诉你:等我撒手人寰的时候,我肯定还是个开心的老伯。只要我还能自己亲手烤点心,我的人生就都是好日子。

穆罕默德·阿布雷恩
Mohamed Abouelenein

清真伙计
THE HALAL GUYS

"清真伙计"餐车好些年前就在纽约颇负盛名了。坐落于曼哈顿53街和第六大道的这辆小餐车,可能是纽约最有名的户外用餐场所了。只需6美元就能从这里买到一盘食物,等候的队伍能从第六大道一直排到第七大道。把吃的拿到手里后,你看哪里空着就自己坐下来吃吧。等服务员来领位?没戏。

阿布雷恩的办公室位于皇后区阿斯托里亚工业区一座再普通不过的楼里——就是那种你从旁边路过时会径直忽略的最最平凡的楼。上到七层,再往上走一段楼梯,就到了他的办公室。我抵达时,他正在桌前打电话。见我进来,他便抬手招呼我在一张旧沙发上坐下。几分钟后,他挂了电话,把椅子转向我的方向。采访期间,敞开的窗户外面不时传来汽车广播震耳欲聋的音乐声,我不得不时常请他重复一下刚说的话。而他似乎对这些噪声充耳不闻。

在埃及，家家都希望孩子能有个好学历——做医生或是工程师一类的。于是我读到了兽医学博士，因为我父母希望如此。要说我自己想干什么的话，我想当个足球运动员。我足球踢得相当好。

拿到博士学位之后，我就当起了兽医。刚干了六个月，我就辞职来了美国，想看看有没有更好的机会。我投靠了一个在纽约的朋友，开始备考本地的兽医执照。但是要一边学习一边赚钱谋生几乎是不可能的事。于是我干脆就专心去工作了。一开始我做过洗碗工，还当过服务员。后来有个人对我说："你跟我一起去摆摊卖热狗吧，这样能多赚一点。"我说："我完全不知道要怎么摆摊啊。"他说："我来教你。"

我当时三十岁，推着一架小小的手推车，就在61街和第五大道的路口摆摊卖起了热狗、椒盐卷饼和汽水。我觉得干这个挺好。当你特想赚钱的时候，就不在乎自己到底是学什么专业的了。我那时脑子里想的全是我要买车，我要结婚。我再也不想当什么兽医了，只想赚钱。我卖热狗每天能赚50—60美元，随着日渐熟练，后来一天能赚到100美元。但那段日子可真是难熬。我每天早上九点出摊，晚上九点收摊。工作十二小时之后，我还得把推车拖行好几个街区，停到车库里去，然后才能回家。

我停车的那个车库的老板叫阿巴杜。他是个精明的商人，在53街和第六大道路口也有个小吃摊。最开始他也跟我一样，推着小车卖卖热狗和椒盐卷饼之类的东西。但是到了夜里，来吃饭的出租车司机们——主要是中东人——就会要求他换换菜单。他们说："我们想吃点正经饭，不想天天晚上都吃热狗和香肠了，给咱弄点好吃的吧。"于是阿巴杜就把小推车换成了大餐车，开始卖炸鹰嘴豆丸子、鸡肉、科夫塔①和沙拉——出租车司机们都喜欢吃那些。很快，顾客们就蜂拥而至——不仅是出租车司机和豪华轿车司机，还有很多其他顾客。他们一般都在夜里开车前来。阿巴杜以前都在午夜左右收摊，但他发现大部分司机都工作到凌晨四点，于是就延长了营业时间。阿巴杜的餐车营业到凌晨五点，然后一辆专售咖啡和面包卷的餐车就会停进他的地盘开始叫卖，直到中午。之后，阿巴杜的餐车又会回来继续营业。

有一天，我正往车库里停车，阿巴杜忽然告诉我他要搬回埃及去了，问我有没有兴趣把他的地盘买下来。我说自己没那么多钱。我的目标是存钱把全家人接来纽约。另外，我现在每天赚100美元也挺满意的了。后来，每天晚上我去停车的时候，他都会问我同样的问题，而我总是拒绝他。最后，他说："行吧，你是个诚实的人。其他很多人也想买我的地盘，但我只信

---

①科夫塔（kofta），一种在中亚流行的肉丸。

任你。如果你自己买不起,那我就让我在埃及的兄弟和你一起买。你只需要付一半的钱。"我同意了。

根据纽约法律规定,城里任何为餐车划定的营业区域都无须付费使用。只要不是禁停区,餐车就可以停车营业,你只需要付钱申请餐车经营牌照。当然,牌照不太好拿,但从法律上说,只要你能找到合规的地方停车,就能营业了。不过如果你想认真做生意,肯定得在一个固定的地方营业,这样顾客们才知道在哪里能找到你。等你的生意逐渐稳定下来,这样一个固定的地方就变得越来越重要了。同时,其他餐车也会知道这是"你的地盘",就像约定俗成的协议一样。

阿巴杜的地盘位于百里挑一的黄金地带。53街和第六大道的交会口在市中心,对面就是纽约希尔顿酒店——城里最繁华的商务旅游酒店之一。希尔顿的餐厅消费不菲,不少客人会步行来我们这儿买吃的。如果你在餐厅里买一罐汽水,要4美元,我们只卖1美元,而且一盘食物只要6美元。你还能在哪里买到这么价廉物美的东西?白天有很多白领和工人来买午餐。到了夜里,这里就是豪华轿车司机的聚集地,因为大部分夜班司机都是穆斯林,需要吃清真食品。

清真食品对穆斯林来说,就像洁食对犹太人一样重要。在我们的宗教里,当割断动物的喉咙时——不管是牛、阉牛、水牛,或者是骆驼,你都必须大声说"奉真主安拉之名"。安拉,就是阿拉伯语里的"神"。然后要立刻将动物尸体中的血液放干净。我们认为这样比较健康，因为细菌是生长在动物血液里的。我们卖的是获得认证的清真食品。

因为我们卖的是货真价实的清真食品，我觉得有必要在车上放个"清真食品"的招牌广而告之。后来我才发现自己是城里第一个这么干的人。这样一来，大家就知道该来找我买清真食品了。如果你是个穆斯林，又不知道该去哪儿吃饭——你能问谁呢？当然是出租车司机啊！所有出租车司机都会告诉客人我们的存在，帮我们做了很好的广告。而且他们不仅仅是让穆斯林游客知道了我们，也让美国人知道了我们。很快，建筑工人也开始光顾我们。餐车前面排起了长队。

有很多人并不介意排队。有些人跟朋友们一起来边聊天边排队，有些人在排队的时候甚至交到了新朋友。总之排队的体验挺不错的。有时候排队的人甚至多达五十个。不过队伍倒是移动得很快，最多等上20—30分钟。这取决于排队的时段，还要看是不是周末。我们决不让任何人插队，一个也不行！我们盯得很紧。唯一有特殊优待的客人就是出租车司机。因为他们对我们实在是太好了，而且他们只有15分钟的休息时间，最多30分钟吧，所以的确需要尽快拿到食物。他们一般站在餐车的另一边，我们优先给他们备餐。排队的其他客人也理解这个情况，大家并不介意。

对我们来说，排成长队的顾客就是最好的广告。你来光顾一家店，看到队伍已经排了半个街区，而且从早到晚生意都是这么好，你就知道我们卖的东西肯定不错。于是你也加入了队伍。我以前听过一个笑话。有个人弯腰系鞋带，于是走在他身后的人就停了下来以防撞到他。第三个人看到这个情况，就站到了第二个人的身后。如此往复，很快就排起了一支小队伍。当第一个人系完鞋带站起身来，十分奇怪身后这些人到底在等什么。不过他转念一想："哇，我是这支队伍的第一个人。我可不能就这么走了！"于是队伍越来越长，终于，第二个人忍不住开口问第一个人："我们到底在等什么？"第一个人回答说："我也不知道，不过肯定是什么好东西吧……"

我们在工作日有四个员工，周末有五个。三个人负责做菜，一个人负责收银。我们动作很快。从下单到出餐，只需要5秒钟。你甚至都还没说完"鸡肉"这个词，我们就已经把鸡肉装盘打包完毕塞进你手里了。

人们经常问我："你的生意怎么这么好？你看街对面的摊子，还有下一个街区的摊子，跟你们卖的东西都一样，他们的生意怎么就不行呢？"我告诉他们，做这门生意没什么诀窍，都是一些最基本的知识。只要你打好地基，盖起来的楼房肯定很坚固。那么，这门生意的地基是什么呢？

第一条规则：服务好顾客。你得让顾客们开心。我在做员工培训的时候会告诉大家，一个开心的顾客会告诉其他人，由此你会获得很多新顾客。但是一个愤怒的顾客也会告诉其他人，于是你就会失去很多生意。第二条规则：食物一定要新鲜。有很多摊主会把前一天剩下的食物放到第二天再卖。对我来说，到了收摊的时候，不管剩下多少食物，统统都要扔掉。第三条规则：始终保持餐车附近的清洁。我雇了专人来打扫。如果你不时常注意，很快周边环境就会非常脏乱。人们在午餐时段或者是回家的路上来光顾我们，只要看到地上有垃圾，就会头也不回地走掉。这你能怪他们吗？第四条规则：合理定价。我们一盘食物卖6美元。6美元，这几乎算不上是什么钱。但是你在任何一家纽约餐厅里要买到同等质量同等分量的食物，至少要花15美元。

大家总觉得我赚了很多钱，事实并非如此。大家还觉得我只赚不花，其实我花的钱可多了去了。我们的成本很高。在出摊之前，我们需要在厨房里做清洁并预处理食材。光是厨房的成本就所费不菲。餐车本身也不便宜。人员成本，原材料的成本……这些都是开销。如果我的生意不好，我就赚不到钱。

我们从来不欺骗顾客。我知道有些人号称卖"清真食品"，其实卖的东西根本就不是清真的。真正的清真食品成本更高一些，因为在屠宰场里要额外雇人用正确的方法宰杀牲口，并且要念诵"奉真主安拉之名"。我们每周都要去申请一张牌照，证明我们销售的是正宗清真食品。因此顾客都很信任我们。

还有最后一条规则是：你每天都得出摊，这样顾客才能够依赖你。我记得有一天下大暴雪，朱利安尼市长①指示禁止车辆从新泽西进入纽约。那天我们照常营业。餐车四周一片安静，只有皑皑白雪。整条街上只停着两三辆车。有一位警察向我们走来，说："你知道你们出名了吗？"我说："什么？""你没听说吗？哥伦比亚电视台（CBS）正在报道你们呢！"整个城市都已陷入沉寂，而我们是城里唯一营业的餐车。红黄相间的餐车在白雪中格外显眼。说起来你可能不信，那天我竟然赚了一大笔钱。那天，尼克斯队的球员杰森·基德（Jason Kidd）开着一辆加长版豪车来光顾我们，车里还有大概11个人。我们一起待了差不多45分钟，边吃边聊，吃了好多好多个三明治。外面冷得要死，但他们非常开心。我也很开心。我在赚钱哪！

开业这么长时间以来我只缺席了一天，就是飓风"桑迪"来袭的那天。实际上，那天我们也坚持营业了几个小时，直到警察强行要求我们离开。我还记得警察走过来说："各位，现在城里只有两个地方开门。一个是警察局，另一个就是你们这个小吃摊了。现在你们必须赶紧撤离。"

有人认为我们不过是一个路边摊，有人认为我们只是想用

---

①指鲁迪·朱利安尼（Rudy Giuliani），美国政治家，1994年至2001年任纽约市长。

比较轻松的方式赚点快钱,有人认为我们是没受过教育的外国穆斯林。这些人根本不了解我们。我的老帮手欧玛是一名工程师,我本身也有博士学位。我们的员工大部分都是美国公民。我们像其他美国人一样依法纳税。你觉得我会在意别人怎么看待我们吗?我根本不在乎。因为如今我们就是城里最有名的小吃摊。那些对我们评头论足的人又有几个能像我们这么成功呢?

2

鸭子王朝与其他王朝
Duck and Other Dynasties

正如本书之前所写,产生一个餐饮创业的想法并将之付诸实践,已经是一个相当大的挑战。而继承这一事业,并且完好无损地传承给下一代,又是另一个难题。虽然在一般公众看来,餐饮界的权力交接不如政界、体育界或媒体行业来得那么轰轰烈烈,其实麻烦事一点也不少,甚至有过之而无不及。美国小型企业管理局(Small Business Administration)最近的一项研究结果表明,与其他行业相反,绝大多数餐饮企业是由家族所有或由家族控制,而这类企业在进行代际交接后往往面临着严重的问题。企业管理权由第一代移交至第二代后,企业成功率为25%—30%。从第二代交至第三代,这一比例降至10%—15%。到了第四代之后,成功率只剩下不到3%了。

家族餐饮企业的继承游戏为何格外坎坷?关于这个问题似乎一直也没有特别好的解释。有一种说法认为这是由于餐饮业的各种管理规章条例特别严格,而且还要接受联邦和州政府机构关于食品安全和标签要求的种种监管。另一种说法则认为这是个靠天吃饭的行当,你无法预见自然条件可能会对庄稼、产品、物流等带来何种致命的影响。

但以上种种说法都没有提到人为因素。看看各餐饮帝国的"王位"继承史,我们不难发现,继承了家族的血脉,并不意味着就拥有了经营家族产业的能力。即使你碰巧有商业才能,也不一定对餐饮事业有热情。可能你一心只想当个兽医、艺术家或是警察——总之死活就不想做家里这门生意,那该怎么办呢?你能无条件地屈从于家族的期待么?当然,也有可能你本来就想继承你的父辈们辛苦拼来的衣钵,并且也希望能把这荣耀的事业世世代代传承下去。

接下来的几个小故事将告诉我们,家族企业的经营与个人性格有千丝万缕的关系。经营之路并不总是畅通无阻的,途中有崎岖坎坷,有山穷水尽,也有迂回曲折,但终会殊途同归。出身于家族养鸭场的道格拉斯·柯文和生意兴隆的渔业公司的后代鲍比·韦斯,都算是顺风顺水的第四代继承人。帕尔玛·德尼诺在嫁给斯塔滕岛一家知名比萨店的第二代传人时,对丈夫所负的责任一无所知;她努力学习这门生意,当丈夫意外离世时,被迫扛起了重任。亚历山大·普洛斯、大卫·福克斯、艾米·鲁本斯坦和唐伟生,他们在早年都走了些弯路,但最终要么是被诱离了原来的生活,要么是心甘情愿地找到了回家的路。如今,他们也像当年的父辈一样,准备将手中的事业传给下一代。

说到下一代,我们的八位主角中,有七位都已经有了下一代的继承人选。他们的表现能否打败小型企业管理局的统计数据呢?让时间来证明一切吧。

唐伟生
Wilson Tang
南华茶室
NOM WAH TEA PARLOR

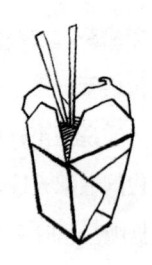

南华茶室是纽约历史最悠久的中餐厅,可能也是世界上唯一一家铺着意大利风格红白格子桌布的中餐厅。1920年,周家开了这间餐厅,1950年,老板雇了十六岁的唐伟力来帮忙,七十年代,伟力从老板手里买下了这间餐厅,又经营了三十来年,然后传给了自己的外甥伟生。那些红白格子桌布,就和闪闪发光的柱子与瓷砖地板一样,数十年如一日不曾变过。而伟生,这个虎头虎脑的二十九岁年轻人,并没有原地踏步。他们的第二家餐厅已经在紧锣密鼓的筹划之中。

南华茶室一直都是我们家人的聚会场所。不管我们白天在何处忙碌,似乎都要在这里结束自己的一天。我是在唐人街长大的孩子。我上小学的时候,我爸出于安全考虑决定举家迁往郊区。他也不喜欢我老在餐厅里晃悠,担心我因此就不知道餐厅外面的世界长什么样。他说我的人生应该志在别处,"你该去从医，"他说，"或者当个律师。反正不要太关心家里的餐厅。"尽管如此，在我学生时代的每个周末和每一个暑假，我们全家人还是会回到南华茶室。大学毕业后，我去了摩根士丹利工作。但这并非我个人所愿，纯粹是为了取悦我爸。我的办公室在世贸中心二号大楼的74层。

"9·11"恐怖袭击当天，我就在办公室里。

那是一个对我来说再平常不过的早晨。我需要乘两台电梯才能抵达公司——先乘特快电梯到44层，再乘区间电梯到74层。我八点十五分走进电梯，上到44层，在餐厅逗留了一会儿，像往常一样打包了香肠饼、薯饼和两个鸡蛋。八点四十五分，我乘坐区间电梯抵达我的办公室，打开电脑，开始边吃早餐边工作。这时，同事经过我的工位说："火警响了，我觉得可能是火灾演习之类的吧。"我当时第一个念头是，"太好了！我能下楼遛弯偷懒了！"于是我们又乘电梯回到44层。当电梯门打开的时候，我们才知道楼里真的着火了，大家要走楼梯去一层。我还没离开办公室的时候，看到窗外有很多纸在四散飞扬，好笑的是，我还记得当时在想："今天在搞什么纸带游行吗？是洋基队又赢了，还是职棒世界大赛（World Series）？又是游行日了？"那时我还年轻，对一切毫无察觉。

当我们从44层走到大概16层的时候，接到通知说一切情况正常，大家可以回到自己的楼层了。大家就纷纷掉头上楼了。

而我想，往下走16层可要比往上走20层容易多了。我还是走到一层然后再坐特快电梯上去吧。于是我们就继续往下走，丝毫也不恐慌。有许多消防员经过我们身边冲上楼去，但我依然不觉得有什么异样。

一层大堂人群骚动，乱作一团。我走出门去看看情况。这时我才知道发生了什么，但我仍未意识到事态有多严重。从楼下抬头看去，飞机撞击的区域看起来非常小，所以我想可能是谁的私人飞机出事了："他也太倒霉了吧。"接下来如你所知，第二次撞击发生了。大家都开始尖叫，人群互相推挤着纷纷向大楼外涌去。现场人仰马翻，混乱不堪。没有人知道到底发生了什么，只知道要尽快逃走。我当时心里只想着要赶快去南华茶室。不然我还能去哪儿呢？我跟着惊魂未定的人流一起往北走向唐人街，直往餐厅走去。忽然，我身边的人群纷纷转身回望，发出阵阵惊呼。我回过头去，看到世贸中心一号大楼正在坍塌。然后，我又目睹二号大楼随之倒下。

直到今天，我仍不愿回想起这一切。

摩根士丹利随后搬到了新泽西的港口区。每天从纽约前去上班的通勤过程让我不胜其烦。于是我决定开始创业。我发现了一家待售的小面包房，买了下来，然后请了一位烘焙大师教我做面包。这个小生意成功地干了四年，然而工作时间实在是太长了。每天我从早上五点干到晚上八点，从没见过阳光，也几乎没时间见家人和亲友,于是我想:"我是个年轻人。朋友们都在外面挥霍青春,饮酒作乐,干着年轻人的傻事。而我却窝在自己小小的面包房里干活儿。"并且……我完全不认识任何女孩子。

2010年,情况发生了改变。我叔叔伟力建议我接手南华茶室。提议的过程简单粗暴。他说:"伟生,我已经八十五岁了,我干不动了。"对我来说,这寥寥数语宛如天降甘霖。我内心无比确定这就是我一直等待的使命和机遇,这才是我真正想做的事。我知道我爸一定会失望,但我对他说:"如果要我每天打着领带听人使唤,无法决定自己该干什么,该几点回家,几点上班,什么时候该工作,什么时候该休假,那我一辈子也不会开心的。这是我改变生活的机会。"

南华这个"遗产"在我刚接手的时候还乏善可陈。在伟力叔叔执掌餐厅的四十年里,餐厅已渐渐老旧。油漆斑驳,流浪猫在门口踯躅不去。伟力叔叔虽然是这里的老板,但几乎没把它当个餐厅。那是他自己的社交俱乐部。他跟那些狐朋狗友常常坐在餐厅后头吞云吐雾地打牌。如果有客人来了并且想坐下待会儿,他就去给人做点吃的。他倒也从不认为这个餐厅实际上并没有在正经营业。在他看来,"营业"就意味着"我这儿有些饼干,欢迎你来喝杯茶、借用下厕所之类的"。我当时同意接手的前提条件是我可以按照自己的意愿来经营餐厅,并且需要有人在厨房帮忙。他答应了这两个条件。他给我找的帮厨直到今天还在餐厅工作。

南华的餐品一直都以港式点心为主。港式点心是粤菜的一部分,分量很少,大概是一人份,一口量。在大多数餐厅里,服务员都是推着小车在餐厅里绕场走动,车上摆着后厨准备好的各种点心。有客人需要时他们就停下来,让客人自己在车上挑选想吃的点心。传统上,点心一般是在早餐、早午餐,或者是午餐时吃的。这要回溯到几千年前,那会儿人们沿着丝绸之路出行,在路上遇着小店便停下来喝茶歇脚。厨师们成年累月地练习,只为了把每个饺子的细节都做到极致:皮、分量、腌汁、每个褶子,都至关重要。当然,馅料也不可忽视。

就我个人而言,做传统港式点心早午餐生意的最大问题是要早起——这就和我之前在面包店的情况一样。我想打破这种模式。我想把港式点心做成晚餐,这样我就可以晚点开门,晚点关门。然后还可以提供啤酒和葡萄酒配餐。我爸说:"你是不是疯了。晚餐吃港式点心?谁会这么搞?"我说:"我呗。"我觉得这么安排挺好的。这就跟西班牙塔帕斯[①]一个道理。你去塔帕斯餐厅,点几个小菜,来杯葡萄酒,吃得津津有味。为啥中

---

①塔帕斯(tapas),西班牙小吃。一般作为正餐前菜或下酒菜,可以是凉菜,如各式奶酪、橄榄;也可以是热菜,如裹好面糊油炸的鱿鱼、煮马铃薯等。如今被一些餐厅发展成正餐菜式。

餐就不能这么搞？我跟伟力叔叔说了我的想法，他说："我懒得管你想干什么，伟生。你别搞砸了就行。让餐厅长长久久地开下去，别倒闭了。"伟力叔叔在唐人街生活了五十年，在社区里可谓声名显赫。尽管他把餐厅传给了我，但那依然是他身份的象征。我接手餐厅之后有好一阵子，还是会让他那些老朋友在后屋打牌。

最终，餐厅照着我的想法重新开业了，更晚开门，夜里十点打烊。我的下一步是培养顾客。我是个年轻人，我了解现在正是社交媒体的时代。于是我给餐厅做了个 Facebook 主页，然后《每日新闻报》(Daily News)的一位编辑就给我发来了信息："我从八岁起就开始光顾南华茶室了。我得写一篇关于你们重新开业的报道。" 2011 年 1 月，周日的《每日新闻报》上刊登了一篇两版的关于我们的报道。南华茶室又回来了。

过去三年对我来说是个前所未有的体验。我们上了两次《纽约时报》，其中有一次还是周三美食版的头条。更令人兴奋的是：我还曾为林书豪举办过他加入纽约尼克斯队后首场比赛的观赛派对。我是一个超级篮球迷，身高接近两米，是我们全家最高的。当林书豪加入尼克斯队的时候，我想："哇，这也太棒了。他就像我一样啊——一个在美国出生长大的大高个儿华裔男孩。"然后出乎意料地，有一家公关公司找我来主办一场林书豪在纽约首赛的观赛派对。我想："太酷了！尼克斯队的球迷们都会来！他们肯定会给我送点什么东西！"而其他餐厅的老板都在问我："你说什么？观赛派对是什么意思？""他们给你多少钱啊？""啊？你要把整个用餐区都用来摆电视？"

整件事简直棒到不可思议。因为这是一场全国实况转播的重要比赛，于是ESPN（娱乐与体育节目新闻网）也来我们这里做了实况转播。尼克斯队的啦啦队也来了。尼克斯队的前任前锋约翰·华莱士（John Wallace）在现场有求必应地为大家签名。麦迪逊广场花园①的那些大人物都来了。我们餐厅连着好几周都是城中的热门话题，生意天天爆满。

我的人生一下子变得如此丰富，而且还有更多新的经历正等着我。我太感恩了，自己实在幸运。最近我常常思考自己和餐厅下一步要做些什么，但我考虑最多的还是我儿子。我从来没有跟我爸一起度过假，因为他一直忙于工作。我想确保自己不会错失与儿子共度美好时光的机会。回想他出生的日子仿佛就在昨天，如今他已经是个能跑能说的大孩子了，但我却还在忙于工作。我希望能陪他一起经历人生。我想陪他去少年棒球联盟，想带他去练足球，想和他去徒步旅行，想与他一起跑一场马拉松。我从未和自己的父亲有过这些经历，我希望能和儿子一起度过这些时光。

---

①麦迪逊广场花园（Madison Square Garden），纽约市著名体育场馆，是许多大型比赛、演唱会和政治活动的举办地。也是尼克斯队的主场。

道格拉斯·柯文
Douglas Corwin
新月养鸭场
CRESCENT DUCK FARM

1873年，一只公北京鸭和三只母北京鸭从中国来到了美国。没人知道这四只鸭子到底是怎么来的，总之它们就在长岛落了脚。这四只小鸭子就是新月养鸭场如今这一大群鸭子的祖先。它们的后代如今在纽约某些顶级餐厅的菜单上可谓大受欢迎。柯文是生长于长岛的第四代养鸭农。这里是他的父辈们世世代代守护和照看的土地，也是他的家园——年复一年，他在这里养育了自己的子嗣，以及，100多万只鸭子。

长岛的养鸭业始于十九世纪六十年代。到二十世纪六十年代，美国的产鸭量已经达到600万只，其中有500万只产自长岛。然而十年后，情况发生了变化，整个产业开始转移到美国的其他地区。我一直也不知道确切的原因，可能别处的能源成本更低，或者是劳动力更为廉价。总之，我大学毕业的时候，整个长岛只剩下35个养鸭场了。如今，岛上的养鸭场只有我们家和另外一家小农场。我们全家从来没想过离开这里。这不仅是因为我们在长岛拥有145英亩[①]的土地，整个家族里有一半的人都住在这里，更是因为整个家族从十七世纪起就在这里扎根发展。我们如何能够离开自己的故土呢？

在新月养鸭场，我们进行鸭子的繁殖、孵化、饲养和收获——也有人称之为"处理"。对，我们也处理鸭子。这是一门货真价实的家族生意。农场至今依然蒸蒸日上，我们每一代人都做出了不同的贡献。我的曾祖父在1908年首先开始饲养鸭群。我祖父是一位出色的木匠。农场里所有的鸭舍全是他盖的。我父亲是家族里第一个大学生。他从康奈尔毕业后回来经营养鸭场。他有非常敏锐的商业意识，非常关注我们生意的核心，确保农场拥有在未来可持续发展的基础。我大学一毕业就回来继承衣钵，主要负责家禽基因开发。我希望我们产出的家禽能比其他家的更肥美多肉。当然事实也是如此。

我们饲养的鸭子是市面上品质最好的，它们的品种依然属于北京白鸭，但我们的饲养方式能让厨师在料理鸭子的时候一下就感知到这是我们家的鸭子而不是别人家的。城里有超过一半的高档餐厅都是我们的客户，原因只有一个——我们家的鸭子的确更好。据说四季酒店的餐厅已经持续用我们家的鸭子长

---

① 1英亩约等于4046.86平方米。

达二十五年了。

我花了大量时间来改进养殖技术，这意味着我们要选出最好的鸭子来进行繁殖。种鸭首先得是健康的鸭子。眼睛看起来怎样？羽毛的状态如何？然后需要关注它的身体素质。骨架是否端正？腿脚是否健全？走姿是否稳定？骨骼是否足够强健能承受增加的体重？鸭胸的长宽是多少？肌肉组织的厚度如何？皮有多厚？如果一只鸭子符合种鸭的标准，那么我们就在它的翅膀上做个标记，以持续追踪它的成长情况，从而改良我们的品种。整个过程要花费大量的时间。

当然，资金的投入也必不可少。要想养出最好的鸭子，就要做好花钱的准备。你得盖鸭舍。鸭子们需要足够的活动空间，才能健康茁壮地成长。我们建了30个不同的鸭舍。根据季节的不同，我们要保证每只鸭子都有一定的平均使用面积，让它们安枕无忧。鸭子会经历不同生长阶段，但我们场的整体养殖规模一般维持在15万只左右。经过六周时间，一只湿漉漉的小鸭就能成为合格的肉鸭，鸭蛋也到了收获的时候。这些小家伙长得特别快，以肉眼可见的速度一天天越长越大。

如果你到我们最大的鸭舍里转一转，就会看到一片白茫茫的羽毛海。有12000只鸭子忙忙叨叨地伸着脖子四处扭来扭去。较小一些的鸭舍大约能容纳4000只鸭子。我们每两周进行一次集体孵化。每一批大约能孵出上千只鸭。每一只小鸭子都嗷嗷待哺，需要好好喂养。我们一直都用最好的饲料——天然谷物，不含激素。要养出一只6磅重的鸭子，大约需要喂掉20磅重的各类饲料。

说到养鸭的投入，我们还一直在兴建新的设备。比如最近我们就建了一座价值300万美元的垃圾处理厂。我们把隔离出来的固体垃圾都制成堆肥。这种处理方式不仅能够避免氮气进入地下水中，并且还会产生一种极佳的肥料，供我们循环使用。我们还有一种沼气池可以用来处理农场产生的废水，将其煮沸从而产生燃气。燃气燃烧后驱动马达，帮助我们完成垃圾回收的另一个环节——氧培的细菌可以吃掉剩余的垃圾，其残余物会被人工湿地过滤。完成全部处理后的废液非常清洁，完全对环境无害。

我每周工作八十到九十个小时。你要问我这些时间到底都在干什么，我还真没法解释，甚至有时候我自己也搞不明白。我会观察成千上万只鸭子，日复一日，年复一年地观察。我基本没什么社交活动，但是有机会我还是会外出。每年我会带家人去一次城里的餐厅。对，我当然会点用鸭子做的菜。

家族生意的美妙之处就在于，每一代人会带着他们不同的能量和想法参与进来，共同成就这桩事业。我祖父建起了鸭舍；我父亲将日常的工作和运营组织得有条不紊，使生意欣欣向荣；我则对自己接手的这些鸭子进行了改良。如今，我的下一代已经摩拳擦掌。我的两个儿子已经基本全职为养鸭场工作了。大儿子和他祖父一样是个实干家,工作勤勉,喜欢从现实出发考虑问题。由于目前所有的鸭子几乎都归我管,所以我的小儿子主要负责管理农场里的其他动物。

对我来说,为自己打工意味着能把握自己的命运。而在此过程中,如果家庭成员之间能建立起亲密的联系,那就再好不过了。这种好事当然并不会常常发生。我们性格不同,目标各异。有些人可能比其他人更努力工作,有些人或许会与你发生方向上的分歧,有些人则经常惹人生气。但只要生意够大,大家就都能找到各自的定位,不论做的是什么生意,家族企业总归是能蒸蒸日上的。

帕尔玛·德尼诺
Palma Denino
德尼诺比萨店和小酒馆
DENINO'S PIZZERIA AND TAVERN

德尼诺比萨店坐落于斯塔滕岛一个住宅街区的北部，以前曾是一个小酒馆。最近加盖了餐厅之后，两座砖楼尴尬地连在一起，看起来像是一个婚纱店，又像是个牙医诊所。然而只要穿过前门，你就知道自己没走错地方。一阵烤面包的香味扑面而来，混合着融化的莫泽里拉奶酪香，还有大蒜和甜美丰润的西红柿做成的酱汁的味道：只有每天烤出上百个比萨的地方，才会有这样浓郁的香味。在过去的六十三年间，这里每天如此。

酒吧间的墙上高挂着两台电视，正静音播放着体育比赛，紧挨着的架子上堆满了酒瓶。每天中午，房间里挤满了用餐的人群，声浪渐渐盖过角落里自动点唱机播放的歌声，那是弗兰奇·瓦利 (Frankie Valli) 在低声哼唱着"我的目光追随着你"(*My Eyes Adored You*, 1974)。灯光明晃晃的用餐区没有窗，靠墙摆着一排暗色塑料沙发。我俩在沙发上坐下。她侃侃而谈，我却越发饥肠辘辘。

我很遗憾从未见过我公公约翰·德尼诺。他小时候和家人一起从意大利搬到曼哈顿,遇到了玛丽,两人结了婚,一起搬来了斯塔滕岛,在这儿生下我丈夫卡里——这是卡罗的昵称。1937年,约翰开了德尼诺小酒馆。1951年他去世之后,独子继承了这里。其实卡里并不是很想继承这个地方。他是个焊工,在造船厂收入不菲。而小酒馆只是将将收支平衡。但他别无选择。小酒馆主要卖酒,不怎么卖吃的。卡里很快就意识到他得卖点真能挣钱的东西才行。比萨似乎是个不错的主意。果不其然,大获成功。

我第一次见到卡里就是在这个用餐区。我那会儿刚二十出头,和别人一起来吃饭。"你好呀。""你好,很高兴认识你。"这就是我们第一次对话的全部内容。第二次见到他时,我已经结婚并且怀着九个月的身孕。"你好啊,帕尔玛。""你好啊卡里,又见到你真高兴。"三年后,当我第三次遇见他时,我离婚了,带着儿子麦可。他也离婚了,带着他的儿子麦可。我知道,对,这俩孩子的确让人有点分不清。我们刚开始约会的时候,就分别喊这两个男孩大麦可和小麦可,或者老麦可和小麦可。他还有个女儿叫卡拉。所以我们家有卡里和卡拉,还有两个麦可。天知道为什么大家的名字都差不多。

我们结婚时,我二十七岁,他五十四岁。我们的婚姻生活稳定而幸福,直到他七十七岁那年猝死在高尔夫球场上。我确定他离世时是开心的,但我也确定他从没想过要把餐厅留给对餐饮业一无所知的我。于是,五十岁的我莫名其妙成了餐厅的老板。虽然我们以前也在一起工作,但是他一直都是唯一的决策者。尽管有时我觉得有些事可能对生意有帮助,但我也从来不会去做。德尼诺一直都是卡里的地盘。

  他刚过世的几个月里,我根本不知道自己在干什么。没有一件事是顺利的,一切都乱了套。虽然很难,但我还是努力按照他的方式把事情安排起来。出乎意料,我干得还行。随着斯塔滕岛经济的发展,店里的生意也忙碌了起来。门口开始有人排队等位。我们买下了隔壁的二层小楼,推倒重建,拓宽了我们的店面。但客人还是越来越多。这真的令人吃惊,因为我们从来没做过广告,我们到现在也不做广告。更令人吃惊的是,我们还老是获得各种各样的最佳餐厅奖项,但我们其实根本不是一个正经餐厅。我们只是一个比萨店,甚至都不供应意面。这里只有20种不同的比萨,还有一些小菜,比如布法罗辣翅、藤壶贝,还有炸鱿鱼圈。我们有时候也提供英雄三明治[①]和意大利婚礼汤[②],但不做正式的晚餐。2014年,TripAdvisor把我们

[①]英雄三明治,馅料丰富的大长条三明治。
[②]意大利婚礼汤,用多种蔬菜和肉类做成的意大利汤。

排在了斯塔滕岛的698家餐厅之首。"查氏餐厅调查"①则在纽约百佳餐厅的榜单中把我们排在第65名。我们还是挺自豪的,毕竟纽约这五个区一共得有20000家餐厅吧。

卡里的儿子麦可已经开了他自己的餐厅,我们的另外两个孩子,我儿子麦可和卡里的女儿卡拉,现在基本上已经接管了这个老餐厅。小麦可原来在消防队工作,但他一直都对餐厅的生意挺有兴趣。卡拉虽然有别的工作,但常来餐厅帮忙。那我还需要做些什么呢?现在我负责所有的预订和文书工作。我做过两次心脏手术,身体变差了很多。如果店里的事情干得不像样,我就会生气,但医生交代我尽量别发火。然而,众所周知,跟自己孩子一起工作很容易恼火,有时候真是摁不住火。我到现在还是会看着卡拉发出"哼"声,然后她就会说:"妈,你在摇头。有什么问题吗?"于是我答道:"卡拉,你在这儿已经干了这么多年,你怎么可能会不知道这事该怎么做呢?你没有用心观察吗?我能看到的情况难道你就看不到吗?"诸如此类。我最好还是在家里工作,所以我一般都不待在店里。

昨天我在家里工作了十二个小时。我们在厨房里和餐厅前门都安了闭路电视,所以我可以在家里看到餐厅的情况。以前店里没装这些,有一个员工跌倒之后起诉公司管理过失,我

---

① "查氏餐厅调查"(Zagat's)由蒂姆·查格(Tim Zagat)和妮娜·查格(Nina Zagat)在1979年创办,包括出版物和网站,主要对美国餐厅进行评论。

说:"这里根本就没有东西会绊倒你啊!"但是因为他跌倒时没有目击证人,所以我们还是被起诉了。后来我们就装上了闭路电视。我一向都跟他们说:"如果有需要,你们给我打电话。我马上就过去。"然而他们一次也没打过。

不过也没关系。反正我在闭路电视上能看到他们是不是需要我去帮忙。有时候店里特别忙,我就会给他们打电话。有时候我看到有员工坐下了,我也会打电话到店里质问:"你坐在那里干什么?"然后他们就会抬头看向闭路电视的镜头,冲我挥手大笑。

今年是卡里逝世十周年。我觉得他可能也没想到德尼诺现在会这么成功。但我知道如果他能目睹我们是如何经营这个餐厅的,他一定会非常自豪。

麦可·博克（帕尔玛的儿子）
Michael Burke (Palma's son)
德尼诺比萨店和小酒馆
DENINO'S PIZZERIA AND TAVERN

四十岁的麦可，已经准备好接手这个餐厅了。

我妈妈跟卡里·德尼诺结婚的时候，我才五岁。所以我基本上就是在店里长大的。我长大后，卡里曾对我说："麦可，如果餐厅出什么意外的话，我希望你还能有其他选择。"我一直很想回答他："卡里，我们从1937年就在这儿开餐厅了，还能有什么意外呢？"但我没有顶嘴，只是静静地听着。我一向很听他的话。所以，我在店里帮忙的这二十八年间，一直也在做着其他工作。我的上一份工作是在斯塔滕消防队。我1999年11月14日加入消防队，"9·11"后我不得不离开。因为健康原因，他们强迫我提前退休。七号楼坍塌的时候我正在现场。此后的三个月，我每天都在世贸中心遗址进行搜救和清理工作。因此，我失去了38%的肺容量，再也无法通过消防员的呼吸测试。从那以后，我就开始在餐厅里全职工作了。

十二岁之前，我已经在餐厅的厨房里学会了关于比萨的一切知识。你可能也听出我的意思来了，那就是做比萨其实非常简单。人们经常说："你们的比萨太好吃了。有什么秘诀吗？"秘诀？能有什么秘诀？我们的秘诀就是一切从简。有时候，东西就是越简单越好。许多人会往面团里扔各种各样的原料。我们不这么做。我们用的是最基础的菜谱。水、面粉、酵母、盐。我们让原料静置两天，摊平，准备工作就做好了。我们做馅料的方式可能有点特别。很多人会先放酱，但我们先放奶酪再放酱料。如果非说有什么秘诀的话，大概就是这个了。哦还有，我们用面包糠做饼底，而不是用面粉或者玉米粉。这就是我们的比萨松脆美味的原因。这能算是秘诀吗？

斯塔滕岛上肯定有不下一百家比萨店。你会读到一些报道，关于谁才是最佳比萨店，而这些比萨店又是如何互相竞争的。这种文章真的毫无意义。斯塔滕岛这么大，我们都能好好生存下去——李的比萨店，乔和帕兹的比萨店。我们都是好朋友。我们有需要时还会互相求助。如果我们用完了某种原料，也会借来借去。开餐厅跟其他工作一样，最重要的是大家都能好好谋生。

前两周真是忙疯了。比尔·德·白思豪（Bill de Blasio）在竞选纽约市长期间来了我们餐厅。他是在某一次募资活动之前来的，点了炸鱿鱼圈和比萨，表示自己很喜欢。然后他就去参加了在怡东大酒店举办的六百人豪华晚宴，站在讲台上花了十分钟描述他在德尼诺刚刚吃过的美食。整个演讲期间，我不停地接到朋友们的短信和电话，他们正在现场听他讲话。讲话一开始，他说："要是早知道德尼诺店里的炸鱿鱼圈和比萨这么好吃，我好几年前就去光顾了。"①

人们一听到白思豪做此评价，立刻就来我们店门口排起了队。而这只是一次意外。在店门口有满满一墙壁的牌匾，都是我们在过去十五年间获得的城中最佳比萨店前三名的奖牌。我也不知道究竟是什么让我们如此特别。如果知道原因，我肯定就把它装瓶卖了。可能是因为餐厅里总有一种家庭的氛围吧。我们这儿什么样的客人都有，穿着工地靴的码头工人会来吃午餐或是下了班来喝两杯啤酒，西装革履的律师也会来光顾我们。

---

① 当选纽约市长后比尔·德·白思豪造访斯塔滕岛，用刀叉吃了一块比萨。这一有失体面的用餐行为引起了热议，媒体称之为"比萨门事件"*。更糟的是，报道中还引用了喜剧演员乔恩·斯图尔特（Jon Stewart）的劝告之词："德·白思豪！……你本应捍卫中产阶级的利益。你才上任两周，我们就逮到你学特朗普的样子吃比萨！啫，我明白可能学习当市长需要一段时间，但是我希望你尽快学会自己的第一课：如何正确食用你任职城市里的招牌菜。如果你是费城市长，你会用刀叉吃费城奶酪吗？如果你是布法罗的市长，你会用刀叉吃布法罗辣翅吗？诚然，你的前任布隆伯格也不会用手吃比萨……但你和他可不一样啊，你是人民的公仆！吃饭得有公仆的样子！"（作者注）

* 此事媒体多称为"叉子门"（Forkgate），"比萨门"指2016年的另一起事件。"叉子门"的发生地是斯塔滕岛的另一家比萨店。

百万富翁是我们的客人，拿最低工资的人也是我们的客人。高中生开完运动会也会来店里吃饭。当然我们还有很多家庭常客。尤其是在周末的时候，大人们总是带着孩子一起来。我眼瞅着那些孩子长大了，又带来了他们的下一代。一家几代都是我们的客人，这真的很神奇。斯塔滕岛上的家庭在成长，我们也是。

曾有一度，店里有80%的员工都是我们家里人。卡里的妹妹，我的姑妈露丝，从十四岁起就在店里工作，直到八十九岁去世前两周才离开。她以前是服务员，后来成了我们的女主人。我们所有的服务员都是姑妈和表亲，而他们的小孩则在店里帮忙收拾盘子。孩子长大了，得有人来填补店里的空缺，于是我们的朋友就过来帮忙。如今有很多朋友的妻子或是我妹妹的朋友都在店里工作。厨房里有许多员工在这儿工作已经超过二十年了。他们年轻时在这儿当洗碗工，我们帮他们获得美国公民身份，如今他们就像我们的家人一样。所以我觉得这里不仅是一个传统意义上的家庭餐厅，还是一个广义上的家庭。

我和妻子经常争论是否该让下一代接手餐厅。我觉得肯定得这样，而我妻子则持反对意见。而且不是一般的反对，是很激动地说："我反对！"我知道开餐厅很辛苦，我知道我们每周要工作七天，我也知道每天的工作时间都很长。但孩子们看起来很喜欢这里。他们一进门就马上开始帮忙。我儿子今年十岁，已经会用电脑工作。他接了电话之后，就把客人的预订信息输入电脑。他跟我一样，喜欢和人聊天，但是他不喜欢把自己弄脏。他是那种喜欢在门口迎宾的小孩。他会从客人手里接过现金或是信用卡，刷完之后说："能请您在这里签名吗？非常感谢。"他天生就会干这个。我九岁的女儿则相反。她喜欢做比萨，特别愿意在厨房里把自己搞得满身都是面粉。说来神奇，他们很快就融入了这里，并且能迅速上手工作。孩子们适应得很好，而且这对他们来说也是个很好的退路。老实说，我觉得这俩孩子至少有一个肯定会留在店里。餐厅的第四代接班人。听起来还不错吧？

鲍比·韦斯
Bobby Weiss
蓝丝带渔业公司
BLUE RIBBON FISH COMPANY

富尔顿鱼市位于布朗克斯区的亨茨波因特,在一座看起来像巨大的飞机库的建筑内。鱼市长度超过400米,占地面积跟帝国大厦一般大。在鱼市中央一条狭窄的四车道小路上,高尔夫球车大小的运货车每天都来回穿梭运送着成百吨海鲜。鱼市内的温度常年控制在4摄氏度左右——对工人来说可能有些冷,但对渔获和成吨的用于保鲜的冰块来说,则再合适不过了。

韦斯是蓝丝带渔业公司的第四代传人。他希望自己十七岁的儿子能成为第五代。"今天是他上班的第一天,"韦斯说,"他半夜跟我一起过来的,现在就在角落那儿,睡着了。"

我的曾祖父创办了这个公司。我还在上大学的时候,就知道自己肯定要干这一行。我那时连着八个暑假都在这里干活儿,吃了不少苦头,已经完全准备好接受挑战了。

我有一个团队,主要是一群老伙计还有供应商。伙计们帮忙进货，把货运到餐厅，以及在地上摆摊卖鱼。供应商负责处理鱼类。我们有部分产品是按原样整个出售的，但大部分货品还是要请供应商提前处理好。有人负责切鱼，有人负责去皮，有人负责剔鱼骨。剔鱼骨的伙计简直像个机器一样，唰唰唰，只要五秒钟就能够剔出20条鱼骨，绝对是市面上剔鱼骨速度最快的人。

每天我们要处理20—45吨海鲜，包括贝类和冷冻海鲜。海鲜身上没有部位会成为废品，连剔除的鱼骨都有专门的市场来销售。人们会用鱼骨来煮汤或者是熬制高汤。也有人会买下金枪鱼的整个骨架，还能再从上面细细挖下好些肉来，然后把这些肉绞碎用来做金枪鱼汉堡或是辣金枪鱼卷。我们也曾把鱼骨和其他垃圾一同扔掉，直到大概一年前，有人把卡车停在鱼市后门，走进海鲜处理车间，找到我们的伙计，许诺每天给他点儿钱来买下那些本来要丢弃的鱼骨。这事持续了一段时间，后来被我发现了，于是我就亲自把鱼骨拿出去卖了。每周能靠这个赚几千块钱，而之前那家伙竟然只给我的伙计那么一点儿钱，真是胆大包天啊。

我们的海鲜产自世界各地，当然也有美国本土的产品。但是在美国，我们现在面临着环境保护法带来的种种问题。在我祖父那个年代，海里的鱼可谓取之不竭。如今，环境保护主义者和其他关注物种保护的社会机构十分担忧可食用鱼类正面临过度捕捞的危险。于是现在，美国渔民可捕捞的鱼类都有配额限制。我手下有个全职的伙计，专门负责记录我直接从渔船上采购的货品。我必须向联邦政府环境保护局汇报渔获的情况。我曾经见证鱼群的数量在一年、两年、三年内逐渐恢复到历史记录水平。但整体情况对渔民来说依然十分艰难。过度捕捞固然不好，但把配额削减得太狠也不合适。如果渔民的捕捞数量被限制得过低，出海就是个亏本生意。最后他们就只能歇业了。

事实上这种情况正在发生。今年，政府将鳕鱼的捕捞配额降低了81%，这对于一种有数十年捕捞历史的主要食用鱼类来说是极大的削减。这一禁令将持续三年。因此，我目前主要从冰岛和挪威进口鳕鱼。它们品质极好，跟我们本国的产品相比有过之而无不及。虽然成本更高一些，但我也会提高售价，所以对我来说还好。但是对渔民朋友们来说情况就不太乐观了。他们还能去干什么呢？就干等着吗？三年之后，这些人必然已经找了别的工作，不会再回来打鱼了。

渔民都是上夜班的。为了一大清早就能交付新鲜的海产，你得在晨曦未现时就来接货并且完成销售。每一天我都从半夜开始工作，大约早上十点结束。这种工作时长对我来说堪称完美。我离婚了，我的孩子中两个年龄较大的有一半时间跟我生活在一起。我有些城里的朋友干着朝九晚五的全职工作，下了班就出去找点儿乐子。和他们相比,我跟孩子们相处的时间可能更多。我每晚五点左右一定会和九岁的女儿一起吃晚饭,然后睡觉。夜里十一点起床去工作。过去十年来一直如此。

(二十世纪)八十年代我刚开始工作的时候,大伙儿都是凌晨四点进厂开工。这些年来开工的时间越来越早,只要有一个同行决定把供货时间提前以提高自己的竞争力,我们也就只能效而仿之。我们做调整,我们的顾客也会做出相应的调整,这个市场一向都是这样运作的。如今你会看到有顾客凌晨两三点钟就开始在鱼市里晃悠,他们对此习以为常了。

凌晨一点,我穿着我的卡哈特(Carhartt)连身裤,跟伙计们一起开始工作。我们把冰铺开,摆上刚刚送到的新鲜渔获。我们肩上都挂着绳钩,用来抓住海鲜或者是货箱,就这么又拖又拉又拽地把它们都弄到它们该待的地方。在接下来的几个钟头里,这个绳钩就是我的第三只手。凌晨两点,大概有50%或75%的货品已经送达。来自餐厅和零售市场的买家们也在此时陆续抵达。我们开始进行销售,为他们下单。早上八点,所有的订单都已经处理好。我回到楼上,换上便服,再处理一些行政工作,直到上午十点下班。下班后我通常会去打高尔夫。不,几乎都会去打高尔夫。我觉得这是结束一天工作的好办法。

艾米·鲁本斯坦
Amy Rubenstein

彼得·鲁格牛排馆
PETER LUGER STEAK HOUSE

彼得·鲁格牛排馆位于布鲁克林区威廉斯堡大桥一侧。自艾米的父亲在六十五年前将其买下之后，这里一直是纽约最有眼光的肉食爱好者们挚爱的去处。不管经济情况是萧条还是繁荣，也不论是遇到龙卷风还是全城大停电，这里一直都一座难求。它肯定有什么诱人之处，而且肯定不是装修。自彼得的父亲卡尔·鲁格（Carl Luger）在1887年开了这家餐厅，这里的吧台模样就从来没变过。墙上和地上铺的都是普普通通的木板，天花板上挂着乏善可陈的吊灯，连块桌布都没有的餐桌两侧摆着塑料面的曲木椅子。就是这么简单。这里的过人之处显然只能是牛排了。

艾米是餐厅目前的三位女负责人之一。另两位分别是她的姐姐玛丽莲·斯佩拉（Marilyn Spiera），以及她的侄女乔迪·斯托奇（Jody Storch）。考虑到牛排馆，甚至整个肉类行业，几乎全是男性的领地，你难免担心这三位女高管可能会引起一些流言蜚语。但她说这种事从没发生过："我爸特别坚持一件事，就是每周一定把账结清，绝不欠债。不管这里的老板是不是女人，我们都及时跟供应商结款，所有人都喜欢我们。"

我父亲索尔·福尔曼（Sol Forman）买下彼得·鲁格餐厅那年，我十一岁。父亲出身贫寒，他的兄长们在他十四岁时就纷纷搬走，留下他独自照顾父母。他早早辍学，最终和兄长们一起加入了一家金属制品公司"福尔曼家族"。其工厂位于百老汇大街185号，他总是带着客户去路对面那家他最喜欢的彼得·鲁格餐厅吃饭。他每天都光顾，即便没有客户他也照去不误。

1950年6月，鲁格一家遇到了财务危机，被迫拍卖餐厅。当时，我父亲正好想找找有没有金属生意以外的事情可做。于是他就去参加了拍卖，准备拍下这家餐厅以及餐厅旁边同样由鲁格家族所有的房产。结果他竟然是拍卖会上唯一到场的人。于是，我父亲就这样开起了餐厅。

虽然我父亲完全不知道该怎么经营餐厅，但他并不担心。他觉得自己可以将采购和制造方面的专业知识应用于餐饮业。事实证明他是对的。首先就是供应商方面。他没有只依赖于一家供应商，而是获取了若干家的报价然后从中做选择。他还坚持店里出售的每块牛肉都必须是特级牛肉，并且加盖美国农业部有机认证（USDA）的印章。

为了保证货品质量，他请我母亲负责挑选送来餐厅的每块牛肉。但是我母亲对于选肉正如我父亲对开餐厅一样知之甚少。她可是个画家，还有一个哥伦比亚大学的音乐硕士学位。但当时我哥哥刚刚不幸去世，她急需用些从没干过的事情来填满自己的生活，强迫自己走出家门。选肉似乎是个不错的契机。

她师从美国农业部的退休肉品分级师乔·多德（Joe Dowd）先生，花了两年时间学习牛肉专业知识。我至今记得她每周有两天都要穿上皮裘戴上帽子，和老师去西区高速公路附近的肉库。在那里她会换上白色的肉铺专用外套和套鞋，与多德先生一起到肉类处理区选肉。过了一段时间，我母亲就学会了挑选优质肉品的所有知识。此后，她绝不允许任何供应商把未经她允许的货品送到餐厅来。她带着彼得·鲁格的印章去肉市，在选好的肉上盖戳。这样当肉被送来餐厅的时候，她就知道货品是不是她选上的那些。周周如此，直到她八十岁为止。

我姐姐玛丽莲在1960年左右加入了餐厅。当父亲向她求助时，她刚从巴纳德[①]毕业。父亲当时仍在金属行业工作，同时也从事一些地产项目。因此，即使餐厅是他的热情所在，却没空在上面花太多时间。所以他让我姐做了餐厅的老板。而那时

---

①巴纳德学院（Barnard College），位于曼哈顿的一所私立女子学院，1889年创建，1900年起成为哥伦比亚大学的附属学院。

的我，满脑子想的都是结婚生子。这两件事我倒也很快就办到了。直到1975年的一天，我父亲打电话让我去一趟办公室。他说："艾米，我和你妈要出海玩三个月。你怎么好意思让你姐一个人忙餐厅的事呢？"

相信我，就算没有我，玛丽莲一个人搞定餐厅也毫无问题。她一直都干得很好。但我父亲既然这么说了，我只好满心内疚地去餐厅帮忙。在那之前，我一旦跟我丈夫霍华德提起要工作，他就会说："女人不该工作啊！"但是我父亲对此事十分坚决，并且为我安排了特殊优待。只要我加入公司，每周可以只工作三天，而且可以先送完孩子们去上学再去上班，在孩子们放学之前就下班。于是，我默默接受了这份工作。

我们进行了分工。玛丽莲是餐厅老板，负责每天的运营。因为当时我们给餐厅加了些新包间和一个新厨房，所以我就负责盯着装修进度。我妈妈那时还在负责肉品采购。她每周去一次肉市，回来之后会和我父亲一起在店里吃午饭。他们总是坐在桌边，对今天的菜评头论足："这牛排老了些。""今天这洋葱太辣了。""这咸牛肉有些硬吧。"每天如此，令人忍俊不禁。

我十分肯定如今的牛排馆能做到由老板亲自挑选每块牛肉的已所剩无几。但对我们来说这是最基本的事。我们的肉来自好几个供应商。如果有些供应商把肉送来之前我们没有亲自挑选，他们就会允许我们退回不满意的肉。我每周会去一次类似亨茨波因特的"百事通肉类供应公司"这种较大的肉店。在那儿真是大开眼界。

首先，你还是得穿得像个专业人士，先把头发裹好，戴上手套，穿上白大褂，才能进到肉市里去。店长乔治会亲自带我进去。他会把肉拎起来给我看前腰脊，也就是T骨牛排常用的部位。我只买经过美国农业部有机认证的特级牛肉，市面上评级的牛肉中只有不到2%能达到这个标准。如果肉上有老茧、瘀血或是血点，我就不会要。我掌握着餐厅品牌的印章。我给印章刷上油墨，然后把餐厅的名字狠狠盖在牛肉上。不过，通常要不了几分钟，乔治就会抢过我手上的印章，自己开始唰唰唰盖起来。因为我盖章的速度实在远不如他。

有人认为彼得·鲁格是一家被困在过去的餐厅。我们倒不认为是"被困"。我们刻意保持二十世纪五十年代的样子，这就是我们喜欢的风格。我们依然通过电话接受订位，并且用铅笔在预约簿上记下来。客人通常需要提前六周订座位，所以显然不会有人在乎我们是怎么登记预约的。事实上，我们可能是纽约城里唯一一家还没有数字化办公的餐厅。我们的服务员会把客人点的菜写在小本子上，然后把这张纸送去厨房，而不是传输到什么位于餐厅中心的电脑终端。客人吃完饭后，会拿到一张手写的账单，可以付现，也可以刷卡。我们最近才刚刚开始接受借记卡。

我们的菜单和最开始相比也几乎没什么变化。主菜是牛排和羊排，开胃菜是培根片、番茄洋葱片和生菜角。配菜也没变过，大家还是很喜欢我们的德国土豆饼和奶油菠菜。吃完主菜，在我们的十款甜品中选一个，再加上一勺打发泡的稀奶油，这就可以称得上是完美的一餐。不管在1950年还是2015年，这餐饭始终如一。我们有很多回头客，所以何必做出改变呢？

如今，我们最大的挑战是高品质肉类是否能够持续供应，以及精瘦牛肉的流行是否会影响到牛肉的品质。现在，人们只吃精瘦肉，但对牛肉来说，正是脂肪的存在和分布才能带来出色的风味。如果大家想要无脂牛肉，那看起来就像一块肝脏，我实在没法保证它好吃。但这就是现在的市场需求。市场需要更瘦的牛肉，也就是草饲牛。市场的需求越大，就会有越多餐厅去采购，于是越来越多的供应商就会进这样的肉，最终导致越来越多的牧场主出品草饲牛。潮流就是这样形成的。我们对此有点担心。

我们面临的另一个挑战是偶尔会买不到符合要求的肉。两年前，羊排的供应一度出现缺口。没人知道具体原因，有可能是因为它们断奶的时间不够早。但不论是因为什么理由，当时市面上的好羊肉供应不足。牛肉也遇到过同样的情况。尤其是夏天，大家都想买肉在家自己烤。我一直觉得这会导致牛肉涨价。现在看来果不其然，特级牛肉的供应跟不上了。我不知道其他等级的牛肉是什么情况，因为我也没考虑过要选择它们。但如果供应情况真的很紧张，我们也只好少服务些客人，而不会妥协降低自己肉品的质量。这种情况已经发生过好几次了。

彼得·鲁格的经营理念是让餐厅保持原样。我知道这不太美国。事实上，在这个全球化的年代，我们可能是唯一一家没有进行疯狂扩张的餐厅。我们在布鲁克林和长岛的大颈区有两家店，就这么多了。而我认为我父亲也是这么期望的。他于十四年前去世。我的父亲索尔·福尔曼，享年九十八岁。他在人生中七十五年的时间里，每天都会吃一块牛排。

大卫·福克斯
David Fox

"福克斯—不错"
FOX'S U-BET

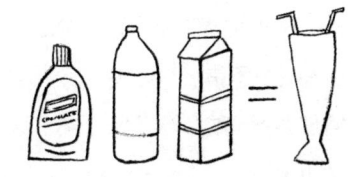

进行采访的办公室是他和儿子凯利共用的。凯利之后将接手这家公司。屋里散落着各种关于纽约历史和美食文化的书,还有一些小雕塑、皮质封面的剪贴簿和复古风格的纪念品。我和大卫·福克斯聊着天,凯利坐在两米开外的办公桌上认真工作,完全无视我们的对话。至少看起来是这样。

要是每次别人问我"福克斯—不错"这个名字是怎么来的,我都收他们1美元,那我现在可发财了。不过你不用给我钱,我还是会给你解释的:大概在1900年,我祖父赫曼在布鲁克林成立了一家巧克力糖浆公司——H.福克斯公司。赫曼祖父好赌。他经常去赛场赌马,有时候还砸进去不少钱。所以,这个出生于布鲁克林的犹太人,一个匈牙利移民的后代,会在懵懂的情况下跑去得克萨斯投资买地,我们也就丝毫不觉得奇怪了。当然,在得州他亏掉了自己全部身家。但当他回来的时候，也不是两手空空，至少还是学到了一些西南地区人民的口头禅——不错！① 比如，"今儿感觉还好吧？""不错！""这您吃着够热乎吗？""不错！"呐，这就是我们巧克力糖浆公司名字的由来。

我们店的确有一些奇闻逸事，还有不少来自波希特地区②的喜剧演员们。唐·里克斯（Don Rickles）常在演出里提起我们，梅尔·布鲁克斯（Mel Brooks）在《花花公子》（*Playboy*）上发表的一篇文章也提过我们。在文中他说自己年轻时从没当过学校里的体育明星。为什么？因为怕受伤啊。于是他就一直当队医，这样就能始终站在场外关注着比赛。每当队员受伤，他就会给伤员吃一个我们家的蛋蜜乳（egg cream）。我读到这儿，就给他发了一条信息，告诉他我们十分感激他将该产品开发出了"古希伯来人的医疗用途"。电视编剧哈里·克莱恩（Harry Crane）则给我们发来了这样的消息："我住在洛杉矶城外。像其他哥们儿一样，我也会带姑娘回家。如果我给她们备上唐培里侬香槟，她们就觉得我小题大做；但如果我备上你们家的蛋蜜乳，每次都喜获好评。所以，在此呈上我最诚挚的谢意。"这

---

①原文为"You bet！"，字面意是"你赌对了"，即"当然""你说得没错"。
②波希特地区（Borscht Belt）是纽约州卡兹奇山沿线的一个夏季度假地带。"波希特"取自"罗宋汤"（borscht），曾是指代东欧犹太人的委婉说法。二十世纪二十年代至六十年代，这一地区曾是纽约犹太人喜爱的度假地。许多犹太喜剧人和音乐人的演艺生涯开始于此。

类趣事层出不穷,使得我们的产品愈发神乎其神。当然,糖浆本身是不可忽略的重点。你无法想象有多少人告诉我在他们家冰箱里就有那么一瓶至少放了十年的"福克斯—不错"的糖浆。那可是陈酿啊!一瓶优秀的、陈年的巧克力糖浆啊!你说是不是很厉害!

这家公司成立于1900年。也就是说,我们现在是一百多年的老企业,而且,历史还在续写。从前的纽约是一个移民区,有布鲁克林区、皇后区、曼哈顿下城,还有布朗克斯区。这些地区各自都有不少糖果店。那时的生活就是围着自家附近糖果店里的冷饮柜和金属凳转悠。你会去店里喝一杯咖啡,看看报纸或是漫画书打发时间。而一次完美的约会,就是一起去看个电影,散场后再去糖果店买个圣代冰激凌。这就是我祖父创业时的市场情况,可以说是做糖浆生意的最佳时机。很多人围着冷饮柜买所谓"两分钱原味饮料",其实就是苏打水或者气泡矿泉水。为了能把价格提高到五美分,制造商必须往原味饮料里加点东西,无非就是各种口味的糖浆——樱桃、橙子、葡萄或者巧克力什么的。这些糖浆都是从我祖父那儿买的。

同时,那些装满了气泡矿泉水的车子就像上门送奶的牛奶车一样,也会挨家挨户送水和回收瓶子。于是,他就给这些送水车定制了家庭装的糖浆。你可以往两美分原味饮料里倒入一些糖浆,在自家厨房就能做出糖果店里卖的那些东西。

二战前，我父亲也加入了家族公司。当时在纽约有二十来家糖浆公司。然而，随着时间的推移，其中有一些熬不过激烈的竞争，倒闭了。可口可乐和百事可乐成了市场巨头，我父亲于是想了个新点子，把产品转售给超市。

五十年前，我也成了公司的一员。那年我二十一岁，刚从越南回国。我父亲生着病，家里有一大堆麻烦事，福克斯则已破产。当父亲把公司交给我时，所有人都让我赶紧把它卖了，但我没有这么做。我当时唯一的念头就是要公司活下去：每周我要如何才能收到钱？我要如何给大家发工资？想想可笑，我竟然从没想过失败怎么办。我可能是蠢得压根儿不知道还有失败这回事。我就这样让公司一直活了下来。因为我始终认为，前有古人，后有来者，而我只是这时间线上一颗小小的螺丝钉。我祖父开创了事业，我的父亲及其同袍继承了事业，又将它传给了我。当时，我还是孤军奋战。而如今，我还有我的儿子——凯利。

第一个蛋蜜乳是如何诞生的？众说纷纭。老实说，没人知道究竟。我认为，最早应该是有一种由鸡蛋和浓奶油做成的饮品。当移民推着车沿街叫卖或者是在制衣厂里埋头苦干时，他们需要能让人打起精神的工作餐。于是他们就把鸡蛋放进一杯奶油里，充分搅拌，大功告成。一杯下肚，饥饿全无。有趣的是，后来他们先是在配方里取消了鸡蛋，后来又取消了奶油。

所以，今天的蛋蜜乳其实只含有巧克力糖浆、牛奶和气泡水。既没有鸡蛋，也没有奶油。你说是不是很怪！

肯定有烹饪教室能教你做出完美的蛋蜜乳。有人说，秘诀在于先放糖浆，再放牛奶，最后放气泡水，这样才能让成品的顶部有丰富的泡沫。但如果是在布鲁克林，人们就会告诉你要最后才放糖浆，因为糖浆会让整个蛋蜜乳的颜色发生变化。就我个人而言，先放什么后放什么并不重要，它们毕竟只是原料。如果你用我们的糖浆，你就肯定能做出一款完美的蛋蜜乳，如果你不用我们的糖浆，那就做不出来，就这么简单。

说来有趣，人们总是对蛋蜜乳充满了怀旧之情。我们在网站上提了个问题："你有什么关于蛋蜜乳的回忆吗？"答案五花八门："我第一次吃蛋蜜乳的时候还是个小女孩，打扮得漂漂亮亮跟妈妈一起去逛街。我们总是会在回家之前找地方吃点好吃的。我还记得那天我们去过一家药店柜台，要了一份蛋蜜乳和两根吸管。""我记得第一次和家人一起去科尼岛时去了一家糖果店，我哥点了一份蛋蜜乳，我当时真的很想成为像他一样的人！"这一切的美妙之处在于，大家分享的都是快乐的回忆。就像你吃了一个俄式奶油布丁（charlotte russe），然后你就惊呼："哇！俄式奶油布丁！"但它无非就是一块筒状蛋糕，上面加了点儿奶油和一颗樱桃。然而在那个年代，它就是世界上最棒的东西了。你愿意用生命去换取一块俄式奶油布丁。你知道

"便士糖"(penny candy)么?那其实就是在一片纸上放着的彩色圆点,那些点点尝起来就跟彩色粉笔差不多。但你还是会吃,因为所有人都吃这个。

我们很高兴我们的蛋蜜乳也是那段历史的一部分,是人们生活中快乐的小小片段。吃蛋蜜乳的记忆总是和家庭、朋友、欢笑以及愉悦联系在一起。今天,我们肩负着它过往的传奇,又将为它开创新的篇章。

亚历山大·普洛斯
Alexander Poulos

木瓜王
PAPAYA KING

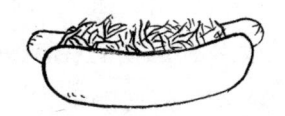

"木瓜饮料配热狗有什么特别呢?"我问普洛斯。他有些谢顶,留着小胡子。在纽约,木瓜饮料配热狗就像贝果面包配三文鱼一样常见——但这门生意似乎只在纽约能成功。我很好奇为何这一组合看起来就无法走出城门。"我也不知道,"他答道,"我们也多次尝试在纽约以外的地方开店,但至今尚未成功。我说的纽约以外是指波士顿或费城这样的大城市,而不是俾斯麦①或杜鲁斯②这样的小地方。可能是水质的关系,所以他们都说出了纽约你就吃不到好的贝果面包了。除了这个原因之外,我也跟你一样毫无头绪。"

1922年,土耳其人攻入伊兹密尔城,把希腊人赶了出去。我所有的家人都迁至雅典,除了我的叔叔古斯。他当时十六岁,

---

①俾斯麦(Bismarck),美国中部北达科他州首府。
②杜鲁斯(Duluth),美国中部明尼苏达州苏必利尔湖畔港口城市。

带着小小的钱包和大大的野心,独自来到了纽约。十年后,这位如今的纽约东区餐厅老板和他的伙计们去了古巴。在那里他生平第一次尝到热带果汁,立刻就爱上了它。作为一个生意人,古斯叔叔不禁暗自琢磨,既然自己如此喜欢这些饮料,其他人肯定也会喜欢。于是在1932年,他在86街和第三大道的街角支了一个摊子,起名叫"夏威夷热带水果饮料",自信满满地等着摊前排起长队。

幻想中的长队始终没有出现。叔叔开店时运不济,经济大萧条刚刚过去,战争的阴云正从欧洲慢慢扩散开来。老百姓一来想不到要喝洋溢着热带风情的菠萝和木瓜饮品,二来囊中羞涩无法负担。古斯叔叔花了几个月的时间竭尽所能招揽生意,比如让穿着草裙的姑娘们伴着夏威夷音乐在摊子前面翩翩起舞。作用嘛,聊胜于无,然而杯水车薪。看来还是得卖些人人都熟悉的东西才行。于是古斯叔叔想到了法兰克福香肠!这东西又便宜又容易做,并且内森餐厅当时已经在科尼岛上卖香肠了。古斯叔叔摊子所处的位置用来卖香肠也可谓完美。86街和第三大道位于东区约克维尔,是城中的德国区,也是东欧人聚居的地方。如果说纽约有个国中国,那就是这里了。

于是古斯叔叔向德国人卖起了香肠,上边撒点东欧人最爱的酸菜,再请各位配上一杯热带水果饮料——但顾客们对饮料这个部分毫无兴趣。不过,大家开始慢慢地接受并且喜欢上了这些热带饮品。不知不觉，两种食物的搭配就成了一种习惯，没人再去细想个中缘由。大家就直接点上一条热狗配一杯果汁。

到了二十世纪五十年代，店名改成了"木瓜王"。没人记得为什么要改名。当时我才九岁，全家移民到美国。我在这里一直读到大学毕业，获得了工程学的学位，然后成了一名工程师。我挺喜欢搞工程的，本来也打算一直干下去，但是1974年，古斯叔叔的合伙人病了，他需要再找一个合伙人。于是他找上了我。

那么，我为何要辞去西装革履的体面工作，穿上围裙站在柜台后每天花十个小时煎热狗呢？我来给你展开讲讲。我花了一点时间考虑，不得不承认如果我继续待在原来的公司里，最好的出路无非是有一天能当上首席工程师。然而如果我加入木瓜王，我们就有可能在世界各地拓展业务。我就有机会去巴黎和伦敦工作！当时，快餐连锁加盟的热潮刚刚兴起——连麦当劳都还没开到城里——我觉得我们能赶上这个风头。这就是我的梦想，也是我的计划。所以，当古斯叔叔给了我公司的股份，又授予我总经理的职称，我就欣然应允了。

二十七岁的我就这样开始了去店里上班的生活。我甚至不知道木瓜到底长什么样。我得全方位学习饮品的相关知识，尤其是我们的秘密配方。我才知道，原来木瓜是不能直接榨汁的，因为它就像香蕉，榨出来的只会是果浆。要做成木瓜饮料，需要往木瓜果浆里加上柠檬汁、水或者牛奶，来适度稀释它。而饮料口感柔滑的关键在于搅拌和摇动它的方式。我学到了一个词——口感，用来形容奶昔的浓度。

我还学会了如何使用烤架。我跟你说，用烤架做香肠可不像在公园里遛弯那么简单。你肯定会想："那能有多难啊，不就是把香肠搁在烤架上吗？"当然是没有发射火箭难，但这的确是门手艺，并且，还真需要点专业知识。香肠不能烤过头，否则就会烧焦变硬，但是如果没烤透，就更糟糕。如果你同时烤十来根香肠，那你就得懂得如何正确地转动香肠和控制炉温。要达到木瓜王烤香肠的水平，的确需要大量练习。人人都可以服务顾客。你点一根香肠，我把香肠给你，收钱，喊："下一位！"这很简单。但是用正确的方式——我们的方式——来准备和销售食物，就很不简单。我们店的面积只有大约45平方米，长宽也就比6米稍多一点儿。其中，80%是用餐区，剩下的20%是小厨房和备餐区，摆满了储存食材的冰柜、水池，还有一个切菜区。噢，别忘了我们店里可是有四个员工。一个人负责下单收钱，两个人负责服务顾客，还有一个人负责烤香肠。

我在店里干了三年，就遇上了所谓"1977年热狗大战"。这些报纸真是看热闹不嫌事儿大。当时，内森餐厅在第三大道上距离我们几步远的地方开了一个热狗摊。我们店旁边有一家芭斯罗缤冰激凌，紧挨着它的是一座五层楼的公寓。一对兄弟租下了一楼，又开了家内森热狗店。因为内森比我们有名，那些年轻人觉得胜券在握，要把我们干倒。

因为我们两家卖的东西基本一样，最后我们的竞争就变成了纯粹的价格战。当时我们的热狗每条50美分，那对兄弟就降价到45美分；于是我们又降到35美分，他们再降到30美分；最终我们降到25美分。整条街挤得啊，跟疯人院或者动物园似的，导致我们周边的居民非常不高兴。我们无法正常地服务平时的顾客。人们也像疯了一样，每个人一次都买上十条热狗，吃掉两条，把剩下的八条带回家当晚饭。

我们也无法保持出品的高质量——烤出恰到好处，表皮酥脆的香肠——因为顾客实在是太多了。大家都在吵吵嚷嚷："我先来的！""我已经等很久了！"那时候就像现在一样，烤炉上方有一块有机玻璃挡板把我们和顾客隔开。我负责烤香肠，当顾客排到我面前的时候，我就会服务他。但我怎么可能知道他们谁先来的啊？而且他们要买的香肠也很多，把烤炉上的全都给他们也不够。真是乱作一团。我们基本上每天只能勉强做到不赔钱。店里脏得要死，满地都是纸巾。

这种骚乱持续了大约半年。最终，内森认输了。他们关店回家了。这种事儿我真的再也不想经历了——完全就是地狱。

木瓜王如今是纽约的代表之一。我们一直努力做到名副其实，同时还得防止别人来模仿我们。好多店都起名叫什么木瓜王国、木瓜狗、木瓜王子、第一木瓜，多到我都数不清。木瓜是水果名称，所以无法被注册成商标。但是"木瓜王"是我们的注册商标。这么多年来我们已经起诉了六七起商标侵权，也赢了官司，但是每次都要花掉一万多美元的律师费。这又有什么用呢？这厢刚摘下"木瓜王国"的招牌，那边又挂起了"乔的木瓜"，或是"迈克的木瓜"。真是没辙。我们钱没少花，但什么问题也没解决。

我并不后悔离开工程行业来卖热狗。当然了，所有行业都一样，我们的生意也时好时坏。但总的来说，这还是个不错的生意。我喜欢我们的顾客，尤其是那些几乎每天都来的老主顾。我也很敬仰那些来光顾我们的名人，包括玛莎·斯图尔特[1]和安东尼·波登[2]这样的老饕。但是呢，总有一些让你摸不着头脑的客人混迹在好人之中。比如我曾经碰到过一件令人抓狂的事：一天下午，店里挤满了排队的顾客。我正在努力烤着香肠，忽然有一个人敲了敲我面前的玻璃挡板。我抬起头，看到他冲我喊："给我两根要洋葱的，三根不要洋葱的！"然后他指指点点地戳向他想要的香肠。当时店里很吵，人声鼎沸，还开着收音机，我几乎听不到他说话。我手里拿着叉子，指着某一根香

---

[1] 玛莎·斯图尔特（Martha Stewart），美国专栏作家、电视节目主持人、出版商，被称为"家政女王"。
[2] 安东尼·波登（Anthony Bourdain），美国名厨，成名作为《厨室机密》（*Kitchen Confidential: Adventures in the Culinary Underbelly*，简体版本由生活·读书·新知三联书店出版），2018年6月于法国自杀身亡。

肠:"是要这根吗?""不是!后面那根!""这根?""不是!反了!是前面那根!"然后我也只好跟他对着喊了起来:"你说的前面,到底是你的前面,还是我的前面啊?"我当时真想骂他一顿,但我忍住了。因为我始终相信并且也一直践行那句古老的格言:顾客永远是对的。当然,热狗也是对的,而夹在顾客和他的热狗中间的那个我,就成了个倒霉蛋。

3

突出重围
Taking the Heat

我们在餐厅用餐时，一般不太会考虑在后厨里究竟发生了什么——当然，除非后厨做的菜出了问题。通常，后厨运作的绝大部分机制都是不为外人所知的，餐厅的管理者和消费者们倒是在这一点上达成了共识。我自己作为一名食客，的确也不想看到后厨。只要我点的墨西哥肉卷饼和煎豆泥送上桌时是热气腾腾的，我还在乎它们是怎么被盛进盘子里的吗？真的不在乎。同理，当我点的是一份上面撒着白松露薄片物美价不廉的羊肚菌舒芙蕾时，只要侍者端上来的舒芙蕾还新鲜而蓬松，我就很满意了。

但今时不比往日。如今我想要知道餐厅的每个细节。我想了解服务员草草写下的那些点菜记号到底是什么意思，还想知道装盘之后的美食是如何被一步步传递到用餐区域的。所以我花了大量时间潜伏在各个厨房里，就像一只苍蝇匍匐在溅满了黄油的墙壁上，伺机而动。

我必须承认，厨房里灼人的热气和严苛的纪律，已经让我够吃惊的了。但更令我目瞪口呆的，还是在厨房里埋头苦干的人们——他们穿着拖鞋，包着头巾，手腕上有烧伤的疤痕，大汗淋漓。他们大部分是肾上腺素勃发的年轻男女。这些人就是流水线上的厨师，是整个厨房的核心所在。他们每晚孜孜不倦地工作，对他们来说，服务对象无非是一张张面目雷同的点菜单。

流水线厨师们在主厨的指导下工作，负责每道菜的备餐、烹饪和摆盘——包括头盘、主菜（又有人称"肉菜"）、沙拉和酱汁——并且把它们及时送上桌。他们工作的区域是如此狭窄，我不由好奇他们会否不小心用叉子戳到彼此，或是踩到同事的脚。我见过厨房里有人端着一盘蚕豆拌斯卡莫扎奶酪沙拉，而紧靠在他背后的人则抬着一桶调味汁，当他们同时转身的时候，我不禁惊叹究竟是一种怎样的第六感让他们没有撞上彼此？简言之，对一个像我这样的外行来说，厨房里看上去简直像是在进行着一场混战，要如何让其乱中有序？

答案可能要追溯到十九世纪末，法国名厨及烹饪哲学家奥古斯特·埃斯科菲尔（Auguste Escoffier）设计了一套被称为"厨房团队编制"（La Brigade de Cuisine）的系统。这是一套军事化的指挥系统，每个人都有特定的岗位和级别，每个级别都向其直属上级汇报工作。这一体系在当今顶级的餐厅厨房里也依然适用（关于该体系的详情将在第 391 页的附录中做详细阐述）。

观察餐厅的厨房如何繁忙地运作，实在很有意思。我曾一整个晚上都待在厨房里，从开始营业到打烊，认真观察全部细节。在正式营业前一小时，厨房里寂静得如冥想地一般（只有抽风机偶尔发出呼呼声），流水线厨师们开始备餐——将客人点餐后需要的原材料准备好。随着营业时间临近，烤架和烤炉开始预热，你几乎能真切地感受到厨房里的热度和紧张气氛在逐渐提升。接着铃铛"叮"一声响了，跑单厨师发出了第一声指令："点菜了！"

然后……开动！

牛排被放上烤架；用盐腌过的红鲷鱼滑入煎锅；鮟鱇鱼被塞进烤箱；羊排在炭火上被烤得吱吱作响；扇贝在铜盘里洗澡；意大利方饺跳进沸水中；薯条被浸入冒着泡的滚油；肉排从烤架上被拿起；烤好的鸡被装盘，然后沿着通道往下传；有人往烤鸡的盘子里加上孢子甘蓝和烤土豆，接着有人为鸡肉淋上酱汁；然后轮到主厨，他迅速给盘子点缀上一团欧芹，用抹布将盘边擦干净。早已就位的服务员把它摆上托盘。八点半，餐厅开始了第一次翻台。夜色渐深，新来的客人逐渐替换了之前的客人，厨房里的节奏也逐渐加快。每隔 15—30 秒钟，就有新的点菜单被送进来。厨房里越发湿热。流水线厨师们抓起水来整瓶整瓶地灌下肚去。紧紧裹着的头巾边上已经出现了汗渍，被烫伤的手腕上被匆匆扎上一块布。"点菜了！点菜了啊！"又一轮忙碌的煎炸烤煮，又一轮紧凑的接踵摩肩。

然后，夜晚的服务戛然画上了句号，正如它突然开始一样。

厨师们灌下更多的水，解开围裙，松开头巾，拽下脖子上的毛巾，脱下鞋子，换上日常的衣服，锁上储物柜门——明天，他们会在同样的时间再度打开储物柜，换上一身行头，回到同一个岗位上。

我听说在餐厅后厨最常用的两个词是"开火"和"干！"。在后厨待了一段时间后，我不得不说这说法的确属实。后厨的生活到底是什么样的？他们为什么选择这一行？对于那些立志要成为大厨的人，这种累到崩溃的生活是必经之路。但并不是所有在厨房里工作的人都想成为主厨，有些人就喜欢默默无闻地做事。本章中就有两位流水线厨师在四季酒店的后厨工作了超过十四年。作为餐厅的专业人员，他们十分满足于自己的工作。对他们来说，烤工、杀鱼工、开蚝工——这些都是份差事，而非事业。他们也不希望为了功成名就而承担更多的责任或压力，更别提要做出牺牲。我完全理解。我坐在舒适的写字台边，可以毫不嘴软地宣布，我真的非常敬畏那些立志成为大厨的人。但关于成为大厨之前要经历的那些磨难，我非常确定自己连一天也坚持不下来。

麦肯锡·阿灵顿
MacKenzie Arrington

桃福
MOMOFUKU MÁ PÊCHE[①]

他二十六岁,身高一米八五。除了是个厨师,他还是个摔跤手。他母亲在缅因州有一家餐厅,所以烹饪一直都是他成长过程中的好伙伴。就像许多厨师一样,他也系出名门——位于海德公园的美国烹饪学院(the Culinary Institute of America)。毕业后,他在酒吧里遇到一位朋友。"朋友问我在忙什么,我说我在我妈的餐厅帮忙。他说:'就这样?你这辈子都要待在你妈的餐厅里做蟹饼?'我说:'那倒也不是……''那你怎么还不来纽约啊?'我跟他说我负担不起在纽约的生活。他说:'老兄,你当厨师当然一辈子都没法在纽约过上好日子,但是在纽约当厨师的体验可是最棒的啊!'"

---

① "桃福"(Momofuku)是由韩裔美国人张锡镐(David Chang)创办的连锁餐饮企业,在纽约、洛杉矶、悉尼、多伦多等多地都有其旗下餐厅。"má pêche"意为"我的桃子",这家经营八年的分店已于2018年夏季停业。

一个月后，我到了纽约。我朋友找人帮我安排了工作，其实就是去某家餐厅试工，或者说是实习。所有纽约的餐厅在正式雇用你之前，都会来这么一道。你得进厨房为他们免费工作。这么做的重点不仅仅是要考察你的工作能力，还要看看你是不是真正喜欢厨房，他们是否喜欢你，你工作的整洁程度如何。当然，你的工作态度也很重要。他们得确保你有一定基础，不需要从零开始教你。可能会有三个厨师同时把手上的活儿交给你。一个说："我现在就要！"另一个说："我的活儿可比他急！"然后他们会观察你的决策过程。最终餐厅领导会问厨师们："你们觉得这个新人怎么样？"他们就开始对你进行一番评头论足。要得到一份厨房里的工作，你就得经历这一切。你的简历无足轻重。

我个人最有兴趣的实习经历要数在桃福 Má Pêche 跟着行政主厨何田（Tien Ho）一起工作。去之前听说我主要负责切大葱，所以觉得这活儿应该不难。我下午两点到了餐厅。两小时后，主厨向我走来："好啦麦肯锡，我给你一个小时。"我说："什么意思？"他说："给你一个小时，你做道菜来看看。"我说："做你菜单上的菜吗？"他说："不用做我的，你自由发挥！你就给我做个晚饭吧，有一道菜就行。现在开始计时！"

我整个人都蒙了，我是第一次来这个厨房，东西放在哪里都不知道。我承认当时真是有点儿发怵。前半个小时基本上就是在四处找东西，随便找到什么都先拿起来备上。然后我开始做饭。首先做的是炸红薯条。先把红薯在滚水里焯一下，然后切成细条，再下锅油炸。我还做了一道非常简单清爽的肉排，用甜椒、玉米碎和大葱做成玉米沙拉当配菜。我先用锅稍微煎一下牛排，又用在厨房里找到的牛肉做了个简单的肉汁，把肉弄到三分熟，像菲力牛排那样切开后，卷成寿司卷状，摆放在薯条上。我做菜的全程，副主厨们都在旁边看着，偶尔窃窃私语。此时，何田主厨走过来发话了："行了，很高兴见到你啊麦肯锡。祝你实习愉快！"说完这话他就走了。面试就这样结束了，他大概根本就没尝我做的那些菜。

那天晚上我一直在店里帮忙，后来客人渐渐少了，他们就告诉我现在可以随便去其他厨台看看，自己想煮点什么都行。副主厨克雷格递给我一杯啤酒："主厨负责把你找来，我们负责评估你的工作情况。"一周之后，主厨给我打电话，说大家都觉得我干得不错。"9月底店里就进入旺季了，你要不就来这儿干吧。"他说。

我从朋友在布鲁克林的三居室公寓里租了一个小房间，和另一个哥们儿开始了合租生活。我们的房间里有一张双层床，一个架子——下层放我的衣服，上层放他的衣服，还有一台电视。租金是每人每月300美元，含有线电视和网络的费用。我现在还住在那儿，不过已经住上了500美元一个月的单人间。

对于一个周薪300美元的厨师来说，这房租真是贵得离谱。

纽约的厨师收入微薄，薪水低到可以忽略不计。我对此事是这么理解的：众所周知，世界上最好的餐厅都在纽约，所以大家都想来这儿工作。纽约有一半的厨师是在免费打工。他们只要有机会进入麦迪逊公园十一号①这种被公认为全球最佳餐厅的地方工作，都会愿意不收任何酬劳。但那些如果没有收入就要睡大街的人该怎么办呢？

即便餐厅给你付薪水，也不是什么高薪。大多数厨师的起薪都是9美元/小时。最好的厨师能拿到12.5美元/小时，每天最多工作八小时。如果你负责晚餐那一班，根据法律规定，你不能早于下午三点半来上班。但事实上大家都会早来，而且通常是早上九点就来了。我们业内的说法是："我们不是要求你必须早来，但是如果你能学到一些新东西，总归是有好处的。"所以虽然我们明明就有专门杀鱼的厨子，但大家早上九点还是要来厨房帮忙杀鱼。当然，这些额外的工作时间你是不会有收入的，别忘了，做这些可是为了获取经验。如果你碰巧是下午三点半才"准时"来上班，然后他们看你把自己分内的活儿也干得挺好，那么他们就会给你加活儿。所以说，下午三点半抵达厨房，想为晚餐做好准备是绝对不可能的。如果你没准备好，

---

①麦迪逊公园十一号（Eleven Madison Park），纽约的米其林三星餐厅。

那么就会有人冲着你大声嚷嚷。主厨对你勃然大怒的原因不外乎两个。一是你颇有潜力，他们希望你能进步；二是他们希望你滚蛋。要么是逼你进步，要么是逼你离职。于是你就开始担心自己可能因此失业，"被解雇"在简历上看起来可不大体面。

于是你只好每晚工作到十二点或者凌晨一点，吃饭，回家，睡觉，起床，第二天早上九点又回来工作。刚开始，我在Má Pêche的流水线上负责鱼台的配餐。就是在鱼厨做完鱼肉菜之后，我负责做好所有的配菜、酱汁和摆盘。这个岗位对工作的条理性要求极高。当鱼厨把做好的鱼传给我时，我要确保所有的酱汁和蔬菜都已经准备好。而且我要伺候的可不仅仅是一条鱼！鱼肉们从流水线上源源不断地向我涌来。前三个月我觉得自己死定了。一半是累死，另一半是被他们吼死。但我最终还是找到窍门熬了过来。

鱼台配餐这个岗位需要准备的东西可以说是多到令人发指。以鳕鱼为例。第一部分：做高汤。第一步，将大量鲜活的蓝蟹倒进食物处理器打成泥。整个过程会搞得周围非常污糟，得给食物处理器套上垃圾袋才行。第二步，接着做高汤。准备好米拉普瓦调料①，它是做汤和酱汁的基础。米拉普瓦由一份胡萝卜、一份西芹和两份洋葱制成。这些东西分量不少，光是把它们切

---

①米拉普瓦调料（mirepoix），由切块的蔬菜置于黄油中小火慢煮制成的基础调料。

碎,大概就要花掉20分钟。切好之后用小火慢煮,然后再加到蟹酱里。这时火力要开到最大,并且要时刻关注,不然就很容易烧焦。第三步,添水,加入各种香料,再在酱汁表面撒上一层茴香叶,像泡茶一样以热气闷之,再煮上两个小时。第四步,把汤汁滤出。到这里,一道菜的第一部分算是完成了。然而这还仅仅是高汤而已。

第二部分:第一步,将韭葱切成极细的长条用来装饰鳕鱼。切韭葱也是我工作的一部分。每天我要处理七八十棵韭葱,将它们洗净,剥皮,然后切成极窄极窄的细条。并且,每根细条都得切得一样细,否则我就会听到有人大吼:"这是谁切的?海伦·凯勒[①]吗?"

这道鳕鱼的制作过程中,还有三至四道工序的强度与此类似。所以照这样稍微规划一下时间,大概每个人在每道菜上得花费两个小时。而同时,你还有另外六七道菜要处理。并且,当周可能恰好轮到你来负责员工餐。

每个餐厅都有员工餐,其实就是每天全体员工围坐在一起吃午饭或晚饭。当天负责员工餐的人会这么安排:"今天头盘厨师负责做蔬菜,鱼厨负责做肉菜,肉厨负责做主食,冷餐厨负责做沙拉。"然而,计划赶不上变化。头盘厨师可能会说:

---

①海伦·凯勒(Helen Keller, 1880—1968),美国知名作家与社会运动家,幼时即失明。

"老天爷,我可忙不过来了。我还有一大堆备餐的事儿没弄完!真是焦头烂额!有没有好心人能帮我做蔬菜啊?"于是鱼厨就会说:"行吧,我来帮你做蔬菜。"结果鱼厨就忙不过来了,那么他就会向肉厨求助:"喂,你能帮我做一下肉菜和蔬菜吗?"肉厨说:"没问题啊!"但他接着就会对肉台的头盘厨师说:"嗨……我真有点儿忙不过来了。"于是到最后,总会有一个人,要么是厨房里最菜的那个,要么是实在听够了这种"忙不过来"的陈词滥调的,总之,一定会有人脱口而出:"行吧!我来!"于是这个可怜人在常规的备餐工作基础上,还要负责给整个餐厅的员工做饭,这工作量简直就像滚雪球一样越滚越大。

厨房里的空间极其狭小,走路的时候我们就像穿着木拖鞋的芭蕾舞演员一样,得踮脚旋转,互相交流时要压低声音。每个主厨可能还会有一些不成文的规定,比如在厨房里禁止谈笑,禁止大声喧哗,禁止敲击锅子。如果你不小心把什么东西掉到地上搞出声响,所有人都会露出鄙夷的神情。在这种严丝合缝的安排下,如果你从我身后经过的时候我刚好转身,根本不用提醒,我就知道你在什么位置,你也知道我正在做什么。

我不想把工作搞砸。首先,一旦搞砸了,就会有人来吼我。其次,除了厨师这份工作,我一无所有。厨师既没钱,也没社交,除了工作没有任何生活,就是一个纯粹的厨房流水线工人。所以我难免会对这份工作投注过多的热情。干我们这一行,如果不能很好地应对批评,那很有可能就要崩溃了。你最好充分意识到在任何情况下都不能跟主厨顶嘴。绝对不能!对于主厨的话,你的回答永远只能是:"好的,主厨!"或者是"不是的,主厨!"除此之外什么也别说。我曾在 NoMad 餐厅当过六个月流水线厨师,当主厨喊出一道菜的时候,厨房里所有人必须一起喊"遵命!"——意思是他们明白了。如果主厨说:"把这个、这个、这个,还有这个,都给我煮了!"当他一说完,大家就得拿出吃奶的力气一起大喊:"遵命!"如果喊得不齐,他就会让你再喊一次:"你们这群扶不上墙的烂泥!根本没有协作精神!能不能拿出点工作热情来!再给我喊一遍!""遵命!""这还差不多。"

在厨房里要是受伤了该如何处理?你可别提了。主厨八成会说:"噢,切到指头啦?把伤口洗一洗,上点儿胶水,赶紧接着干活儿。"我有好几次只能把出血的指尖按在金属台面上来止血。你的手臂上常年都会有一到两处正在愈合中的烫伤。这就是工作的一部分。没有病假,不准迟到,啥也没有,也没机会谈恋爱,因为压根儿没有时间。事实上,在这种几近癫狂的工作环境里,只有极少数人能坚持下来。

成为一名好厨师,对人的性格要求可谓复杂。些微的自傲是必不可少的,但同时又得能屈能伸,能够接受他人的不满。最最重要的是需要具备极大的工作热情。说到这个话题,虽然我在NoMad工作时不太好受，但我在职业生涯中曾见过的最触动我的一个场景，却来自那里的一位行政副主厨。当时我们正在干活儿，忙得不可开交，负责把食物从厨房传往用餐区域的跑堂伙计们则靠在墙上等着出菜，大声说着笑话。这位副主厨忽然转身对他们说："你们能不能闭上嘴？想聊天就滚出去聊！厨房是老子最重要的地方！你们休想把这儿搞砸了！"他才是一个真正热爱工作的人，并且不吝于彰显这种热爱。这就是对工作的热情。

曾有一个年轻人在厨房里负责早班和下午班。这位仁兄的工作能力极差，是位事倍功半之徒，大家都对其颇有微词。某天晚上，晚班烤厨刚刚打开炉门准备放肉进去，却惊讶地发现里头有块类似焦炭的东西。"这是……"他惊叫道，"这他妈是块猪排啊！"而当时，此前当班的那位仁兄早已下班四个小时了。他走之前忘了把肉取出来，就这么开着炉子一直把它烤成了焦炭。主厨听闻此事后勃然大怒："这猪排来自全国最好的猪肉供应商！这货是个白痴吗？"次日，在那位仁兄下班之前，主厨让他给养猪的农民手写了道歉信，为自己对农产品的不敬表示歉意。一般说来，那些没有处理好的食材都会被直接扔进垃圾桶。但由于这位农民常常送货来餐厅，主厨十分了解他为养猪付出了多少心血："人家花了这么多年才把猪养大，天天早起喂猪，把它养得健健康康的，这个蠢货就这么把猪肉给搞砸了!"对食材的这种态度,也可谓之为一种工作热情。

我的友人所言甚是。在厨房里你反正既赚不到钱也谈不成恋爱,那最好还是好好热爱这份工作。有时候我会听到有人抱怨:"我一周工作四十个小时,累死了,我真不想干了。"而我每周工作八十个小时,收入只是他的四分之一,但我从不抱怨。假期?那是什么?所有的节日都要工作——圣诞节、跨年夜、情人节、复活节、母亲节,还有你自己的生日——前提是你在百忙之中还能记得自己的生日是哪天。我们一直在没有窗户并且持续高温的环境里工作,直到天黑才一身疲惫地离开。日子过得稀里糊涂。

那我为什么还这么喜欢这份工作呢?因为我喜欢食物。我喜欢创造。这就像一种现代艺术,但不仅限于视觉,而是一种体验,一种我为他人创造的难忘的体验。对我来说这是一件了不起的事。他们不会再吃到一模一样的菜,在此时此刻也仅能享用这一盘餐品。谁说得准?也许此刻餐厅里有人刚和女友订婚,他们会永远记得这餐饭。他们不知道菜是我做的,但这不重要。重要的是他们过得开心,并且享受这一刻。从某种意义上说,我也和他们一起欢庆了这个难忘的时刻。

厨师从不会见到自己的客人,我们也并不在乎这些。有些熟客或者是重要人物前来时会要求厨房对他们的菜做特殊安排。而一般厨师都对此不以为意:"我才不管他是迈克尔·布隆伯格[①]还是阿诺·施瓦辛格，管他是谁！我反正还是跟平时一样做饭。"当然，如果是另一家餐厅的主厨或是厨师大驾光临，这种不以为意的态度就会烟消云散。大家一下子就在乎了起来。一切都得做到完美无缺，因为这就是你体现才能的时刻。这就像一场关乎尊严的比赛，你在用自己的菜品表达"我比你强"。

我在 Má Pêche 总共干了十八个月。在这家顶级餐厅工作的确是难能可贵的学习体验。但我已经轮换过所有的厨房岗位，是时候出去获取新知了。我决定去城中其他顶级餐厅实习，看看它们有何过人之处。然而试了几家之后，我大失所望。与 Má Pêche 相比，无一可望其项背。其中某家餐厅的所有流水线厨师还都对我百般刁难，那境况真能让我记恨好一阵子。我知道我比他们都能干。当时我正在忙着冷餐台的备餐，有个年轻人走过来，把一小份南瓜泥甩在我面前的台子上，说："你把南瓜照这样给我切成泥，"并且重复道，"要一模一样的！你切好差不多一斤之后，拿来给我检查一下是不是合格。"我开始切了起来，心里想："这个小混蛋，我倒是要看看他想捣什么鬼。"于是我把他甩在我面前作为示范的南瓜泥装进空容器里，然后拿给他看："你看这样行吗？"我把东西一倒出来，他就开始大

[①] 迈克尔·布隆伯格（Michael Bloomberg），美国商人、富豪，彭博有限合伙企业（Bloomberg L.P.）创始人，2002年至2013年担任纽约市长，是鲁迪·朱利安尼的继任者。

演特演了:"这是什么垃圾玩意儿!这根本就不是按照我要求的样子切的!"我说:"哥们儿,这些正是你刚才拿给我的南瓜泥啊。"说完我就大摇大摆地走了。此后他再也没来找过我麻烦。

下午五点之前,我们必须把准备工作都做好。五点一到,大家就要停下手上的工作,把厨房彻底清理干净,然后集合开会。会后,大家各自回到负责的工作台,准备开始战斗。如果你的工作台还没准备好,那就等着挨主厨的骂吧。主厨就像鲨鱼,一旦他们闻到血腥味,或者他们发现你哪怕只是搞砸了一件什么事,你这一天就算是完了。他们一整天都会跟你过不去。有一天晚上,店里的生意格外好,我正忙得不可开交,主厨却因为一件事跟我起了争执。当时我的手指卡在工作台和抽屉之间,一边忙着干活儿,一边应付着主厨的刁难,机械地回答着"好的,主厨",毕竟我也不能还嘴。正当我要转身从他面前离开的时候,他忽然大喊:"别走!你给我好好听着!"话音未落,他用膝盖顶住了抽屉,狠狠地把我的手指夹在了里面,并且丝毫没有要松开的意思。"我说话的时候你就给我好好听着!"当时我想:"我也是个大块头啊,虽然打人犯法,但是你要是还不松开,我可就对你不客气了!"但我没有说出来,脱口而出的依然是机械的"好的,主厨"。我已经被训练得服服帖帖,主厨的话就是厨房里的天条。你想留下来工作?那就得忍气吞声。

厨师的生活乏味得可怜——吃饭睡觉做饭，中间抽空打个盹。社交？你的朋友就只有那些在你的前后左右一起做饭的同事。我记得在桃福的时候，厨房冷藏间里有个小啤酒桶。每天我们都要工作十四个小时，忙完了一天的工作之后还要打扫厨房。一天结束之际，我们就会打几杯啤酒，换下厨师服，在走道里就地坐下，边喝边聊休息个把小时。然后主厨就会说："好啦！我已经把明天的订单都处理好了，大家把啤酒喝完，把储物柜锁上，咱们一块儿去喝一杯！"然后我们就一起去餐厅或酒吧待一会儿。这就是我们的社交。我们朝夕相处，到了晚上似乎也不想分别。大家难道不会偶尔厌倦彼此么？当然会。在工作中难免受同事的气，但你并不会因此记恨在心，毕竟我们相处的时间实在是太多了。跟同事们处好关系很重要，因为他们是你唯一的朋友。

路易斯·"墨西哥狠人"·伊格莱西亚斯
Luis "The Mexican Menace" Iglesias

中央车站蚝吧
GRAND CENTRAL OYSTER BAR

每年9月中旬,世界各地的开蚝专家们都会济济一堂,在中央车站蚝吧角逐生蚝爱好者专业开蚝锦标赛的3000美元大奖。今年,伊格莱西亚斯将会再次代表餐厅参赛。如果他这次胜出,就是八连冠了。有人可能要说这是主场优势,但评审团成员来自世界各地,并且每年都会更换人选,根据比赛规则,主场与否也根本不重要。伊格莱西亚斯的胜利显然与主场优势无关,但对于一名甚至还没尝过生蚝的二十八岁墨西哥移民来说,这些胜利仍有些令人意外。

最开始我只是个洗碗工,然后被提拔到吧台帮忙。从那时起我就很注重自我提升,休息时间我总是在观察其他人工作。我最喜欢开蚝,逐渐学会了个中门道。有一天,我鼓起勇气去找主管:"我会开蚝,您能让我试试吗?"他给了我机会,并且觉得我干得挺好。接下来,我就当了十年的开蚝工。

我周一到周五工作。早上收货——店里每天大约需要进六千只生蚝——然后把装着蚝的木板箱扛到楼上。餐厅十一点半开始营业,我就从那时一直干到下午两点,然后去厨房帮汤厨做炖蚝和烤蚝。

我们每天至少能卖掉五千个半壳蚝[①],这还不算上炖蚝和烤蚝。生蚝种类繁多:"法式热吻"[②]"赤裸牛仔"[③]"东岸金发女郎"[④],它们的风味因产区而各不相同。熊本蚝来自西海岸,威尔弗里特蚝(Wellfleet)和"玛莎的葡萄园"(Martha's Vineyard)则产自马萨诸塞州,梅普克蚝(Malpeques)来自加拿大。有的蚝很咸,有的蚝则充满黄油香。每种蚝的风味都不一样,但千万别让我根据经验告诉你它们有何区别,因为我不吃蚝。

我从不吃蚝,一只也没尝过。我也曾想尝试一下,但最终还是放弃了。这的确是个问题。因为顾客经常会问服务员哪种蚝最好,于是服务员就会来问我:"路易斯!我们今天最好的蚝是哪种?"我实在是答不上来。我能告诉你蚝是否新鲜,这没问题。生蚝送来餐厅的时候,壳都是紧紧闭合的。如果壳开

---

① 撬开之后用半边壳盛着的蚝肉。
② "法式热吻(French Kiss)",产自加拿大东北角的生蚝。
③ "赤裸牛仔(Naked Cowboy)",美国长岛特产生蚝。
④ "东岸金发女郎(East Beach Blonde)",产自美国罗德岛的生蚝。

了，就说明蚝是死的。有时候死蚝的壳也会紧闭，然后一旦撬开来……噫！那味道真是令人作呕！

在蚝吧，我们一般有四到五位开蚝工在为大家服务。我们站在吧台后工作，客人们能看见我们。大家都喜欢看开蚝。客人们越点越多，我们也渐渐忙到飞起。一个接一个撬个没完。你无法想象那种工作强度，有时候甚至忙得连抬头的时间都没有。我开蚝速度真的很快。最高纪录是一分钟撬开15个生蚝。

每年，全世界的开蚝工都聚在这里比赛。谁开得最快、最多、最完整，就能赢得奖金。参赛选手分为不同的小组。第一组选手站在一张长桌旁边，每个人面前都有一盆生蚝。选手们先把生蚝拿出来摆成一排，然后握紧开蚝刀准备开战。当比赛开始的信号发出，我把生蚝放在手掌上，划开蚝壳，把蚝肉从壳上割开，摆在半个壳里，然后放上托盘。一个接一个，都是一样的工序。当计时员喊出"停！"，我就放下手里的开蚝刀。

评委们会来清点我们每个人开了多少个蚝。他们会检查放在托盘上的蚝壳有没有碎，蚝肉本身有没有被割破。这就是比赛评判的标准。比赛分为三轮。初赛的前四名会进入复赛，复赛的前两名会进入决赛，然后决出冠军。冠军总是属于我。我当然很自豪，我们的主厨英格伯还有我们整个餐厅都因此感到骄傲。比赛过后，大家就会前来恭贺我胜利，大家都叫我"墨西哥狠人"。我挺喜欢这个名号的。

赫苏斯·阿尔比诺·"阿比"·乔卡
Jesus Albino "Albi" Chauca

四季酒店
THE FOUR SEASONS

四季酒店扒房①,下午两点半。这里自1959年开业以来,就被公认为纽约最美的餐厅。城中的名流男女们已经吃完午饭开着豪车回去工作,杂工们正在收拾他们吃剩的昂贵牛排和烤芦笋。我独自坐在阳台的餐桌上,等乔卡忙完,心里不由盘算着是否有可能恳请他们雇我来工作,干什么都行。六米多的挑高,法国核桃木的镶板,挂在铜环上的窗帘,错落摆放的二十一张餐桌——如此华美的房间,每天能让我专心垂涎五分钟就行。

乔卡来自厄瓜多尔,已在厨房任职长达十六年。

我每天早上九点开始工作。开工后第一件事是检查午餐的食材。我负责菜单上的九道菜。可能是鞑靼牛排、烟熏三文鱼、蜜瓜配熏火腿、鸡肉沙拉、胡桃沙拉、根茎菜沙拉什么的。我

---

① 扒房(grill room),五星级酒店中的高档餐厅。

会看看自己需要什么食材，冰箱里有哪些能用的，然后再去找负责切肉和鱼的同事下单订一些需要的食材。在我们厨房里，你只要告诉刀工需要什么，他们就会处理好了给你送来。

把食材都准备好之后，我就开始备餐。我必须把当天餐厅需要出的菜的各种原料准备到能够立刻组合出锅装盘的程度。法语叫 mise en place（餐前准备），意思是当天菜单上每道菜的每种原料都放在触手可及处，这样订单一进来，你就能马上准备好，而不需要四处找东西。比方说，烟熏三文鱼这道菜在制作过程中需要用到切碎的熟蛋黄和洋葱末。于是在点菜订单进来之前，我得煮好一大堆蛋，切好大量的洋葱。这些事不能等订单进来了再做。我还得给鞑靼三文鱼准备好碎鱼肉，给鞑靼牛排准备牛肉。

顾客点好菜之后，服务员走进厨房，边走边把客人点的菜大声喊出来。一位服务员说："阿比，我要这个！"另一位服务员说："阿比，我要那个！"其他服务员说："做这个、这个还有这个！"在这个厨房里，流水线上的每个人都要在脑子里牢记订单——没有任何人会拿笔记下来的，因为没那个时间。尤其是扒房的午餐时段，所有的客人都希望在一小时之内结束午餐，或者至多一小时十五分钟吧。要是忘了该怎么办？你不能忘啊！这是你的工作。

我们厨房为四季酒店的两个餐厅提供服务——扒房和泳池

餐室。大部分熟客都来扒房吃午饭。有些熟客甚至还有专属的餐桌。大部分成功商人、知名作家和杂志出版人之类的名流都有自己的专属餐桌。我们厨师当然不会去外场，而且我也并不一定认得出那些名字如雷贯耳的客人。但是厨房里有人认出来了，就会说："谁和谁今天来了。"比如亨利·基辛格，或者纽豪斯先生①，以及安娜·温特女士②。

中午时分，来吃午饭的客人越来越多。我们大概会有一个半小时忙到飞起。点菜单源源不断地进来，我的左右两边都摆满了准备好的餐盘。但是客人总是会要求对菜肴做一些改动。扒房的午餐客人尤其如此。这不算是什么难题。我们的服务员早已对此驾轻就熟。

如果有人点了菜单上没有的菜，我们会尽量满足他。四季酒店从不拒绝顾客的要求。如果有人点了一个芝士汉堡但里面不想放花生酱，我们也会照办。在我负责的餐台，这种情况尤其常见。人人都想重新设计一下自己的开胃菜。"我想点个沙拉，但你能不能把这个去掉然后换成那个？""麻烦你不要放

---

① 此处可能指小塞缪尔·厄文·纽豪斯（Samuel Irving Newhouse Jr., 1927—2017）和唐纳德·纽豪斯（Donald Newhouse）兄弟。纽豪斯家族是先进出版集团（Advance Publications）的创办者，其子公司康泰纳仕出版集团（Condé Nast Publications Inc）旗下有《纽约客》《时尚》《名利场》《GQ》等众多知名杂志。
② 安娜·温特（Anna Wintour），《时尚》杂志美国版主编、康泰纳仕艺术总监，《穿普拉达的女王》（*The Devil Wears Prada*）中主编米兰达的原型。

酱料；嗯，需要酱料；我想要不一样的酱料。"如果客人想点菜单上没有的东西，而刚好我们又没有那种原料，比方说牛油果——当然牛油果我们肯定还是有的——我们就会去找巴萨里餐厅（The Brasserie）借一点。巴萨里就在拐角处，有一个卸货台和我们连着，可以直接走去他们的厨房里。他们也会来我们这儿借东西。所以，如果客人非要吃牛油果，那就一定能吃上！

尽管我从没见过自己服务的客人究竟是谁，但我很清楚他们都是名流。有钱人才来这儿吃饭。我每天都全心全意努力工作，保证出品优秀，这样餐厅才能持续吸引到这样的客人。为他们做饭我很开心。这让我觉得自己成了他们生活的一部分——即使只是很小的一部分。

卡门·梅伦德斯
Carmen Melendez

汤姆猫烘焙坊
TOM CAT BAKERY

只要在纽约的街道上晃晃，你就能看见汤姆猫烘焙坊的银色卡车，车身上印着猫咪的标志。毕竟，该司的25辆车子几乎全年无休地在街上穿梭，将各式面包送往不计其数的餐厅、酒店和零售市场。1987年，有三个人一起在长岛的一个车库里开始了烘焙事业。时至今日，这三人中只有詹姆斯·拉斯（James Rath）坚持了下来。如今，这家店已经占领了59街大桥下的整个街区。

上午十一点，卡门·梅伦德斯刚刚结束八小时的工作。穿着白色烘焙师外套的她和我一同走过空旷的操作间，同样身着白衫的工作人员正在搅拌大桶里的面糊，卸下烘焙的模具，从发酵箱里取出成品，把还冒着热气的法棍面包放在金属小车里推往下一个目的地。我们边走边聊了起来。

我出生在尼加拉瓜的马那瓜。十八岁那年，我怀着身孕离开家乡讨生活。大家都说美国的工作机会更多,于是我就只身来了美国。我从尼加拉瓜坐公交车到了危地马拉,又换了辆公交车到墨西哥,从墨西哥徒步走过了国境线,到了美国得克萨斯州。我的旅伴就是在路上认识的人。我们整整走了三天三夜。沿途你能看到许多人没扛住而死在了半路上。情况很糟,但还是得继续走下去。到得州之后,我爬上了一辆去往新泽西的公交车,然后又换车到了纽约。全程用了十五天时间。我的孩子出生在纽约。她今年二十四岁。

我来汤姆猫的时候一无所有。我来应聘是因为离家近,其实对工作内容一无所知。他们对我进行了彻底的培训。现在我什么都会。我能做面团,也能在烤炉区帮忙,码面包也不在话下。我很快就了解了厂里的每个角落,流水线上的每一个工种我都很熟悉。你看我说这些的时候都起鸡皮疙瘩了——我真的打心眼儿里喜欢这份工作,它让我感到无比满足。

我每天凌晨三点上班。但我并不是来得最早的,工厂里总是有人。我到达后的第一件事通常是醒发面团。面团做好之后要静置两个小时。检查面团的状况到位后,我会通知大家:"好了,现在可以切面团了。"我们大概要准备出七百个法棍面团。首先把面团捏好,然后把它切成初始的形状,再把每个面团都抻成约55厘米长。两个小时之后,再把它们抻成约70厘米长。此时天已微亮,该在法棍上划痕了。有的法棍划四条痕,有的划五条痕,依面包大小而定。接着会有专人来把它们放进发酵箱或是烤炉。烤好了之后,将其取出。在这个地方,时刻都有面包在烤制中,有些正在升温,有些正在烘烤,有些正在冷却。有时候这三步同时在进行。

我们有一个产品研发部门。每当有顾客反馈说"我想要什么什么样的面包",我们的产研部门就会开始研发新品。新品研发完成之后,该部门的同事就会来教我如何制作,然后我再教给其他人。这就是本司的运作机制。一天中我最喜欢的时候就是快结束工作的时候,因为能看到自己的劳动成果。每天一早大家还什么都没做出来,而到了下班时,面包房里已经堆满了面包卷、法棍和吐司面包。看到满满当当的成品,感觉真是棒极了。

我女儿是牙医,我儿子是律师,我最小的一个孩子还在上高中。这个国家给予了我太多。我现在有自己的家庭,有自己的房子,还有一份我热爱的工作。我永远都会感谢这个国家。谢谢你,美国。

古约·品犹·卡塔瓦南
Guyo Pinyo Ketavanan

四季酒店
THE FOUR SEASONS

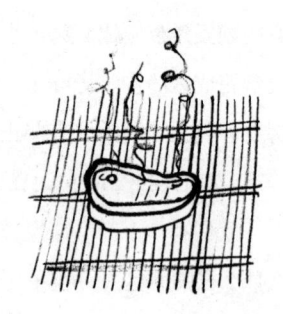

母亲把他从泰国带来纽约上高中，但他只在亨特学院念了一年，就因经济拮据而辍学当了服务员。某天晚上，有一位先生携伴前来用餐，临走时留下了50美分的小费。"我以为他搞错了，眼看他站起来要走，我赶紧说：'先生，您把钱忘在桌子上了。'他说：'那些钱是给你的。留着吧。'我说：'50美分？不了不了，多谢您。'可能我退回小费的方式不大礼貌吧，于是这位先生骂骂咧咧地走去向经理告状，我当场就被解雇了。但经理或许认为我是一个不错的员工，因为两周后他就给我打电话，喊我回去上班。我说：'除非你帮我在厨房里找个差事，不然我不回去。我反正是不想再做服务员了。'"

经理给我的新岗位是厨师。我干得不错，于是很快成了主厨。我在两家泰国餐厅都干过，有一天我忽然意识到：我现在在美国，我得学会做美国菜才行。我听说四季酒店在找一名流水线厨师,听起来挺适合我,于是去找主厨面试。他看了我的简历之后就称我为"泰餐厨子",就跟我姓"泰餐"名"厨子"似的。我做了些泰国菜,他都挺喜欢,于是问我:"你在里边都放了什么?"他把我告诉他的香料都记了下来。次日,1987年3月27日,我就开始在四季酒店上班了。

尽管我当过主厨,而且我面试的岗位明明是流水线厨师,但最开始他们给我分配的工作竟然是在后厨洗菜。你得明白这是所有高级餐厅的规矩。不管你是谁,过往有什么样的工作经验,从哪个餐厅来,你都得从最底层的工作做起。每个在厨房工作的人都知道这一点。通过这种方式,你才能充分了解这个厨房。并且,从底层做起的话,即使你不熟悉工作,也不会招惹太大的麻烦,还方便大家监督你工作。我在厨房里干了快两年的洗菜和择菜。相信我,这真的需要极大的耐心。

终于有一天,主厨说:"好啦,古约,你可以参与流水线的工作啦!"他把我安排在炒素菜台,干了一段时间后,我被提拔到了所谓"配膳台",负责用平底锅煎肉。这活儿我干了一年,然后在接下来的七年中,我又成了"屠夫",负责做鱼肉和鸡肉食材的预处理。离开肉处理台之后,我又当上了"烤厨",负责用炉子烤肉,以及用烤架或者炭火烤牛排、排骨、鱼什么的。十三年过去了,我还在这个厨房里工作着。

我同时负责烤架和烤箱,前前后后都得管。有时候别人经过我的工作区域，会说："古约，你这儿可真热啊！你竟然能从早到晚都在这儿待着！"但我已经习惯了。也有人问我干了这么多年同样的活儿，会不会无聊。我的答案很坚定："不会！"在这个岗位上我根本没有时间无聊。我得一直思考。眼里得有活儿，得把控全局。我要负责烹饪各种各样的肉类和鱼类，它们需要的烹饪时间各不相同，烹饪方式也大相径庭。订单源源不断进来的时候我真是忙得脚不沾地——很多订单还是同时进来的，就跟传送带似的。所以我不能停下来。如果要把活儿干好，那么我脑子里除了工作就完全不能思考别的事。就拿鱼菜来说，假设有人点了一道鳕鱼，那么我会先把它放进烤炉。有的鱼更适合用烤架来烤，有的鱼适合先用平底锅烤再用烤炉烤，有的鱼就只能用烤炉烤。有些鱼可以直接上给客人，不加盐也不加胡椒，而有些鱼就需要加些香料。我跟你说，要记的东西可多着呢！

在工作中，时间的把握也很重要。有顾客点了一份全熟的牛排，同一张桌子的其他客人则点了一分熟的牛排，还有别的客人点了两人份的牛排。那么你就需要把这张桌子上的主菜同时准备好。这是基本的要求。我会问刀案的厨师："两人份的牛排有多重？"因为牛排的重量会影响烹饪时间的长短。如果牛排重量在700克左右，那么把它烤到三分熟就需要一定的时间。如果刀案师傅告诉我牛排有760克，那我就会把它在炉子里多放两分钟。我会先把要求做成全熟的牛排放进烤炉，等它差不多做好了，再开始烤要求一分熟或者三分熟的牛排。但是你得记住，烤炉或烤架上放着的可不仅仅是这一张桌子点的肉或是鱼，还有来自其他订单的主菜。这就有点麻烦了。所以我自己得留意每块肉的归属。我会把平底锅按照特定的角度摆放——横放的锅里是3号桌的菜，竖放的锅里是11号桌的菜，总之就是做一些特定的标记。最开始我真的记不住到底谁点了什么，但干了一段时间，我就有了自己的记忆技巧，干活儿也就容易多了。

这里对我来说就像家一样。每天厨房里所有同事都一起吃晚餐，下班之后像老朋友一样在更衣室里聊天。这种相处方式单纯质朴。有时候下班后大家会一起出去喝一杯。如果谁家里有麻烦，我们也会尽力帮忙。如果主厨告诉我们有人生病了，我们会回答："您放心，我们都很愿意替他当班。"如果我们在厨房里稍有点空闲，就会立刻去帮助身边的伙伴。这就是流水线厨师的职责。

胡斯托·汤姆斯
Justo Thomas

伯纳丁餐厅
LE BERNARDIN

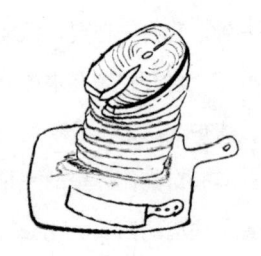

工作日下午两点是伯纳丁餐厅寻常的午餐时段。这家海鲜餐厅被《纽约时报》授予四星荣耀,自1986年开业以来,已创纪录地登上查氏网站"你最喜爱的纽约餐厅"榜首多达13次。此刻,这家精致时尚的餐厅里依然衣香鬓影,觥筹交错。光线柔和而静谧,侍者们悄无声息地穿梭于桌台之间。

用餐区的楼下则是另一番景象。室内虽然没有窗户却仍亮如白昼,身着白衫的工作人员一言不发地在走廊上忙碌穿梭。我尾随一位穿着黑色套装的健步如飞的年轻女士走进一个会议室。屋里的书架上堆满了烹饪书籍。餐厅的鱼厨胡斯托先生一会儿将在这里向我娓娓道来他的故事。他穿着厨房的白套装,戴着一顶黑色篮球帽。采访的尾声,他邀请我去参观他的"办公室"——位于走廊尾部的一个宽1.5米、长3米的壁凹。想到他每天要处理那么多鱼,我简直难以相信他的工作台竟如此狭小。墙上贴着明晃晃的白瓷砖,墙边还有一个工作区,摆着他的刀具板，房间后面有一个双盆的清洗池。这就是"办公室"的全貌。目之所及，一把椅子也没有。

我小时候生活在多米尼加，在那里没有人关心你长大想做什么。反正你既没地位也没财富，关心这些有什么意义呢？如果你不是一个富裕人家的孩子，你就不可能有梦想。我父亲是一名园丁，整天跟可可树和咖啡打交道。我上到小学四年级就辍学跟家里人一起去打工了。

长大后，我发现在多米尼加就算再努力工作也没什么前途。听说在美国，你只要肯干就能有所成就。当时我姐姐住在纽约，我就跟她说我想去纽约。她帮我找了个人，这人常常往返于多米尼加和纽约。他儿子有签证和护照，他说我跟他儿子长得挺像的，要不就用这些证件来纽约吧。我换了个新发型，看起来跟他儿子更像了。我俩就以父子的身份一起出发了。那是1984年，好多来美国的人都是非法移民。我们抵达肯尼迪机场的时候，他跟我说："胡斯托，不管他们问你什么，你都别说话。我来替你回答。"于是我就让我"父亲"全程代表我发言，我们就这样到了美国。那会儿想来美国不难，现在可是难多了。不过我现在已经有合法身份了。

我在伯纳丁餐厅负责杀鱼，每天要处理700—1000磅鲜鱼。我到这个餐厅的第一天就负责这个，日复一日地洗鱼，切鱼，洗鱼，切鱼。每天上班我先去厨房看看厨师今天需要什么，然后就去工作台做准备。我一般在鱼市送鱼之前半小时抵达厨房，鱼送来的时候我已经准备好干活儿了。我们只订顶级的鱼。像蓝丝带这种顶级的供应商都直接给我们送货。他们了解我们的需求，知道送来的货必须是高质量的。如果我们订的某一种鱼碰巧没有好货，他们也不会随便送点什么来凑合，因为他们知道我们肯定会毫不犹豫地退回去。你可以随时来我的工作台闻一闻，就算我杀了一天鱼，这儿都不会有鱼腥味。我们订的鱼质量就是这么牛。

我同事从市场买回鱼之后，会按照我喜欢的方式摆放好：最顶上是鲑鱼，然后往下依次是鮟鱇鱼、鳐鱼、鳕鱼、大比目鱼、鲷鱼，最底下是鲈鱼。每天都这么摆。像黑鲈这种带鳞片的鱼，我一般放在最后杀。这种鱼做菜一般连皮一起上，所以我得把鳞片刮掉。刮鳞的时候，整个工作台全是鱼鳞。但我有个诀窍，我一上班就先把墙壁用保鲜膜盖起来，这样下班之后我就不用抠墙上的鱼鳞了。只需把保鲜膜拆下来，搞点漂白水把墙擦一擦，它就干净如初了。

我拿到手的都是整鱼——就是它们在海里的原样。所以我们订的鱼特别沉。餐厅里给客人上的鱼肉菜一天加起来也没有700磅那么多，但我得处理700磅的鱼。就拿黑鲈来说吧，最后处理完只剩下80%的重量。100磅重的黑鲈，我只能切出80份肉。鲷鱼呢，去掉鱼头鱼尾鱼皮鱼骨，剩下的鱼肉就只有

75%的重量了。

我每天干活儿的顺序都是一样的。一般最先处理鲑鱼,把它洗净,擦干,摆好,剔骨,切片。我会用镊子把鱼肉里的针状骨都一根根夹出来。有时候鱼骨会断成两截,那就得用手指轻轻按压鱼肉,确定里面没有残留的断骨。每块鱼肉都要一样大,这样厨师拿到鱼肉的时候就容易判断该怎么做才最合适,而且如果有两个人点了同样的鱼,他们的菜分量也不会有偏差。对厨师来说,这些细节都是很重要的。

今天我们的推荐菜是大比目鱼。它重达35磅,也就是说可以被切成35份。我十分钟之内就能把一条大比目鱼切成35份。先去皮,剔骨,再切成重量相等的鱼片。算上去皮和剔骨,大概每分钟我能处理三份鱼肉。有很多来送货的人看着我干活儿都不愿意走了。他们都说:"哇!胡斯托你可真厉害啊!"我的主厨称我为"杀鱼机器"。我休假的时候,得要两三个人才能干得了我的活儿。同样的活儿,他们花的时间是我的两倍。我也不知道自己为什么这么快。比如今天吧,周五总是特别忙,货送来得也晚,我就得赶时间,因为今天得切出150份黑鲈来。我一般每小时能处理80磅鲈鱼。今天我一个半小时就搞定了150磅。虽然很有成就感,但也真是累坏了。

我在工作台的时候就自己一个人安安静静地干活儿,没人会来打扰我。我工作的时候很专注。有人问我怎么不带个收音机来听,但我还是想专心工作。我手里可是拿着刀的,一个不留神就可能切到自己。工作这么多年以来,我还从来没切到过自己的手。

每天晚上没卖掉的鲜鱼,我们都会捐给"城市丰收会"(City Harvest),当然我们自己也会吃。我们有专门给员工做饭的厨师,一个做午饭,一个做晚饭。我们就在大厅里摆张长桌,然后主厨跟我们大家坐在一起吃饭。大家都吃一样的饭菜。今天我们吃的是特别料理的野生鲑鱼。但我们也不是总吃鱼,有时候也吃肉菜。不管吃的是什么,肯定都是很美味的。

能跟你的主厨坐在同一张桌子上吃饭真的很开心。有些餐厅的主厨只愿意跟大人物打交道,看都不看我们这些基层员工,但是在我们餐厅可不像那样。我们的主厨利波特总是会来工作台看我干活儿。他会跟我打招呼,就像跟其他经理和同事们打招呼一样。他会关心我的家人,希望我觉得自己是这里的一分子。我们每个同事都跟他一样,早上一来上班,大家就会互道早安。从前台到后厨,每个人都很友好。如果他们需要我帮忙干点什么,也会先问候:"你好吗?家里人最近怎么样?"因为我们周日休息,所以周一早上大家一般就会多聊会儿天,互相问问周末的情况。像今天是周五,他们就会问我:"你周末打算去干点什么?"这里的氛围就像家一样。我知道有人工作只是为了钱,但如果能做着自己喜欢的工作还能赚钱,就实在是太幸运了!

4 主厨的罗曼史
Romans à Chef

某天,我在健身房的跑步机上奋战时,偷瞟了几眼隔壁跑步机上的电视屏幕,想知道我的跑友们都在看些什么。结果发现大家多半都是在看烹饪节目。我左边正在进行5000米狂奔的年轻女生在欣赏艾娜·加藤①如何撕开一只鸡,用一小把盐和胡椒把鸡块腌起来,再把它们轻轻放进滚烫的生铁锅里——锅内的黄油早已吱吱作响。我右边的男生则一边在4.0坡度的跑道上稳步前行,一边全神贯注地看着一群扎着围裙的厨师选手在演播厅里忙得不可开交,一位不知名的厨师正在做着现场解说。我不由陷入沉思:从什么时候起,我们的社会开始重视为我们提供食物的人了呢?

---

① 艾娜·加藤(Ina Garten),美国美食作家,主持美食频道(Food Network)的电视节目《赤脚女爵》(*Barefoot Contessa*),曾在白宫的管理和预算部门任职。

在这个时代,类似波登、巴塔利、布鲁德① 这样的名厨,我们早已耳熟能详,他们的头衔早已不是用"主厨"一词可以简单概括的。他们有自己的公关公司、出版公司、娱乐公司,在 Twitter 和 Instagram 上也有不少人订阅他们的新闻。他们有自己的 Facebook 页面,自己的出版物,自己同名品牌的苏格兰三文鱼、沙拉碗、意面酱、围裙、泡菜……林林总总,不一而足。他们就是美国媒体口中的"国际名流"。

这些看起来都很美,但这一切与烹饪本身究竟有何关系?

在这一章,你将会见到真正意义上的"主厨"。他们都还没有建立个人品牌(或者至少目前还没有)。他们的名字不太可能出现在《纽约时报》的第六版或是《纽约观察家报》(*New York Observer*)上,你在本地超市的货架上也买不到他们的同名沙拉酱。他们中有一个人的确曾在美食频道举办的比赛中获胜,但那只是个例外。他们不属于舞台,只属于厨房。对这些主厨来说,食物依然是最重要的事。

我在选择本章的受访者时,希望能全方位地呈现一名主厨的能力。你会发现这些主厨各自正处于职业生涯的不同阶段,

---

①波登指安东尼·波登;巴塔利指马利欧·巴塔利(Mario Batali),美国名厨,其合资餐饮集团巴塔利和巴斯蒂亚尼奇酒店集团(Batali & Bastianich Hospitality Grou,简称B&B)旗下曾有数十家餐厅,后因遭遇数起性骚扰指控,已将其集团股份出售;布鲁德指丹尼尔·布鲁德。

在迥然不同的环境里发光发热。所有人的工作环境都能一言以蔽之——厨房,但我没想到他们的工作地点会有如此鲜明的个人特征。我预料到它们会有规模甚至是设备质量上的区别,除此之外,我以为厨房终究是大同小异的:炉子、烤架、小货架车、冰箱、洗碗机、质量上乘的刀具、砧板、悬挂着的各种锅碗瓢盆。主厨走进厨房,系上围裙,开始一天的工作。而实际上完全不是这样。

人们常说,夫妻结婚时间长了,彼此会越来越像。厨师和他们的厨房也是如此。以约翰·格雷利的"21俱乐部"餐厅为例,那里的厨房就完全是一派"灯光!镜头!开拍!"的战斗状态。格雷利本身是个精力爆棚的人,当我们在餐厅里进行第一次采访时,厨房里的混乱状况立刻引起了他的注意。路易莎·费尔南多在罗伯特餐厅的厨房则像她本人一样,非常平和。托尼·罗伯森是一位有条不紊的女士,她管理着文华东方酒店的所有餐饮服务,包括极富盛誉的阿仙特餐厅(Asiate)。她的厨房看起来最有条理。杰布·伯克在新闻集团的行政餐厅里服务了好些年头——这倒不一定能充分反映他的性格,毕竟这份工作主要还是为了满足公司高管的需要。

虽然这些主厨性格各异,但他们仍具有不少共性。他们都是从流水线厨师干起的,大部分人都曾经累得筋疲力尽还要遭受辱骂。追求完美的主厨们总认为对年轻厨师进行羞辱是一种使其进步的方式。丹尼尔餐厅年轻的甜品行政主厨戈雅·奥利维拉说，当她刚进入这一行时，"共事的主厨简直让我每天都想辞职。但我对自己说，不管怎样我都要坚持下去。我不在乎别人怎么对我。"尽管主厨并不好相处，但这些年轻厨师的厨房之路并未因此而终止。他们似乎已经进化出了非同常人的厚脸皮和耐力，能忍受高强度、长时间的工作，一切只为了这份他们热爱的事业。这大概就是"热爱"一词的真正含义吧。

帕特里克·柯林斯
Patrick Collins

荷兰人餐厅
THE DUTCH

他是这里的副主厨,是主厨意愿的执行者,厨房里的二把手,主厨的继任者。他二十七岁,头发漆黑,留着翘八字胡,样子竟莫名有些时髦。从儿时的餐桌到现在他所任职的纽约最受欢迎的餐厅,只要一聊起跟烹饪有关的话题,他就神采飞扬。

"不管走到哪儿我都要带着我的写字板。但我老是把它搞丢,就像个总是找不到眼镜的老头儿似的。我每天最常问的问题就是'有人看到我的写字板了吗?''有吗?''哦对了,我的手机也夹在板子上了!''应该是……夹在板子上了吧……'没有手机和写字板,我真的活不下去……"

小时候我爸妈不太管我。他俩不像有的父母那样老是念叨:"你几点应该回家;你几点要给我打电话告诉我你在哪里在干什么……"虽然我只是个六岁的小孩,但已经挺自由的了。在我爸妈的教育下,我和我哥都很独立。我们每天只要吃晚饭的时候在家就行。所以晚餐时间就是我们备受关注的时候。我们一出现，甭管看上去怎样，爸妈就会立刻开始问题轰炸："你在忙什么呢？你跟谁出去了？你手怎么这么脏啊？"我们长大后，尽管我哥和我可能是地球上嗓门最大的两个人，一开口就吵得掀翻屋顶，但晚餐依然是我们一家的欢聚时光。如果祖父母要来家里，爸妈就会提前训练我俩在饭桌上要如何好好说话。

后来，我爸去尼日利亚工作，我被送往瑞士的一家寄宿高中。现在回想起来，正是在寄宿学校的那段经历塑造了如今的我。我在学校里是个刺儿头，经常被罚禁足，于是周末就不能出校门。为了确保我没有偷溜出去，老师还要我每两个小时就去报到一次。那些周末我无所事事，但学校里有不少厨房，所以我就去附近的商店里买点菜回来做饭。这是我当时唯一能做的事，我还挺喜欢的。

到了高中，大家都在规划考大学的事，但我完全不想上大学。我爸和老师不支持我的想法，他们不停游说我去考大学。最后我和他们达成协议，只要我开始认真学习烹饪并且严肃地准备成为一名厨师，他们就不会再来烦我。说到我的学习计划，主要就是跟学校里那些胖得像座山、看起来有六十来岁的意大利厨师厮混。他们总在楼下厨房里一边喝酒一边给全校师生做饭。跟他们混的好处是，如果我不喜欢学校食堂的饭菜，我就能下楼跟他们一起吃。白汁意面管饱，还有好多我长大了才懂得欣赏的菜。

如今在餐厅里，这些菜每道都得花上你50美元。

我最终去念了位于海德公园的美国烹饪学院。任何打算以烹饪为事业的人都知道，纽约是重要的一站。而我也立志要在纽约有所作为。对于年轻厨师来说，在纽约工作就像乘上了一部电梯。在这里的每一步相当于在别处的三步，但日行千里的生活会令人筋疲力尽。只是在最开始的时候，并没有人会提醒你这一点。

2006年我搬到纽约，算是初尝了厨师这一行的苦涩。当时我还在烹饪学院就读，准备进行毕业前的实习。我被派去阿奎维提（Aquavit）工作，那是城中的一家米其林高级餐厅。这段经历真可谓是火的洗礼！虽然说好了是实习，但根本没有人手把手教你。我既然拿了薪水，就得和其他同事一样好好工作。

阿奎维提由两家相连的餐厅组成：一家是咖啡馆，另一家是更正式一些的餐厅。在咖啡馆里，虽然我们每天要服务60—100位客人，却只有两名厨师——一个热餐厨师，一个冷餐厨师。厨房里还有另外15名员工，全都是负责餐厅的。虽然对此安排感到十分不解，但毕竟我只是区区一名实习生，也不了解情况。他们几乎没怎么培训我，就让我在副主厨的监督下开始工作了。如果我干得一塌糊涂，副主厨还是会好心来帮助我一下的，但这帮助可不是"我来帮你干这个吧"，而是"你在瞎搞什么啊？错了错了全错了！"我每天都压力巨大。第一周的工作结束，我整个人累得像坨屎。原本应该帮我备餐的哥们儿掉了链子，于是我只好到处找人要东西，而且我根本不知道东西都在哪里。众所周知，如果你非要把一个不会游泳的人扔进池子里去，并且既不教他游泳，也不给他套上救生圈，那么他肯定是要往下沉的。我当时就是那个不停往下沉的倒霉鬼。

我干到第二周结束的时候，心里盘算着："我真没把握能干好，要不我还是去别处实习算了。"我去厨师长的办公室找他提离职，他说："行吧，走吧，你这个半途而废的年轻人！"当时，餐厅的行政主厨是马库斯·萨缪尔森，也就是现在哈林区红公鸡餐厅的老板。那天他碰巧在办公室一角坐着，于是就过来跟我聊了聊他当年的第一份工作曾给他带来了多大的压力。他说："帕特里克，你可以随时来找我聊聊工作的情况，但是我觉得你不应该现在就放弃。我建议你再给自己一点时间。"

于是他们把我调去了餐厅那边的一个三人小团队，我的压力因此减轻了一些。又过了一周，我逐渐上手了。到了第四周，我已经熟练了很多，正好有人实习期结束了，于是他们就让我接手了他的岗位。接下来的两个月我负责冷餐台[①]。"冷餐台"用英语翻译过来就是"沙拉台"，但在法餐里，负责冷餐台意味着你要负责所有的冷菜，包括冷的开胃菜、熟食、蔬菜沙拉、绿

[①]原文为法语 garde-manger，直译为食品储藏室，指冷餐台。

叶沙拉，假如你在意大利餐厅工作的话，甚至还要负责一些头盘小吃。作为冷餐台的负责人，我有一个两人小团队，我必须安排他们做好备餐工作，并且关注他们一天的工作情况。

实习结束后，我回到烹饪学院继续学业。不久我毕业了，开始找工作。在纽约找餐厅工作简直是个梦魇，就跟找女朋友差不多，但是难度大个几十倍吧。我有求于他们，而他们却看不上我，我总是被拒之门外。

我开始给所有的餐厅群发简历。运气好的话我会接到如下的面试电话："对，我们目前是在招人。你要不要来看看厨房的情况？要不要来试工？"所谓"试工"，有时候就是让我一直跟在某个人身后转来转去，有时候是站在某个工作台边忙一整天。大概有一半的情况是，他们根本不招人，我就是去免费干一天活儿。

有时候去试工我却什么活儿也不用干。当我在"本质"餐厅（Per Se）试工的时候，就是站着看其他人工作，看了十六个小时，真是无聊透了。有时候厨房乱成一团，他们就说"你来干干这个，干干那个"，或者是"你去楼上把这个拿下来"。有时候我就被安排一直跟着某一个人，通常是冷餐台厨师，然后根据他们的要求去择择香料叶子什么的，甚至连切菜的机会都不给我，只让我干一些无聊至极的工作。有些餐厅会给你搞点吃的，那还算是不错的，因为毕竟是在一个高级餐厅免费吃了饭。有些餐厅则小气得连饭也不管一顿。

试工的重点是让你了解整个环境，观察厨房是如何运作的。作为一个新手，你肯定不了解这些，眼里只能看到厨师在忙忙碌碌，却看不到全局。你太稚嫩，还不知道如何提出有价值的问题："你们的老板是什么样的人？这个人怎么样？聪明吗？蠢不蠢？这个厨房工作有没有条理？负责备餐的人了解自己的工作吗？有没有全周的工作时间表？"这些都是我现在会关注的问题。但那时我根本不知道该问些什么。

2006年，我找到了第一份正式工作，在大厨汤姆·克里奇奥（Tom Colicchio）麾下工作。他是克拉夫特餐厅（Craft）的创始人。现在他名下有六家餐厅，包括克拉夫特酒吧和克拉夫特牛排馆。汤姆的经营理念很简单。他采用一种新式美国菜的烹饪方式——主菜一般用烤的，加上百里香、黄油、盐和胡椒，这对当时的消费者来说可谓耳目一新。大家很愿意在"高端餐饮"之外有一些新的选择。法餐总是过于精细，菜都做得循规蹈矩，连切菜都有严格的规定。汤姆的烹饪方法则与之相反，致力于呈现食物的自然风貌。克拉夫特酒吧非常成功，随着客人越来越多，菜单上的选择也逐渐增加。铁打的餐厅流水的厨师，而坚守在餐厅的我则获得了提拔。我在那儿的第一年，把所有的工作台都轮岗了一遍之后，终于获得了升职——负责烤鱼和肉，这可是流水线厨师的最高等级。但是干了两年后，我开始觉得没劲了。就是工作到了某个阶段，会觉得"我在这儿已经学得差不多了"，这就意味着是时候离开这份工作了。那大概是 2008 年，经济环境开始变得不景气，餐厅纷纷倒闭，没有新餐厅开业。即使偶有新餐厅开业，也都是极其低端的餐饮，对于像我这样急于获得提升的人来说，也提供不了什么工作机会。

我花了一年时间慢慢找工作，终于获得了在绿色酒店（Locanda Verde）与安德鲁·卡莫里尼（Andrew Carmellini）共事的机会。一旦进入新餐厅工作，就意味着要从零开始，从冷餐台的流水线厨师干起。我也不例外。于是，我再度把所有的工作台都耕耘了一轮。两年后，我被调去了他的新餐厅——也就是现在我工作的荷兰人餐厅。在这儿我首先是做流动厨师，也有人称之为初级副主厨。这个岗位就是负责给所有人善后，并且经常负责一些需要额外技巧或是精力的特别项目。在餐厅开业的前两个月我是流动厨师，然后就升职当了副主厨。

在小餐厅里，副主厨就是万金油，什么都得干。在大一点的餐厅里，副主厨的职能会更具体一些。大部分高级餐厅都会开到很晚，你又不能让同一拨工作人员持续工作超过八个小时，所以一般餐厅都是早晚两班倒。我目前在荷兰人餐厅是早班副主厨，负责午餐时段，有时候也顺带帮忙做晚餐。早班副主厨几乎全天都在孤身奋战，没有助理，也没有别的早班经理能来搭把手，就只有我和早班流水线厨师们忙作一团。我负责推动大家的工作进度，告诉厨师该做什么菜，通知服务员什么时候来取餐。在每道菜从厨房被送往餐厅之前，我负责把盘子拭净，确保盘中菜符合餐厅出品的标准。特忙的时候我还得亲自下厨、装盘，并且指导大家如何加快速度。

我一般八点半走进厨房。如果迟到了半小时，那我就别想准时下班了。八点半上班后，我听到的第一句话通常是"这个还没送来""那个还没送来"，要么就是"这个又迟到了"，或者"谁谁谁想要这个但我们没有，这可怎么办"。一进厨房我就要面对一堆问题。我努力一一作答，尽量化解掉这些小小的危机。

接下来，我会和负责送货和收货的伙计们确认情况。早班副主厨负责确认当日所需的食材都已就位。我跟你说，光是这一件事就能把你烦死。比方说，鱼类供应商上午十一点才把鱼送来，而我们十一点半就要营业了。于是十一点钟我一收到鱼，就忙得脚不沾地，确保尽快把鱼洗净切好交给鱼厨。鱼厨是没办法折腾这些的，如果鲜鱼能按计划十点钟送来餐厅，那他就能早点处理了，但是十一点他就得忙别的，要开始为午餐做准备了。所以，在这个当口，如果没有其他人能帮忙，那你真是倒霉到家了。

供应商送错了东西，我也会想骂街。有时候好不容易拨通了他们的电话，对方还在那儿惺惺作态："哎哟，我们要再送一趟的话，最低运费是150块钱。"我直接就发飙了："去你的！你送来的货根本就不是我要的东西！你马上给我再送一趟来！还好意思收钱！"一般他们都会照办，不过我就得扮个黑脸才行，发飙狂吼暴跳如雷其实也很累。并且，我不仅要负责确认货品的数量，还得确保货品的质量。这本来是由接送货品的团队负责的，但我得监督他们的工作。我不能想当然地认为货品一定没问题，所以我几乎每五秒钟就要到货仓去翻一翻、闻一闻、尝一尝。夏天尤其麻烦，有不少水果要处理。水果可真是令我抓狂。

确认好了货品，我就会开始跟备餐厨师谈话。他们每天的工作都很雷同，比如为流水线厨师准备原材料什么的。我们会为他们准备好清单，根据当日菜单的内容告诉他们需要准备什么材料，这样一来我不用坐在那儿指指点点也能很好地把控他们的工作。有时候我们也会根据需要，增加他们的工作内容。从周一到周五，我们会请刀厨来处理肉类和鱼类。他也负责给我们做意面，店里意大利馄饨和短意面的面团都是他做的。我会跟他一起核对工作清单，确保他把我们需要的东西都准备好，并且量不要有太大偏差。当然了，我还得时不时去看看他的工作情况，以免到晚上七点的时候才忽然发现馄饨皮做坏了。总之，得及早发现问题。

接下来要关注的是流水线厨师。我首先会关注冷餐台厨师，每天问的问题都差不多："今天你的工作是什么？负责什么项目？完成得怎么样了？"对于热餐台的厨师，我会更关注他们手上事项的进度——预备何时开始，何时能做好，打算如何摆盘。以烹饪根茎类蔬菜为例——他们几乎每天都要烹饪这类蔬菜，因为它们大小各异，所以我们就会讨论一下具体的烹调时长。"它们什么时候送来？你打算何时去确认货品的情况？""它们是一小时前送来的。""你有没有按照尺寸把它们分成大中小三类？""分了分了。"

接下来我要面对的是流水线上更为高级的厨师。因为他们的经验更丰富，所以我就没那么多好叮嘱的了，一般只是大概交代一下。和单纯当个厨师相比，管理厨师团队让我学会了更多关于烹饪的知识。当厨师的时候，我会尝试做一些新菜，也能找到有效完成自己任务的方法。但是我现在不仅要安排别人工作，还要及时避免错误发生。我忽然意识到为了让整个厨房的事务持续推进，必须要关注更多的细节。

以上这一切都发生在午餐开始营业之前。午餐开始之后，我们也还是会讨论这些话题，不过大家都会更专注于如何摆盘，下午与自己合作的厨师该做些什么，以及今天还有什么任务没完成。我一直都在扮演导师的角色。这就是荷兰人餐厅厨房的运作模式。这也是我们的年轻厨师愿意一周工作九十个小时的原因。因为他们知道能学到东西，能获得锻炼和提升。他们是有机会成为主厨的。

我怀念还能做菜的时光。副主厨是没什么机会亲自做菜的，这实在是令人糟心。我特别不喜欢这一点。如果我不能亲自做菜，那学习烹饪又有什么意义呢？我经常这样扪心自问。如果我的理想是成为行政主厨，那么我每天上午花大量时间开会和讨论数据到底意义何在？我整个晚上都在厨房里对着同事咆哮的意义何在？根本毫无意义啊。

现在我偶尔也会替其他厨师做菜，有时候感觉不赖，有时候也挺挫败的。个别厨师实在太蠢，当我努力给他们讲解时，他们就是无法完全明白我的意思。要教会这些人真的需要巨大的耐心。我承认这不是我的强项。刚刚我正试图教会我们的冷餐台厨师如何烤大葱。我们的豆子沙拉中有一个原料是切成块的烤大葱。我试图示范如何才能让烤大葱呈现出均匀的焦糖色，不要用太多油，烤的时间也不要过长，因为一旦烤过头了，就得把大葱的外层剥掉，那么就只剩下一个细小的葱段了。然而下一次当厨师亲手炮制大葱时，因为担心会烤过头，结果就根本没有烤到位，大葱几乎是生的，外表也没有焦糖色。你试试看每天连着跟七个不同的厨师沟通并且示范不同的菜，对人的耐性真是极大的考验。

我自己也当过流水线厨师，完全了解大家的处境，每个厨师都有许多东西需要学习。但当我的肉厨充分领会了烹饪精髓，烤出来的肉排恰到好处，温度适宜，令人赞不绝口时，那种感觉就像是我自己也醍醐灌顶般领悟了烹饪的精髓所在。我明白了自己工作的意义，这就是所谓顿悟的时刻吧。曾经有一年，我忽然感觉自己活明白了，了解了烹饪的真谛。在过去相当长的一段时间里，烹饪无非是菜谱、原料与风味的组合变化，然而一夜之间，它们忽然在我的脑海里变成了其他的形态。

虽然听起来有点装模作样，但是你的确得去"感受"食物。美食是厨师自我表达的形式。无怪乎看起来完全一样的两道菜如果是由不同的人掌勺，尝起来就是截然不同的两种味道。不注重个人表达的厨师很难成为真正的大师。

深夜，一天的工作告一段落，每个人终于能卸下身上的重压松一口气。厨房里也轻松了起来——至少流水线厨师们都能好好放松一下了。大家一整个晚上唯一说的话就是"好的，主厨！"或是"不是的，主厨！"厨师们下了班都会去干什么呢？大家会一起出去喝一杯——不带上我——这时候他们可以好好释放一下压力，聊聊当晚在厨房里发生的种种"故事"。有时候对这种事最好的处理方式可能就是一笑置之。我还在当厨师的时候，经常在酒吧里喝到早上六点，烂醉如泥，翌日上午带着宿醉回到厨房，把工作搞得一团糟。包括我自己在内的所有人，都觉得我是扶不上墙的烂泥。

即使我的厨师干了很蠢的事，我还是尽量控制自己不对他发火。毕竟不久之前我的处境也和他一样。当某个厨师第一次犯错时，我还是很冷静的，心想自己一定要教会他，会试图解释目前的情况。但是如果同样的错误连续出现四次以上，我也会失去耐心："你这个蠢货！到底要教几次才能学会啊？"当我发现自己因为几块根茎蔬菜就失去耐性，我也会开始讨厌自己，当然我更讨厌的是那个让我自憎的蠢厨师。如果他足够机灵，就会立刻回答："好的，主厨！"如果他给自己找借口，我就会更生气。我们每个人都是被这么训练出来的。每个人都经历过唯主厨马首是瞻的阶段。我们的工作中没有"可能"，也没有"我本来想……"如果你不明白我的意思，可以提问，但是你要先回答"好的，主厨"，表示你知道我刚刚在说什么。副主厨每天要从早讲到晚，所以如果有人忽然表示想跟我聊一聊，我就会说："听着伙计，我不是要跟你聊天，这是我的个人独白！我说，你听！你给我闭嘴！"

这就是我的副主厨生活。

珊迪·英格伯
Sandy Ingber

中央车站蚝吧
GRAND CENTRAL OYSTER BAR

1913年,时任总统是伍德罗·威尔逊(Woodrow Wilson),华盛顿参议员队的棒球投手沃尔特·约翰逊(Walter Johnson)创下了连续56局无失分的纪录,第一次世界大战的战火眼看就要烧到美利坚,炫目的纽约中央火车站刚刚投入运营。从车站的大厅往下走一段台阶,你会看到墙上贴着美丽的赤陶砖,大理石柱子将高耸的穹顶与地板相连。在这里,一间能容纳440位客人的蚝吧刚刚开业,准备迎接第一批客人。铁打的壮美建筑,流水的行政主厨。然而,在过去的二十五年,英格伯倒是坚持了下来。他很珍惜这份工作,他说这份工作可不是懦夫能干好的。

如果没有坚定的信念和决心,根本干不了餐饮。这一行太辛苦了,只有付出巨大的牺牲才能换取成功。工作时间长得令人发指,而且一整天都得站着。工作环境拥挤而闷热,你根本没法想象那些炉子有多烫。个人生活几乎为零。随便问问同行,大家都这样。如果想成为一名好厨师，那么你从一开始就得投入大量的时间。光靠天分也干不好这一行，还要热爱美食，对工作充满激情。天分能让你上升到另一个层次，但对工作的激情才是决定胜负的关键因素。我肯定不是世界上最有天分的厨师，但我对工作的确充满了激情。这份工作我已经干了很多年，每天凌晨三点唤醒我起床去上班的不是闹钟，而是我的工作激情。

2013年，蚝吧开业一百周年了。虽然我们名叫蚝吧，但一百年前，生蚝的选择还很少。直到二十世纪九十年代，要找到不同种类的生蚝都是非常困难的事。有时候，我们的菜单上能提供四种不同的生蚝就已经算是幸运了。九十年代末，互联网经济和华尔街投行忽然兴起，人们一夜之间有了闲钱，消费的时代来临了。大家纷纷开始购买各种各样的奢侈品，生蚝也是其中之一。随着市场需求的旺盛增长，生蚝养殖也变得越来越普遍。到2000年，我们的餐厅每天都能提供超过三十种不同的生蚝。夏天我们平均每天能卖掉五千只生蚝。而且还只是生蚝本身，不包括烤蚝或是炖蚝。一年下来总共能卖掉大约两百万只蚝。

我觉得我们应该算是纽约生意比较好的一家餐厅。每天下午，我们的厨房就像个溜冰场——大家都忙得脚不沾地，前后左右地跑。我们有六名流水线厨师，还有几名汤厨专门负责做杂烩汤。每天我们能卖出500—800碗杂烩汤。因为地处商业区，再加上有车站的来往人流，我们午餐时段的生意要更好一些。每个客人都希望上菜够快。（一道本应需要十分钟才能做好的鱼菜，大部分纽约人都希望它在五分钟之内就上桌。）每道菜所需的烹饪精力和时间还要乘以1200——是的，我们每天要接待1200位客人，如果是假期，这个数字还会翻倍。我们是如何办到的呢？就是硬着头皮苦干啊。没别的，就是苦干。

我每天凌晨三点开始工作，三点半抵达布朗克斯区的富尔顿鱼市。前一晚我已经安排好了次日的菜单和特色菜，所以我非常清楚需要采购些什么。我也很了解店里的库存，需要补充哪些货品——我们称补货单为"86清单"。我走进市场后首先会绕场一周——来回走一趟大概有八百米吧，看看不同店里的鱼类情况，比比谁家的价格最合适。然后我会再逛一次，这次才会下单。每个早上我要采购大概5000磅鱼，都是能用来做寿司的顶级好货，所以就算当天没有用完，次日这些鱼也还是非常新鲜的。不过我采购的货品一般都能在一到两天内消耗光。

第三次逛市场是为了拿发票。现在我每周采购鱼类和贝类要花掉七八万美元。除此之外，还有大约100桶各种生蚝，合计数量在10000—12000个。所有下单货品都会被送去市场后面的取货区，货品被整整齐齐地摆在托盘上，装进货车，直接运往餐厅。

离开市场后我会直接去餐厅。不久，鱼就送来了。当我的同事们陆续抵达厨房的时候，货品都已经准备就绪。此时不过清晨五点，接下来的一个半小时，我主要在办公室里弄些文件，核对当天早上的发票，制订本周的工作计划，写写菜单。我大概七点半会去厨房跟副主厨讨论菜单并安排他当天的工作。八点十五分，我回到办公室接听电话和回复邮件。大约十点半，我会通过电话订购一些农产品和杂货。接下来，十一点十五分和十一点四十五分，我要和服务员们分别开两个会，确认当天的菜单，介绍一下当天的特色菜，并且回答大家的问题。开完会我会回到楼下的办公室。十二点半我会到厨房里帮忙做午餐时段的工作，一直到下午三点结束。至此，我已经马不停蹄地工作十二个小时了。

我一般三点半离开餐厅，开一个半小时的车回家与妻儿团聚。我会把一些工作资料带回家，晚上还会继续工作。我一定会跟孩子们一起吃晚饭，这些年来每天我也只有晚餐时段才能见到他们。吃完晚餐我会去地下室工作，我太太则在楼上看电视或者忙点别的。到了睡觉的时候，她会对我喊一声："晚安，宝贝。"我回答："晚安，亲爱的。"一整天下来我就只见到她这么点时间。这种相处模式对我俩的关系当然不好，我人虽然在家里，但心还扑在工作上。三四年前，我们在客厅里添置了电视机和牌桌，于是我俩都待在客厅里。我依然在工作，家人就在我身边干着他们各自的事情。有时候我需要格外专注工作，但是抬起头来能看到太太和孩子，我就已经很满足了。

戈雅·奥利维拉
Ghaya Oliveira

丹尼尔餐厅
DANIEL

她在突尼斯出生长大,在本地大学里攻读经济学位。刚念完大学二年级,她就加入了某投行的暑期工培训计划,前途看起来一片光明。暑期结束后,她没有回去继续学业,而是留下来做了培训生,从基层做起。后来,她通过了证券交易员的考试,半年后就去了交易部门工作。"我们公司虽然没有华尔街那些大投行那么大,不过我觉得已经很好了!"

她在通向远大前程的锦绣大道上狂奔了一年半。二十四岁那年,她接到了一个电话。看似顺利的一切戛然而止。

电话是我姐姐打来的。她一个人住在纽约,让我务必去找她一趟。我早前知道她怀孕了,但直到她打来电话,我才知道她在孕期查出了癌症,在孩子出生之前她都无法进行治疗。因此在她诞下孩子后,身体状况肯定会忽然恶化。她在电话里让我立刻去纽约。当时还是夏天,我请了一个月的假去帮忙,我母亲一听说情况也立刻飞了过去。但面对癌症,我们的一切努力都无济于事。姐姐在弥留之际嘱咐我:"戈雅,我希望我的孩子能在这里继续成长和生活下去。这是我的梦想,纽约是我终其一生都想留下来的地方。现在这就是我对儿子的寄望,我想让他留在纽约。"我说:"姐,你知道自己在说什么吗?"她再清楚不过了。

孩子生下来几乎等于没有父亲。但这不重要,我和姐姐此前甚至也没有和父母讨论过此事。对我来说,这是一个很重要的决定,但我答应她我一定会办到。我怎么能拒绝呢?在她临终的病榻旁,她让我母亲和我再三保证一定会让孩子在纽约长大。这是我们对她的承诺。

我姐姐是美国公民,所以我们找了律师为我的小外甥搞定了美国身份,我也弄了张绿卡。我母亲在突尼斯和美国两头跑。我在纽约定居了下来,于是必须要找份工作。一开始我去华尔街转了转,想看看能有什么工作机会。但我英语不太好,又不了解纽约股市,所以没有公司愿意雇我。如果要重新学习,得耗费大量的时间和金钱,而这两样东西我恰好都没有。因为要带孩子,所以我没什么空闲时间,虽然我随身带了点钱,但撑不了多久。我必须要找个工作,得尽快才行。

我父亲在纽约有朋友开了一家不小的餐厅。我问他能不能招我去当服务员,于是他让我在厨房里干活儿。"你疯了吗?"

我说，"我爸妈会杀了我的！"在我们老家，厨师是下等人干的事。但我当时尚未意识到，这份工作其实连厨师都算不上，充其量就是个清洁工。他让我坐下冷静冷静，说："戈雅，不管你现在能找到什么工作，我建议你都先干着。在纽约找工作不容易啊，我也只能帮到这儿了。"

刚开始我只负责清洁餐厅。但是每天只要一有机会，我就会观察厨师的工作，并且兴趣越来越浓。于是我要求去厨房工作，老板同意了。他让我去厨房洗碗。我也没有抱怨，只是埋头苦干。其实洗碗我也无所谓，倒垃圾、洗碗、刷墙壁、搞卫生，这些我都可以干。但我心里当然有更多期待，我想学点新东西。所以不久之后，我问老板能不能让我当厨师。

他说可以让我当助理厨师。这个岗位主要负责在厨房里干些没人愿意干的事，比如削皮、切菜之类。我还挺喜欢干这些的，因为所有的厨师都得来找我帮忙，并且得告诉我所有工作的细节要求，我觉得自己能学到很多东西。但是工作内容实在是苦不堪言。我一整天都得站着，两手一直泡在水里洗菠菜和虾之类的食材。最终我还是感到不堪重负。事实上，我从来也没喜欢过这个地方，于是我辞职离开了。

我在上东区一家普拉西多·多明戈[①]开的餐厅里找了份工

[①]普拉西多·多明戈（Plácido Domingo），西班牙歌唱家，世界三大男高音之一。

作。主厨是个很酷的墨西哥人。我是厨房里唯一的女性，做起事来是真不容易。不过他们让我负责甜品，所以我还是挺开心的。但是某天，我结束休假之后回去上班，发现餐厅门口挂了个"暂停营业"的牌子。留守的经理跟我解释了店里的状况，表示了歉意，又给我介绍了一份他觉得颇为适合我的工作："戈雅，不如去布鲁德咖啡馆（Café Boulud）吧，他们说法语，很适合你。"他还帮我安排了面试。

我以前从没听说过布鲁德咖啡馆，以为那就是一个普通的法餐厅，我也不知道他们的老板丹尼尔·布鲁德是何方神圣，但我同意去试试。那是2001年，我外甥三岁。我在纽约已经待了三年，迫切想要找到自己的立足之地。我立刻就前去面试，然而从餐厅大门望进去的第一眼，我就立刻明白那里跟我之前工作过的餐厅根本不在一个档次上。它看起来又美丽又优雅，我心里一沉："老天爷！我来这里干什么啊？"经理直接带我去见了甜品行政主厨，他瞥了一眼我的简历——我还以为他已经扔进垃圾桶了——然后让我下楼去换衣服。换好衣服后，他带我去位于地下室的厨房里"挤马卡龙"。"马卡龙是什么？"我暗自想，"这些绿色的是什么？"我甚至都没能进入厨房。在厨房外的矮桌上摆着9张烤盘，我就站在过道里往烤盘上挤马卡龙。我干完了之后，主厨下楼来看了一眼："你明天能来上班吗？""当然能！"

第二天，我也不知道为什么整个人都很惶恐。可能是因为我太重视这份工作了。我本该早上六点上班，最早一班车大概五点四十分经过我家附近的车站，于是我四点就起床了，迅速穿好衣服，爬上车。抵达餐厅之后，我奔下楼去换上白衫。当时我没看时间，但暗暗觉得应该还早，因为天还没亮。我两级并作一级地跳下台阶，主厨早已站在厨房里远远地瞪着我："你不看时间的吗？都六点零七了！"我哑口无言。"我让你六点来，你就必须六点准时到！六点要穿好围裙出现在你的工作台上！"

他叫雷米·范弗洛克（Remy Funfrock），是布鲁德咖啡馆的甜品行政主厨。在生活中我可能并不想与他成为朋友，但在工作中我非常敬重他。他可以说是一名严格的艺术家，一名高标准严要求的传统主厨，我很幸运拥有这样的导师。多亏有了他，我才能有今天的成就。

范弗洛克主厨是个精益求精的人。偶尔我出品的形状或者质感不对，他就会把东西扔到一边然后对我说："这是垃圾！重新做！"他一生气就到处扔东西，一暴怒就唾沫横飞。所以建议你还是尽量跟他保持距离。

第二周，我和他一起上早班。我觉得有点坚持不下去了。一方面是工作时间太长，一方面是压力过大。上早班我要学习、备餐、制作、执行，中午十二点要准时把所有东西都准备好，桌子擦得干干净净，准备好服务客人。这不是开玩笑的。我连喘口气的工夫都没有，没空吃饭也没空睡觉。而我家里还有一个小孩。我整个人看上去简直就是行尸走肉。

第二周的周末，我早上六点准时出现在厨房里，但仍穿着便服。主厨抬眼看了看我："怎么着？"他知道不大对劲。我答道："我不干了，压力太大。"他说："戈雅，这话我只跟你说一次。如果你想要有所成就，就要有始有终。你要是想学东西就留下来。如果你不喜欢这种工作，那就走吧——我也不想再见到你了。"

我不知道你有没有过那种醍醐灌顶的感觉，就像有泡泡忽然在头上炸开一样。我一下就惊醒了："我在干什么？我是疯了吗？"我立刻冲下楼去更衣室换上制服，跑回来跟主厨道歉。他甚至根本没搭理我。于是我立刻乖乖开始工作。这时他忽然转过身对我说："你知不知道自己今天迟到了很久。"我什么也没有说，只是低头忙着手里的事。回想起来，那天真是恐怖，不过那可能就是我人生中的重要时刻吧。如果我没有熬过那一刻，我的职业之路也就终结在那天了。

只要条件允许，我总是尽量从早上六点待到晚上十点。我会留下来多学些东西，看看晚班的同事们都是如何工作的，他们都上过美国烹饪学院或者法国烹饪学院这种专业院校。我当时真的什么都不懂，很想尽快赶上大家的水平。学习的过程很艰难。我在布鲁德咖啡馆工作没多久就结了婚，每天下班回家之后我会蒙头大哭。但我没有放弃。我母亲当时也在纽约，她帮忙照顾孩子。我先生也帮了不少忙。他真是个好人，他和我母亲都很包容我。我见过不少厨师想谈恋爱，想找到人生伴侣，但这对我们这一行来说真的很难。我曾经说过，如果你入行之前还没结婚，那最好还是打消结婚的念头，结果我自己却结了婚。我真是万里挑一的幸运儿。

布鲁德咖啡馆就是我的学校，它教会了我一切。我从助理厨师干起，然后被提拔成甜品厨师，这意味着我开始对出品和服务负责——我要自己准备面团，做好英式奶酱，自己备餐，为午餐或晚餐做好准备。作为甜品厨师，我有两个顶头上司，分别是范弗洛克主厨和甜品副主厨。主厨负责研发和设计甜品，副主厨则负责将其制作出来。副主厨还要负责管理团队，确保厨房干净整洁准备就绪。我在布鲁德咖啡馆工作的最后一段时间里，当上了范弗洛克主厨的副主厨。

过了六年半，2007年，丹尼尔·布鲁德开了布鲁德酒吧（Bar Boulud），并且将我提拔为甜品行政主厨。布鲁德酒吧是一个随意的小餐厅，提供的甜品也比较简单。比如冰激凌杯（coupe glacée），其实就是三勺冰激凌加点水果馅饼，装盘，再加点香草蛋奶沙司。后来，丹尼尔让我再研发一些有个人风格的甜品。我承认传统甜品很好，但顾客对它们太熟悉了，所以还是得有一些小花样，才能给顾客一点惊喜。所以我把水果馅饼做成了不同的形状和外观，对冰激凌也做了一些改进。自从我能把控出品，我的创意就一发而不可收。我非常享受工作的时光，简直像嗑了药一样，工作起来有数不清的新想法。

每款甜品在我看来都是有故事的。我曾经边研究边想："拿破仑这种点心有什么故事呢？它是如何被创造出来的？又是谁发明了这样美妙的东西呢？"我查阅了各种资料，试图找到它背后的故事。苹果的故事是什么呢？苹果就像伊甸园。如果我想做一只金苹果行不行呢？我要如何把它做成金色，并把它的故事呈现给顾客呢？当我在思考工作的时候，一般都是这样的路径。我喜欢用水果做甜品，因为它们总是有很多故事可以讲。并且我也喜欢给顾客呈现水果的原貌，但在外观上稍作调整。比如我会把水果煮一煮，或者是烤一烤。

对我来说，为顾客呈现一个完整的水果或是甜品，是非常重要的事。如今有很多甜品师在简化甜品的形态。他们在盘子上撒些粉末，挤一条酱汁，就算是个甜品了，并且美其名曰"分子料理"。我将其称为"失踪的食物"。我不是说分子料理不好。它是一种创新，用轻描淡写的方式来表现食物，不去呈现一道料理的全貌。但当你面对盘中一条五厘米长的粉末，被告知这就是你想吃的饼干、慕斯、稀果酱或者水果的时候，你能高兴得起来吗？而这就是如今一些甜品师正在做的事，将所有的食物都变成一个点。这到底意义何在?

我在布鲁德酒吧干得挺好。我在那里待了四年,后来听说丹尼尔先生打算在布鲁德酒吧旁边的街角开一家地中海风格的餐厅——布鲁德南部(Boulud Sud)。两家餐厅由一个走廊相连。丹尼尔先生有一天来找我:"戈雅,这个新餐厅是为你准备的。这里做地中海菜,你说是不是很适合你。"

我和丹尼尔先生的关系很好,我第一次见他是在布鲁德咖啡馆,他来的时候我只听出他有法国口音,但不知道他是谁。他常来向范弗洛克了解新甜品的情况,还会打开冰箱看看里面的存货。如果看见什么新食物,就会亲自尝一尝。他会在厨房里走来走去跟每个人打招呼,厨房里从上到下每个人他都记得。如果他以前没见过你,就会跟你待五分钟,专注地聊天,问问你老家在哪里,从哪里毕业,为什么来这里工作。他的脸上始终挂着亲切的笑容,对所有人一视同仁,连实习生也不例外。

我见到他的那天,他正在和大家一一握手,有人告诉我那就是我们的行政主厨。我当时正在过道上工作,他过来做自我介绍,我说:"主厨先生,您好。"他问我在这里干了多久,以前在哪里工作。我用法语和他聊了起来,感觉自在多了。我告诉他我叫戈雅。再次见到他的时候,他唤我作"玛雅",我也没纠正他。他出书后的某天,我请他为我母亲和我各签一本书。他欣然应允,于是在书上写下了"亲爱的玛雅"。我说:"主厨先生，我叫戈雅。"他说："天啊真抱歉！你以前怎么都没纠正我呢？"我说："没关系，也不是什么大事。"他有两三年的时间都以为我叫玛雅。我到现在还留着那本书，上面写着一个被划掉的"玛雅"。

布鲁德南部开业的时候，我在两家餐厅兼任甜品厨师——布鲁德南部和布鲁德酒吧。我很喜欢地中海风格的布鲁德南部，因为我能更自由地在甜品中使用香料和调味品。我把从小到大熟悉的调味品都用上了。虽然我在突尼斯的时候并不是厨师，但这些香料对我来说就写着地中海的名字：芝麻、橙花、茉莉花水、天竺葵、生姜。我在这里研发了我最喜欢的甜品——葡萄柚冰霜（Grapefruit Givré）。整个制作过程就像盖房子。先将一整颗葡萄柚去掉果肉，代之以葡萄柚冰霜。把冰霜用力按压在葡萄柚的外皮上，做成厚厚的碗状壳。在"碗"里，放上葡萄柚果肉，加点葡萄柚酱，在顶上喷上慕斯状的芝麻泡沫。接着再加一点玫瑰果冻——一种玫瑰胶状软糖。我还会加一点哈尔瓦（halvah），那是一种烤制的脆芝麻糕。然后在上面盖上一片以焦糖点缀的橙子薄脆。最顶上放一小团细丝状的芝麻糕，看起来就像棉花糖。这就做好了。这道甜品至今还是我的最爱，布鲁德南部依然提供这道甜品，并且在丹尼尔餐厅也能吃到。

我在布鲁德南部工作了两年之后，公司的甜品主厨艾瑞克·贝托亚（Eric Bertoia）来到了餐厅。艾瑞克负责在世界各地开设丹尼尔的系列餐厅，游历甚广。他让我单独去找他，我还在想是不是自己工作上出了什么问题。他看起来十分严肃："戈雅，请坐，我们聊聊。"整个谈话过程中，他的手都放在我的肩上："戈雅，丹尼尔希望你能成为丹尼尔餐厅的甜品行政主厨。"我瞠目结舌。

我经常会想自己未来要做些什么，但我从没想过这件事！丹尼尔餐厅？和其他餐厅相比，那可是另一个世界。那是一个在餐饮界地位至高无上的餐厅。我根本还没有准备好去和世界上最好的厨师们一起工作，我也知道自己的水平不足以加入这个团队。所以我立刻说："我不去。"他重重地按了按我的肩膀："你不去？为什么？"他说，"我再说一遍。是丹尼尔先生希望你能去丹尼尔餐厅做甜品行政主厨。"

听到这个消息我有些喘不过气，于是我把自己的想法告诉了他。他说："戈雅，你不能拒绝！我单独约见你，就是为了听你亲口答应我。我甚至没有想过给你打电话，我就是要来亲口告诉你这些！"忽然，我的勇气战胜了自己，于是我开始狂笑。我知道接下来我的责任和压力会更大，要付出更多努力。这一切对我而言是另一个起点。我对他说："我可以答应您。但是，主厨先生，请再给我一点时间考虑一下。"

我首先给我先生打了个电话询问他的意见，他说："你疯了吗？当然要去啊！"他不了解这意味着什么，不知道这会有多难，带来多大的压力，并且我们能见面的时间也会更少。他说："去吧！别的困难我们再想办法解决。你达到了这个水平，这是属于你的机会。快去吧！"

艾瑞克先生次日又来找我："好了，你不用发愁了，丹尼尔先生在物色其他人选了。"我看得出来他是在逗我。我直视着他的双眼说："行吧，我答应了！"他转过身来："真的？不是开玩笑吧？"我说："当然不是，先生。我感到很荣幸，就是还有点震惊。"两周之后，我见到了丹尼尔先生。见面之前的每一天我都过得战战兢兢、焦虑不已。

我永远都忘不了再见到丹尼尔先生时他脸上的笑容。他就像家里人一样亲切："戈雅，你就是这个岗位的最佳人选。"我听到他的这些话，感到无比感激，他竟然如此认同我的工作。我说："主厨先生，非常感谢您。我不知道该说什么才好。"他说："你工作努力，品格忠诚，值得信赖。"他说了许多这样的话，我简直不好意思听下去了，因为我觉得自己没有那么好。我整个人都轻飘飘的，无法相信眼前的一切在真实地发生。直到八个月前，我来到丹尼尔餐厅，穿上围裙，才第一次接受了这个事实。

上班的第一天，我在餐厅里四处逛，想了解一下工作机制。这里和丹尼尔的其他餐厅不太一样。餐厅能容纳140位客人，但工作人员的数量比这还要多。我有两个团队，共计10个人，分别负责早班的出品和晚班的服务。我来的时候,团队都已经就位。我作为一个空降来的主管,不管个人水平如何,开展工作都会有点困难。他们已经有自成一体的工作方式,并且也很了解自己的工作。我反而是那个不停在提问的新人。

我最重要的工作内容就是认识并且了解每个人。这是我的工作方式。我得知道他们住在哪里,他们会如何思考问题,是哪里人,上班要花多长时间,睡得好不好。只有了解了这些,我才知道该如何与他们相处。我向行政主厨让·弗朗西斯·布鲁尔(Jean François Bruel)先生汇报工作。但在产品研发方面,我基本是独立决策,不需要获得他人的批准就能决定做什么甜品。一般说来,我为晚餐设计了一款新甜品之后,会先拿给行政主厨试试。然后,再将其作为菜单以外的特别甜品试一个晚上,看看客人们的反馈。餐厅领班是我们和客人之间唯一的沟通渠道。我们会请领班去问问客人的感受和喜好。获得反馈之后,我们再对甜品进行必要的调整和修改。我们从不和客人见面。但是,看到客人吃完后留下的盘子,你就知道他们喜不喜欢你的出品。上周,著名的甜品大厨皮埃尔·爱马仕(Pierre Hermé)来我们店里吃饭,我们让领班务必把他吃完后的盘子带回厨房。看到盘子里的东西被吃得干干净净,我简直开心坏了。

当我偶尔有空能安静独处时,就会回忆自己刚来美国的时光。现在回看，每一次挫折、每一次受伤、每一次跌落人生的低谷，其实都是生活给我的馈赠。我在纽约经历了太多苦难。我经历过"9·11"，经历过我姐姐的离世，我的小外甥跟我一起生活的时候才十一个月大，如今他已经十五岁了，在一所超常儿童学校上学。学英语很难，和人打交道很难，了解这个国家很难。但我坚持了下来。我遇到过严苛的同事，但那都是宝贵的人生经验，也是我职业道路的起点。我很高兴我撑过了这一切。我对自己的选择毫不后悔。在纽约生活不容易，但这里是我的家。我已经是个真正的纽约人，我的余生也将属于纽约。

约翰·格雷利
John Greeley

21俱乐部
THE "21" CLUB

1930年的新年前夜，21俱乐部在纽约开张了。它在禁酒令期间是一家颇为隐秘的酒吧，如今却成了远近闻名的餐厅。三十三年后，约翰·格雷利出生了。又过了三十三年，他成了21俱乐部历史上最年轻的主厨，他是一名艺术家和滑板爱好者，业余时间还喜欢改造旧滑板。

如今，尽管约翰已头发灰白，却仍难掩帅气。五十岁出头的他思考问题依然很有前瞻性。他说，自己退休之后一定要去海边开一个小小的滑板店，边上再来一个墨西哥卷饼摊，过上平淡的生活。"我打算给卷饼摊请个帮手，我会教他怎么做，然后我就可以放松躺平，看着人们踩着我的滑板遛来遛去，"他说，"人生如此足矣。"

小时候我一直想当个艺术家，所以念大学的时候我选了纽约视觉艺术学校。然而两年后我就觉得，相比住在城里，我更喜欢住在海边。我转学去了萨凡纳①念书。为了赚点零花钱,我在一家叫"南方45"(45 South)的餐厅打工,在那儿我成了美国南部美食大师,学会了做玉米糁粥和虾还有别的一些菜。我非常喜欢这份工作,于是毕业后我就想去烹饪学校念书。

那时候,我爸在格雷广告公司工作。有一天我和他一起去上班,他把我介绍给了莎拉·莫尔顿(Sara Moulton),她在《美食家》(Gourmet)杂志负责行政食堂的运营。莎拉非常慷慨地给了我一个清单,上面列了纽约十五家餐厅主厨的联系方式。她让我直接给他们发简历,可以说是她推荐的。我知道提她的名字多少会有点帮助,但我没料到立刻就收到了三位主厨的回复。一位是哥谭烤肉酒吧的阿尔弗莱德·伯特利②,一位是光环餐厅(Aureole)的查理·帕默尔(Charlie Palmer),还有一位是21俱乐部的迈克·罗莫纳克(Michael Lomonaco)。三十年前,这些人就是城中最受欢迎餐厅的一把手——如今他们的地位依然不可撼动。

我去见了他们三位,迈克当场就表示要雇我。我无言以对,只好告诉他我还在看其他餐厅的机会,晚一点再给他答复。他说:"约翰啊,你听我说,这些人肯定会让你先干两年冷餐台厨

---

① 萨凡纳(Savannah),美国佐治亚州大西洋沿岸港口及旅游城市。
② 阿尔弗莱德·伯特利(Alfred Portale),美国名厨,其餐厅哥谭烤肉酒吧(Gotham Bar and Grill)曾连续多次获得《纽约时报》的三星殊荣。

师再说。你愿意花两年时间切西红柿么?你来跟我一起干,我马上就让你去热餐台。"我直到今天也不明白他当时到底看上了我什么优点,总之肯定不是我的简历吧。我块头挺大的,可能看起来比较能胜任肩扛手提的体力活儿。总之我接受了这份工作。

罗莫纳克主厨的确没有骗我,他马上就把我安排在热餐台,不过是热餐部门最最低级的岗位。我负责蔬菜台。有整整一年我的生活就是切菜和炒菜,不过的确没让我切西红柿就是了。哦,还有捣土豆和切土豆。成千上万的土豆。炸薯条、薯片,各种各样的土豆菜肴不一而足,前九个月我每天就光和土豆打交道了。但奇怪的是我并不介意。当时我们整个厨房流水线都是从美国烹饪学院来的年轻小伙儿,大家相处特别愉快。我还记得那会儿觉得自己没去格雷公司上班可太幸运了,那种整天坐在办公室里看文件开会的工作多没劲啊。这里的氛围则是:"我的天啊,我们的条纹鲈用光啦!""谁有法式酸奶油?"大家楼上楼下地狂奔,炉火在欢快地跳跃,锅子和金属炉台发出清脆的敲击声,宛如音乐。这里太热闹了,一刻也停不下来!我热爱这里。

我当时也参与晚班的工作。我在其他餐厅也干过晚班,那是一种相当非主流的生活方式:每天工作到很晚,然后出去玩乐,回家睡到日上三竿,又重复前一天的日程。我的朋友问我:"每天晚上都要工作你是怎么撑过来的?"我说:"我错过了什么重要的事情么?《法律与秩序》(*Law & Order*)的重播?你们晚上都干什么?看电视睡觉吧。我每天起床之后,可以去健身房,去博物馆,去吃午饭,然后去上班,下班之后我和朋友一起出去玩!这有啥可抱怨的?这种生活很好啊!"

我跟着迈克工作了十二年,我干过所有的工作台,最后当上了肉厨,那可是所有人梦寐以求的岗位。后来,他又让我当副主厨,离行政主厨只有一步之遥。1995 年,餐厅被卖掉,迈克也离开了餐厅。新的老板带来了一个过渡的厨房管理团队,不过他们很快也走了。某天,他们喊我过去,给了我这个职位。当时我三十三岁——在 21 俱乐部迄今(2014 年)八十四年的历史里,我是最年轻的行政主厨。

这都是十七年前的事了。很少有厨师能在同一个餐厅干这么长时间,同样,也很少有餐厅能存活这么长时间。21 俱乐部能活到今天,原因可能有很多。但其中一个重要的因素肯定是我们标志性的风格。要说起纽约的历史标志,你会想到帝国大厦,或是中央公园里的马车,以及 21 俱乐部。这些年来我们当然改变了不少,但我们并没有遗失原有的风格。我现在能充分理解传统的妙处,但最开始我也很难体会这一点。年轻厨师总是想着革新。我是个有创意的人,其实不太适合做这种代代相传、一成不变的工作。

以前，21俱乐部以其欧式服务风格而著称。在楼上的主餐厅里，一切服务都在客人的桌边完成。鼎盛时期这里宛如一个美食剧场。穿着燕尾服的领班将烹饪小车推到桌边，在客人面前为他们切开烤牛肉。如果客人点了多佛鲽，他们会推来一只小炉子，上面放着闪闪发光的铜盘，在客人们的注视下剔出鱼骨。现在没有餐厅再这么做了，我们也不做了。不过，尽管我们拓宽了餐厅的空间，但我们的装潢和以前几乎一样，而且我们也依然要求服务员在餐厅里穿西装。

目前我在努力想办法吸引年轻的客群，于是我更新了菜单的一些内容。自打我来这儿工作之后，我们的招牌菜鸡肉杂烩可能已经改动四五次了。最早，我们把鸡和樱桃一起煮，然后佐以白汁。现在我们用乳酪奶油汁加上帕玛森奶酪，并且把鸡放在小烤箱里上桌。我们的汉堡包也经过不少改动。如今，我们店里的汉堡吃起来完全就是牛排的口感，因为我只用牛排肉做汉堡的肉饼。当然，价格也涨了，现在卖32美元一个。但依然很受客人们欢迎。

我们尽量做到从农场直送[①]食材，虽然有时候我觉得这么做其实没必要。上周我跟我们副主厨讨论，我说："你觉得我们真的需要从农场订鸡蛋吗？"他说："主厨先生，所有的鸡蛋不都

[①]原文为"farm-to-table"，字面意为"从农场到餐桌"，因此后文格雷利揶揄，食材不是从农场送到餐桌还能去哪儿。

是从农场里来的吗？直接订有什么问题呢？"他说得没错，鸡蛋都是从农场来的，所有的农产品也都是从农场里来的。不然菜还能种在哪儿呢？如果不是从农场送到餐桌被吃掉，食材还能去哪儿呢？

每天晚上都会有一群客人涌入我们的厨房，因为那是前往餐厅酒窖的必经之路。酒窖现在已经被改成私人包间，能容纳大约20位客人。以前还用来存酒的时候，只有员工才能进入位于厨房背后的酒窖。然而现在，前往包间的客人都能经过厨房并观察到我们的一举一动。他们能听见有人用麦克风大声吼出订单，有人在后楼梯上上下下传递着上菜用的大托盘，流水线厨师们忙碌而灵巧地奔波着，生怕踩到彼此的脚——一切是如此活跃而生动。多年前，当我还是流水线厨师的时候，乌比·戈德堡①来吃饭。她想看看苹果舒芙蕾是怎么做的，于是他们把她送来我的工作台，我给她穿上围裙，让她观看了制作的全过程。喜剧演员唐·里克斯也来过我们的厨房，他像平时一样爱开玩笑。他从包间走出来的时候，刚好听到我在催促服务员，于是他向我走来："嚯，小伙子！你是主厨吗？""哦，不是的先生，我还不是主厨呢。"他盯着我们的某位烤厨说："赶紧让他当主厨！听见没？"然后他就大摇大摆地走了，好像他

---

①乌比·戈德堡（Whoopi Goldberg），美国演员，代表作《紫色》（*The Color Purple*，1985）、《修女也疯狂》（*Sister Act*，1992）。

才是餐厅老板似的。我不确定同事们知不知道他是谁,不过后来我的确当上了主厨。比尔·克林顿还在任期间,我见过他和希拉里一起来用餐。肯尼迪一家人也来过。事实上,我觉得除了小布什,罗斯福之后的每一位美国总统应该都来我们这儿吃过饭。

如今我喜欢在家做饭,就当是一种放松。颇为好笑的是,因为我已经习惯一次性为上百个人准备食物,而我们家总共才四个人,所以我难免会做得有点过头。我太太肯定会忍不住告诉你我做起饭来多么夸张。有一次我记了账,才发现我每个月光是给家里人买菜就花了1400美元,还不包括去餐厅吃饭的花费。我到底花这么多钱都买了什么?每周末我都采购一大堆食物,做饭的时候全都要用光,然后我太太就把吃不完的都扔掉。我家后院有五种不同的烤炉,于是我一次要做三到四个烤架的烤肋排,我太太只能吃下两个——我是说两个肋排,而不是两个烤架的肋排。剩下的怎么办?从烤架上直接扔进垃圾桶里。

我儿子才七岁,他闭着眼睛就能说出我做的菜里放了什么调料。我八岁的女儿吃藜麦、排骨,还吃各种蔬菜。她从来不挑食。但是她朋友来家里吃饭的时候总会这不吃那不吃,而且还瞧不上那些好吃的东西。有一次我问其中一个小孩平时都吃什么,她说:"我只吃爆米花、炸鸡和曲奇饼干。我妈就让我这么吃的。"现代人吃东西的习惯可真够呛。

托尼·罗伯森
Toni Robertson

文华东方酒店
MANDARIN ORIENTAL

　　阿仙特餐厅的红酒房位于文华东方酒店第35层,有一面五米高的落地窗。我坐在房间正中的一张长桌边等她。她比约好的时间晚到了一会儿,不过我并不介意多等一下,我正沉浸在中央公园令人惊叹的美景中,黄色的出租车在我脚下的街道上川流不息。在我背后的墙上,千余个红酒瓶闪着耀眼的光,仿佛刚刚才被擦拭过一样。天花板上则垂下亮晶晶的树枝状雕塑。

　　她姗姗来迟,身上穿着黑色的厨师制服,领口处有金线绣出的酒店的扇子标志。这个瘦小的女子曾在美国空军服役,黑发在脑后紧紧扎成一个马尾,细声细气地为自己的迟到道歉。她在纽约的时间不算长,但已经名声在外。她是南非和新加坡这两个国家历史上的首位女性行政主厨,还曾获得过美食界的几个最高荣誉奖项。

　　我生于缅甸的曼德勒。我有六个姐妹,其中五个是医生,和我父母一样。我显然是家里的异类。虽然我们家只能算是普通中产，但我小时候家里就有厨师。我特别喜欢在厨房里围着她转来转去，感觉厨房里总是有很多新鲜事可看。我们家的厨师说："托尼，如果你非要在这儿待着的话，就得帮忙才行。"于是她就让我帮着剥大蒜和削洋葱。

我十五岁时，举家搬离了缅甸。缅甸局势并不稳定，对于我们这些华裔来说也不安全。后来我们在芝加哥定居了下来。从我们到美国的那一刻起，我就总是说，这个国家如此欣然接受了我们，总有一天我要报恩的。事实的确如此。我毕业之后，在美国空军服役了四年。我家世代从医，我当上军医倒也顺理成章。我很幸运，被派驻在德国的一个小城——施潘达勒姆。我对烹饪的热爱正是在那里被培养起来的。当时我在急诊室上晚班，凌晨两三点钟，一起上晚班的同事们就会聚在一起做饭、吃夜宵。我们会翻阅候诊室里过期的《好胃口》(*Bon Appétit*)和《美食与美酒》(*Food & Wine*)杂志找灵感。

从施潘达勒姆坐一两个小时火车就能抵达巴黎。当时我一有机会就会坐车去没去过的地方尝试不同的餐厅，我几乎吃遍了整个欧洲。我可以肯定地说，没有这段经历，我也不会下定决心走上厨师这条路。不过以厨师为业对我来说有个问题。在亚洲家庭里，做饭，或者说是从事任何类型的服务行业，都不是一件光彩的事。我父母希望我像姐姐们一样当医生，实在不行当个家庭主妇也可以，总之别当厨师。但这是我想做的事。即使我知道这会让父母失望，我依然没有放弃自己的职业梦想。

退伍回家之后，我就报名了芝加哥的烹饪学校。毕业后，我给芝加哥最好的五家餐厅发去了求职申请。其中有一家是丽思卡尔顿酒店的餐厅。当时，法国主厨费尔南德·古铁雷斯（Fernand Gutierrez）负责厨房的运营。在我面试过的所有主厨中，只有他接纳了我。我是他手下唯一的女员工，最开始他给我分配的工作在我看来就是典型的"女厨师工种"（可能他也是这么想的）——要么在冷餐台负责沙拉，要么负责甜品。甜品对我而言实在太细致了——每样原料都得称重，一切做法都是照本宣科。于是我选择去做沙拉，我觉得这应该比较能发挥创意。

事实证明，我对"创意"的期待完全成了个笑话。我上班没多久，他们就把我送去地下室里洗莴笋。我整整洗了六个月的莴笋。别的什么也没干，就只洗莴笋。我每天都双手冰凉，手指毫无知觉。但我并没有抱怨，只是默默等待机会。过了半年，一个冷餐厨师的位置空了出来，于是我就转去了冷厨，负责做开胃饼、沙拉和前菜。我依然在干"冷"的工作，但至少不用总是湿漉漉的了。

某一天，我终于获得了一个真正意义上的突破。主厨要找人帮他给鸡剔骨,而我恰巧就在边上。我主动要求帮忙,然后我就被调去了热厨——当时我可是热厨流水线上唯一的女厨师。这可以说是真正的里程碑,因为虽然在家做饭的通常都是女性,但是当时大家普遍认为厨师这个职业是男人干的。确实,这份工作对体力和精神的消耗都很大,还要全天站着,但是这和性别又有什么关系呢?如今,在我的厨房里,有一半的流水线厨师都是女性。不久之后,我当上了酱厨,在像丽思卡尔顿这样的法餐厅里,这个岗位距离副主厨只有一步之遥了。我只用了四年的时间,就从洗菜工变成了酱厨,真是令人不可思议——对于厨师来说这已经非常幸运了,对女厨师来说尤为不易。

后来,我离开芝加哥,开始游历世界,去不同的酒店工作。贝弗利山的四季酒店请我担任餐厅的副主厨,之后我又跳槽去了夏威夷毛伊岛的大威雷亚度假村,我在南非的皇宫酒店第一次当上了行政主厨。我非常兴奋,因为这是该国历史上首次由女性担任这个职位。干了一段时间之后,我又去新加坡的泛太平洋酒店当了行政主厨——女行政主厨对新加坡来说也是史上首次。

而此时也到了回家的时候。任何一个同行都知道,如果你从美国离开太久,你就会和这个行业的主流渐行渐远。于是,2005年,当刚刚成立三年的纽约文华东方酒店向我伸出橄榄枝,我简直受宠若惊。我必须承认自己一开始是有点担心要来纽约工作的。纽约是一个什么样的地方呢？我知道这里是充满了商机和财富的国际中心，这里的人都了解顶级美食，这里能造就优秀的厨师。但最大的问题是，我真的足够优秀，能在纽约工作吗？最终，这种想法似乎也并不重要了。我一来到纽约就爱上了这里，不打算离开了。纽约是无与伦比的，是独一无二的。

在独立餐厅当行政主厨和在酒店当行政主厨有很大不同。在独立餐厅里，餐厅的理念是确定的，主厨只需要负责好这一个餐厅。牛排馆就是很好的例子。你来上班就是做牛排。明天你还是做牛排。日复一日，工作内容都是一样的。当然你偶尔也会换一下菜单，但基本上换汤不换药。每天的工作量大概是服务两百个客人，餐厅打烊，你的工作也就结束了。你关上门回家，第二天再把前一天的流程重复一遍，就像电影《土拨鼠日》[①]演的那样。但我的工作是不会结束的。我绝不能说："收工！关门！半夜了！赶紧把门关上！明天我们再来！"不可能。我一天二十四小时都在这里，或者说，我得二十四小时对这里负责。一周七天，每天二十四小时，全年无休，责无旁贷。

作为酒店的行政主厨，我的权限涉及一切和食物有关的工

[①] 每年2月2日的土拨鼠日是北美地区迎候春天的一个传统节日，据说人们可以根据土拨鼠的身影预报时令。电影《土拨鼠日》（*Groundhog Day*,1993）中主角前去报道土拨鼠日庆典，当日的生活却不知何故不断重演，无法进入新的一天。

作内容。包括菜单、预算、采购，以及一切和食物相关的场所里的每一个员工。就拿最小的一个地方为例——客房的迷你吧。我们得确保迷你吧里放的食物和饮品都是客人喜欢的。如果他们有什么特别的要求，我们就要添加进去。我们会在36层的鸡尾酒吧提供小食。哦，还有客房服务。比如有一位外国客人午夜才入住，想吃点早餐；或者一位被时差所困的亚洲客人凌晨两点就醒过来想吃中国点心，那我们就得准备。我们一直都致力于满足每个客人的需求，这个月刚好是开斋节，穆斯林客人们在日出到日落之间是不能进食的，因此我们会为他们特别安排大分量的早餐。有一位好莱坞的电影明星在此下榻，她正在为一个角色做准备，每天只能摄入1200卡热量，我们当然十分乐意为她准备美味的轻食。我们也负责为商务聚会或晚宴提供食物。当然，还有我们的阿仙特餐厅。它就像一般独立餐厅一样对外开放，提供一日三餐。这些就是我们对外所呈现出来的工作内容。

然而与这些外人肉眼可见的工作相比，幕后的工作也同样重要。有400名员工在酒店里夜以继日地忙碌着，我也需要为他们提供餐食。员工在楼下的大食堂用餐。我们提供员工餐，还为附近的警察备餐。请警察来一起吃饭挺不错的，这样如果酒店发生什么意外，我们打电话报警就能获得及时的帮助。警察很喜欢我们的食物，常常来光顾我们。虽然我在纽约不开车，但要是开车,我敢保证警察一定不会给我开罚单。

我会让自己的精神始终保持工作状态,不过,我也有自己的生活。每天晚上我也像所有人一样,要回到家中。厨房里的同事问我为什么不留下来吃晚饭,那是因为我对食物太过挑剔。我喜欢自己做饭,想吃什么就做什么。一般就做一些非常简单的菜。比如当我想吃意面的时候,下班后就煮一锅意面慢慢享用。这就是我的业余时光。除了自己做饭,我还跑马拉松。我知道这有点令人难以置信,然而我在纽约的八年时间里,已经跑过六次马拉松了。

杰布·伯克
Jeb Burke

新闻集团
NEWS CORPORATION

他高中毕业后就开始环球旅行,花了三年时间在西北部勘探石油,还在圣巴特附近的群岛上逍遥快活。直到有一天他父亲告诉他该严肃对待人生了。"我当时想,行吧,那我就当个厨师吧。然后我就去美国烹饪学院报名了。我在46街的乔·艾伦餐厅①跟鲍比·弗莱②一起完成了实习。鲍比那时也很年轻,正在找寻人生的方向。我们一起在流水线上工作,是很要好的朋友。如今他已经成了厨师界的大明星,有自己的餐厅和电视节目,而我则安守着新闻集团的会议室。我们俩都实现了自己的职业理想。"

出去玩总归是开心的,当我还在烹饪学院念书的时候,万万想不到毕业还不到一个月我就能乘着奢侈的私人豪华游轮

---

①乔·艾伦餐厅(Joe Allen's),始于1965年的传统美式餐厅。
②鲍比·弗莱(Bobby Flay),美国名厨,精通美式烧烤。

环游世界。当然我也想不到自己最后会成为世界上最大的出版集团的厨师。然而这一切都成真了。

我毕业之后的第一份工作就是去密苏里州圣路易斯县的拉杜，为一对体面的老夫妇以及那位老先生九十八岁的母亲当私人厨师。两个月后，这三位贵客坐进他们的加长劳斯莱斯豪车，我则跳上我的大摩托，分头前往西棕榈滩，从那里登上了他们那艘长达三十多米的大游艇。我们先到了巴哈马海岸的凯特礁（Cat Key），在那儿住了一段时间，我负责为一家人做饭。最终，我的贵客们回家了，而我则去其他的船上继续工作。接下来的两年，我从东海岸航行到新斯科舍省的哈利法克斯[①]，又穿过大西洋前往法国的布列斯特[②]。

我工作的船舶之一的主人是两位在佛罗里达州投资了大量房地产的先生。他们晕船晕得厉害，因此从来不跟我们一起上船。他们会告诉我们前往哪个目的地，然后直接飞过去在港口跟我们碰面。船停在海湾里的时候，他们就会上船狂欢。但是我们一旦解开缆绳准备起航，他们就会下船，爬上自己的私人飞机前往下一个目的地。我们这些员工基本上可以说是游艇真正的主人。船上有滑水橇、摩托艇、水陆两用艇，这些超酷的设施我们都能随便使用。对于二十来岁的年轻人来说，这种生

---

① 哈利法克斯（Halifax），加拿大新斯科舍省的首府。
② 布列斯特（Brest），法国西部城市，也是法国西部最大的海军基地。

活实在是太爽了。但这种状态又能持续多久呢?

在航海生活期间,我也一直和烹饪学院的同学们保持着联系。有一个同学是鲁伯特·默多克①的私人厨师。他问我愿不愿意去纽约,到新闻集团总部跟他一起工作。纽约听起来蛮不错的,而且我觉得也是时候脱离航海生活了。于是我就成了他的同事。我们一起工作了差不多一年,然后我朋友就离职去开了自己的餐厅。默多克先生请我接任他的职位。这一干就是二十一年。

这二十一年来,我从未决定跳槽去大餐厅。当然,我偶尔也会这么想,并且其实也曾有过好几次机会能自己创业开餐厅,或是去私人会所工作。不过那都不太适合我。我认识的很多主厨晚上都需要工作,假日也不休息,孩子们的学校放假了,他们也还在忙碌。我选择留在新闻集团体系内,这样我还有时间可以当一个好丈夫和一个好爸爸。我有两个儿子,他们可不会永远都像现在这样年幼可爱。

过去二十一年里,我见证过不少改变。刚来的时候,我每天早上六点半开始上班。我们为有需求的员工提供欧陆风格的早餐,然后为高管做一顿热腾腾的午饭。一天的工作就这样结束了。但是随着公司越来越大,餐饮团队的职责也越来越重。

---

①鲁伯特·默多克(Rupert Murdoch),新闻集团董事长,媒体大亨。

如今，我们的运营团队已经扩大了不少。我们有8位全职员工，包括流水线厨师、主厨、调酒师、服务员，还有15—20位兼职员工可以随时调用。事实上我们调用兼职员工的频率还挺高的，因为我们每周有2—3个晚上要在我们拥有25个座席的私人影院为福克斯—派拉蒙的电影放映会提供餐食。在放映之前我们要提供鸡尾酒和餐前小食，结束放映后要提供甜品和咖啡。我们还要服务公司二层的福克斯体育频道活动室，我们服务过NFL（美国职业橄榄球大联盟）、NHL（美国冰球联盟）、NASCAR（美国运动汽车竞赛协会）和棒球界的不少活动。

我们这层楼全是大大小小的用餐包间。默多克先生的私人包间能容纳4个人。旁边的二号包间能容纳6个人。三号包间能坐下8—10个人。四号包间能容纳12—15个人。这四个包间最多共能招待35位客人。来这里吃饭的人全是顶级高管。除了默多克先生之外，还有他的私人小圈子——他的两个儿子詹姆斯和拉科伦，还有福克斯新闻频道的主席罗杰·艾尔斯（Roger Ailes）。艾尔斯先生特别幽默。他有时候会打电话来说想吃炸鸡三明治或是汉堡包，但是会交代我："杰布，如果我老婆打电话来问，你就说我今天吃的是鱼。"

每天我都尽量为各位高管提供不同的菜单。每天清晨，我的副主厨和我会去市场选购当天最新鲜的鱼、水果和蔬菜，然后看看能做出什么菜式供午餐选用。食材准备好之后，我们就会开始筹备。时间过得很快,转眼就到了包间用午餐的时间了。客人抵达后,我们会换上崭新的厨师服,走进每个包间里迎接客人,并且口头介绍当天的菜单。通常是新鲜的蔬果汁、鱼或者禽肉,几种红肉,以及意面。如果客人要求,我们也会提供全素的菜品。我们每天服务的人数从两人到50人不等。昨天我们服务了25个客人,今天则没什么人。默多克先生一会儿要和两位客人及几个高管一起吃饭,就这样而已。

在集团里当厨师有个好处,至少在新闻集团,我们能够选用市面上质量最好的食材。因为我们的运营没有盈利压力,所以不需要像餐厅或酒店一样遵守预算或者受到其他类似的限制,也不用像它们的行政主厨一样到了月底就开始发愁钱的事。这真的减轻了不少压力。当我出去采购食材时,就像迈进糖果店里的小孩一样。能有这样的自由度真是厨师的梦想。当集团厨师的另一个好处就是我们服务的都是非常有趣的人。他们每天都在这儿来来去去。比如当沙特阿拉伯的政要来访时,总是成群结队地出现。他们会把自己的家人和朋友都带来,还有随身的保安,有时候甚至还会把随行摄影师带来一起吃饭。那会儿我们每天午饭要服务25—30个人。

我在这儿服务过好几位总统。比尔·克林顿是最招人喜欢的。他非常迷人,而且看上去是真的很喜欢和大家交流。有一天我对他说:"总统先生,我听说您胃口不错。"他说:"你怎么知道的?"我说:"大家都说您爱吃。""嗯,这倒是真的,杰布。"他说,"那么今天你帮我准备了什么好吃的?"他为人随和,经常问我问题,比如我有几个孩子啦,老家在哪儿啦。能够认识他并且为他服务,真是一件很荣幸的事。纽约前市长艾德·科赫[1]也算是这里的一位常客,总来跟我们聊天。他是那种在人群中会闪闪发光的人,他每次来吃午饭我们都很开心。

当我走进包间介绍今日午餐菜单时,出于保密的原因,也出于职业操守,我一般不会左顾右盼,也不会留意客人们谈话的内容。如果有高层的特别会议,大家在讨论一些数据、股票或其他公司事务,那么我们甚至不能走进包间。不过大部分时候我还是会去表示欢迎,介绍一下当天的菜单,问问大家有什么忌口,并且说明如果有任何特别的要求我们都会尽量满足。如果他们在闲聊,我会加入。如果是那种格外安静的会议,我一般介绍完菜单之后就会迅速离开。我本能地知道什么时候该说话,什么时候该闭嘴,而且我从来不会要求跟任何客人合影,一次也没有过。我朋友经常问我:"你为什么不跟那些名人合影啊?"我说:"如果那么做了,我在这儿可能都干不了 20 分钟,更别提二十年了。"这是集团工作的要求,毫无疑问必须要遵守。

---

[1] 艾德·科赫(Ed Koch,1924—2013),美国政治家,纽约人,1978 年至 1989 年任纽约市长。

路易莎·费尔南多
Luísa Fernandes

罗伯特餐厅
ROBERT

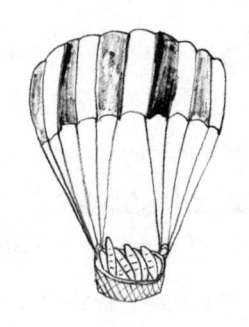

这是一个女人追逐梦想的故事。她体验过战争与和平,去过非洲和美洲,经历了结婚和离婚。勇气、胆识、热情、动力,这一切都集中在这位小个头女性的身上。她的英语不太灵光,但在餐厅的厨房里发号施令时却井井有条。她还在美食频道的电视节目《切切切》(Chopped)中获得过冠军,说起来也是一位全国知名的厨师。

我一直都知道自己想要什么。我是一个有梦想的人,而且不止有一个梦想,而是有两个梦想。我的第一个梦想是当一名护士,我一直想帮助别人;我的第二个梦想是当厨师。我很幸运,两个梦想都实现了。

我的故乡是一个叫蒙特雷亚尔的小镇,位于葡萄牙首都里斯本附近。我二十岁时在那里获得了护理学位。毕业后我在一家精神病院工作。干了几年,我觉得不能满足于此,于是又成了一名骨科手术的手术室护士。当时卢旺达和苏丹正在打仗。我在老家能从新闻里看到战况,这些国家迫切需要医护人员。于是我志愿加入了"无国界医生"项目。他们很需要手术护士,我很快就被派往苏丹。那里的条件非常简陋。整个国家非常贫困,没有直升机、没有水、没有医院、没有食物,也没有药,一贫如洗。红十字会为我们提供了药品、帐篷,还有一些帮手,但因为当时在陆地上行动实在是太危险了,所以这些人和物资无法被送到急需帮助的地区。唯一的办法是用直升机或飞机空投。因为没有停机坪,所以当需要递送物资的时候,跳伞是我们唯一的交通方式。我一看到有人这么做,就立刻说:"我也要去!"我当时三十六岁,但我想成为一名跳伞护士。

我去学校学了一年跳伞之后,接到的第一个任务就是去安哥拉和科索沃。我们飞到大约4000米的高空,然后跳下飞机,在距离地面大概300米的地方打开降落伞。我们每次都会随身携带一批物资,而且通常都在夜里执行跳伞任务,因为晚上比较安全,雷达监测不到我们。我和十几名工程师、护士和医生一起,总共执行过347次跳伞任务。你问我害不害怕?当然怕啊!但是恐惧是一种很正面的感觉,就像你在和你自己作战。感到恐惧意味着你必须变得更强。跟在手术室工作的体验一样。有些病人被送来的时候因为事故而失去了某部分肢体,或者是全身的骨头都断了。你看到这样的景象,身体就会进入恐慌模式，开始分泌肾上腺素。然后你就开始和你的恐惧做斗争，你绝不能让恐惧战胜你自己。深呼吸，采取行动，立刻做出决策去拯救你的病人。战争的情况也是一样的。每个人都害怕。我执行跳伞任务的时候，见过一些跳过上千次伞的人，即便是他们，有时也还是会害怕的。

不过，即使在当护士的时候，我也会本能地流露出内心想当厨师的那一面。在卢旺达时，我负责协助手术，同时也教那些母亲如何为家里人做饭。我指导他们找到可食用的水果和蔬菜，并用它们做成一餐饭。这些人体重不到70斤，骨瘦如柴，形容枯槁，我一看到他们就想："我要喂饱他们！"我整天都在想着"无论如何一定要给他们弄点好吃的"。

这种乐于给他人做饭的热情从我在里斯本精神病院工作的时候就已经存在了。那时候，医院会用一辆推车给病人们送餐，上面装着两口锅和一些面包。我看了看锅里的东西，真是难以分辨那到底是汤还是主食，看起来都是一样的烂糊糊。于是我去找总监告状："既然我们要给病人提供鸡肉、米饭、豆子和卷心菜，为什么我们的厨师不能好好做饭呢？"我当时二十一岁，看起来还是个小屁孩。总监瞪着我说："你说什么？"我说："我们花钱买来鸡肉、米饭、豆子和卷心菜，为什么我们的厨师却要把所有食材都混在一起搞成烂糊糊呢？真的很恶心啊！为什么我们不用同样的食材和同样的成本，做一些好吃的盖饭呢？或者我们把鸡肉炸一下也行啊。"总监说："好的，护士小姐，我考虑一下。"

后来有一天他告诉护士长说："那个小护士路易莎来跟我说了一些情况，我很赞同。我们给病人的食物真的跟监狱里没什么区别。"护士长允许我去厨房帮忙，于是我给厨房提供了肉类、蔬菜和意面的食谱。后来我获得了一块服务金牌，不是因为我护士工作干得出色，而是因为我是个好厨师！我的生活中总是有些和烹饪相关的元素。不管我身在何方，始终如此。

那么接下来就是我走上厨师之路的故事了。

我作为"无国界医生"工作了两年，然后又回到了葡萄牙的医院里继续当手术室护士。但是我仍怀揣着那两个梦想，做护士，做厨师。这两个梦想一直在我心里斗争。于是自然，这两个梦想我都想实现。1998年，我做了一个冒险的决定，在里斯本开了一家小餐厅"圣本图之锅"（Tachos de São Bento）。当时我一点专业烹饪经验也没有，但餐厅很快就大获成功，不仅从早到晚都客满，甚至还赢得了一些重要的奖项。尽管很忙，但我始终没有辞去护士的工作。餐厅只供应晚餐，于是我白天在医院工作，晚上在餐厅工作。我很开心，但觉得这还远远不够。

我还有一个不足为外人道的梦想，那就是去纽约。1969年，我十四岁，当我从电视上看到美国人登月时，我就梦想着能去纽约。我知道美国是个无与伦比的国家。我还在电视上看了一部丽莎·明奈利（Liza Minnelli）主演的电影①。我还记得看完之后我对我母亲说："我要去纽约！我想在那里生活！"我母亲给我讲述了纽约黑帮阿尔·卡彭②的故事，然后说："不行！太远了！"我气鼓鼓地跑出房间，对母亲喊道："你不让我去！以后我自己一定会去的！"

光阴似箭。我经历过战争，开过自己的餐厅，结了婚，又离了婚，有了两个孩子。在这忙忙碌碌的生活里，纽约被我抛在了脑后。而当我的孩子长大了，各自有了属于自己的工作和家庭，不再需要我了，我忽然意识到现在是时候实现自己的梦想了，否则不会再有机会了！2004年，我关掉了在里斯本成功运营了五年的餐厅，从医院退休，抛下一切，前往纽约。当时我快五十岁了。

我到纽约的第七天，就在一家位于西村的葡萄牙餐厅当上了甜品主厨。我相信上帝的旨意。这一切都是注定的。就在前一天，这家餐厅的甜品主厨离职了。餐厅老板立刻就给我安排申请了工作签证，所以我到纽约的第七天，已经找到了工作，

---

① 应指马丁·斯科塞斯导演的《纽约，纽约》。
② 阿尔·卡彭（Al Capone, 1899—1947），生于纽约布鲁克林，绰号"疤面"，芝加哥犯罪集团（Chicago Outfit）的创建者及首领。电影《铁面无私》（*The Untouchables*, 1987）中罗伯特·德尼罗的角色即以他为原型。

还拥有了工作签证。进展不错,但我的梦想还没有实现。我在一家葡萄牙餐厅工作,但我更想在美国餐厅工作,我现在有了社会保险号码,我想在美国餐厅工作!美国!美国!身边的人觉得我想太多了,他们都说我已经拥有了一切。但我并未拥有一切呀。我想要去美国餐厅工作,而我果然办到了。

餐厅名叫公园蓝(Park Blue),位于曼哈顿58街。他们听说过我在葡萄牙开的餐厅。简单试用后,我当上了副主厨。这可是一家做美国菜的美国餐厅。生蚝、金枪鱼塔塔、本尼迪克蛋、汉堡,一切都太棒了。我喜欢做美国菜,我想学更多东西,想成为一个更好的厨师。我买了一大堆书,阅读大量的老菜谱。工作之余我总是在学习。我赚到的钱就用来去让·乔治[①]和丹尼尔这样的高档餐厅吃饭。我买了一本阿尔弗莱德·伯特利写的书,他是哥谭烤肉酒吧的主厨。后来我成了他餐厅的常客。我一般都去吃午餐,不算太贵。

公园蓝是一家米其林一星餐厅。我在那里工作期间,主厨离职了,于是我被任命为行政主厨。这一切堪称完美。我身在纽约的一家美国餐厅,当着行政主厨。我高兴极了。我们的厨房一直开到凌晨三点,所以其他餐厅的厨师们常在深夜来拜访。他们会喝杯红酒,吃点东西,放松一下再回家,我在餐厅里见过所有

[①] 让·乔治(Jean Georges),法裔美籍名厨让·乔治在中央公园西路开设的餐厅,米其林二星。

人。那些著名餐厅的主厨——让·乔治、戈登·拉姆齐[①]、马库斯·萨缪尔森，我全见过。我自己也渐渐有了一些小名气。

那么接下来……

纽约的变化真的很快。我在行政主厨的位置上干了两年之后，餐厅被卖掉了，新老板打算把旧址拆了再盖个新的，公园蓝彻底关门了。我失业了。不过失业状态仅持续了不到一天。因为我认识不少人，所以很快就在另一家餐厅找到了工作。然后不停有新的餐厅请我去任职。后来我从一个好朋友那里得知，罗伯特餐厅正在找行政主厨——这家美丽的餐厅位于艺术与设计博物馆（the Museum of Art and Design）大厦顶层，就在哥伦布环岛[②]那边。我参加了面试和考试，还参加了试菜，然后就获得了这份工作！如今，我是罗伯特餐厅的路易莎·费尔南多主厨。这简直是我人生的巅峰。

即使我十分热爱美国，却依然没有忘记自己的根在葡萄牙。我曾在餐厅举办葡萄牙之夜，整个菜单上都是我的家乡菜；我还会在中央公园举办葡萄牙日，目前已经办了三年，越办越好。

有一天，葡萄牙前总统若热·桑帕约（Jorge Sampaio）来纽约参加联合国会议。他独自来餐厅用餐，没有通知任何人，

[①] 戈登·拉姆齐（Gordon Ramsay），英国名厨，因《地狱厨房》（Hell's Kitchen）系列电视节目而为大众熟知，旗下餐厅共获得过16颗米其林之星。
[②] 哥伦布环岛（Columbus Circle），纽约曼哈顿地区的地标之一。

而他来的时候我甚至不在店里。我当时在家,餐厅负责订餐的同事给我打电话说:"主厨,您家乡的总统现在正在餐厅里!他来见您啦!"我脱口而出:"我的天啊,你开玩笑吧!"我立刻跳上一辆出租车。十分钟后我就到了餐厅,冲到后厨,换上白制服,然后走向他的餐桌,就跟我当晚一直都在餐厅里一样。我在他身边坐下,问他为什么不提前告诉我他要来。他说:"你知道我这人很简单。我只想到处走走,没必要告诉别人我是谁。我之所以告诉前厅的人我是总统,是因为我想见你。我知道如果我表明身份,你肯定会来见我的。我想感谢你为葡萄牙人做出了榜样!"我无法用言语表达这是一件多么荣幸的事。我家乡的前总统,来到我在美国的餐厅见我。这对我来说真是无上的荣耀。

5

派对生产线
The Party Line

在华盛顿名媛和作家莎莉·奎恩（Sally Quinn）的理念里，开派对只有一个理由——让大家玩个尽兴。"如果你觉得开心不重要，"她说，"那你去开会就好啦，还开什么派对。"

如果你觉得开心很重要，我必须真诚地建议你请一个外烩厨师。

如今大家在宴客的时候，不得不开始操心宾客们对乳糖、果糖、谷蛋白的态度，还得惦记着那些谈坚果色变的人。如果头盘野苣拌醋汁浸小番茄花费了如下心力——首先，野苣和番茄都是花了整整两天时间用卡车从密尔沃基运来；其次，盐是莫尔顿牌的，堪称梦幻。那么就还需要考虑是否可以称之为"农场直送的野苣拌小番茄配梦幻盐花油醋汁"。此外，就像你二表弟的那位食评家朋友坚持认为的，甘蓝菜冰沙本质上就是甘蓝菜沙拉换了个样子。是否要把它放在自助餐的甜品台上也是令你头疼的问题。

除了这些关于美食的小是非,还有许多大麻烦需要解决。比如整体菜单应该如何规划:如何才能既照顾到每个人的喜好,又贴合当下的流行?如何让食物既令人亲切又颇有特色?再比如,如何应付社交活动和社交媒体?例如我们要如何改进婚礼蛋糕,使其拥有更好的口味、更好的外观,同时,更重要的是,发在 Instagram 上会更好看?

这类问题都请交给专业人士来操心吧。这就是他们的职责。他们知道该如何应付挑剔的食客,避开对食物成分敏感的人,为那些喜欢在社交媒体上博取眼球的客人献上外观适合拍摄的小菜。他们还了解当下什么菜流行,什么菜已经过时,哪些过时的菜马上就要再流行起来,而哪些菜已经完全被时代淘汰。比如在里根年代被视为奢侈象征的鱼子酱、龙虾丸、水晶香槟这一组合,看起来就很难重回舞台了。核心的原因是这一组十分"不现实"——对伊朗人或俄罗斯人而言,鱼子酱不是什么稀罕物;如今这些年轻的百万富翁则根本不知道什么是海鲜丸子;而一瓶水晶香槟① 在二十世纪八十年代不过 150 美元,如今要卖到 750 美元。此外,这也是由于大众口味的变化。就像发型、建筑甚至生育观念总在发展变化一样,派对的风格也一直在变。

---

①水晶香槟(Cristal)是路易王妃香槟(Champagne Louis Roederer)旗下的知名香槟品牌,据说受到英国皇室和俄国沙皇的热烈追捧。

曾有一段时期——五十多年前——高端餐饮服务从业者必须具备的素质是会说一口流利的法语，确切地说，是会用法语介绍菜单。如果你在餐饮服务行业想要升职，比如想在广场酒店（Plaza Hotel）当上宴会经理，那么"冰激凌"这个词就得换成"crème glacée①"。用法语介绍菜单，不仅能让老板高兴，还会给顾客留下深刻的印象。毕竟他们也想在自己宴请的客人面前展现自己对高端餐饮的渊博知识——说到高端，谁能比得过法国菜。

"以前我们是没有正式菜单的。"赫伯·罗斯（Herb Rose）回忆道，他曾是广场酒店和皮埃尔酒店的宴会经理，如今，八十二岁高龄的他是高级派对定制服务的权威顾问。"我们得和客户坐下来一起讨论我们能做什么，如果他们想要水果沙拉，我们就会点头答道：'好的，新鲜水果杂羹配柑曼怡娇酒。'但是现在的情况彻底不同了，现在我们把菜品印在各种小菜单上，都是英文，加上对食物细致的描绘以及每道菜的报价。整个过程已经不再神秘了。"

如今的派对上除了食物本身，人们还很在乎食物的呈现方式。最近，后者的重要程度逐渐增加，有时甚至超越了前者。想想那些自带光源的小菜托盘，这些托盘由照明专家设计，看

---

①法语，冰激凌。

上去夺人眼球，小菜本身已经不重要了——如果它们味道不太好的话，没人注意它们的味道倒成了件好事。此外，现场制作菜品的风潮刮到了由专业人士执掌的蚝吧和寿司吧，厨师们会现场制作客人点的菜，这可比在自助餐台上吃现成的加州卷要有趣得多。

　　派对进行中，你可能会想从侍者托着的盘子上取杯水喝。不过这可不能是一般的水（拜托千万不要用椰子水，已经过时了）。根据我的秘密消息来源——一位顶级的外烩业者，我向你保证，如今最新潮的饮品是桦树汁。你可别忘了自己是从本书里获知这个消息的。

克里斯·艾蒙德
Chris Edmonds

皮埃尔酒店
THE PIERRE HOTEL

在过去八十年里,皮埃尔酒店一直都为私人客户提供高端活动的餐饮服务。宴会经理艾蒙德已经在这里工作了二十年。他看上去就很适合这行,高挑纤瘦,四十岁出头,穿着合身的定制西装,领子硬挺,领带服帖,鞋子锃亮。他带着我走进酒店,经过一条光洁而漫长的走廊,穿过宴会厅,来到酒店的茶室。对我而言,这段路充满了回忆。自从我女儿和儿子相继在这里举办了婚礼后,我一直都还没有机会故地重游。

大家都以为婚礼是这辈子压力最大的一场活动,其实不尽然。婚礼最重要的是组织。我干了十八年的婚礼,这是我的强项。毫不夸张地说,我们筹办的婚礼安排得就像时钟一样精准。最重要的是确定时间线并且严格遵守,只要能做到这一点,你就能轻轻松松结完婚回家。

我见到新郎新娘的时候,他们一般都已经看过婚礼场地并且决定下单了。我的首项任务是向他们介绍菜单,然后聊一聊有什么选择。这样我就能大概了解一下现场人员的情况,例如宾客人数,以及宾客的一些特殊情况。第二次与新人开会时我们需要进行试菜。厨房会准备五至六道开胃菜,五至六道前菜,五至六款甜品,以及一系列酒水以供选择。我们会陪新人一起尝一尝,然后他们会从中选出自己希望在婚礼上提供的菜式。接下来是签署合同。一般说来,到这个阶段一切都不会有什么问题了。

在婚礼之前,我们会跟新人通几次电话讨论一下。再度见到他们,就是婚礼前一天进行彩排的时候。通常婚宴彩排会在另一个场地进行,而婚礼彩排在正式场地进行。我们会花一小时左右的时间排练一下新人的入场和退场,看看新娘一方的家人应该站在什么地方,安排好他们的座位。然后我们将新人送往婚宴彩排地点。一般说来,当晚就是婚礼前夜,我们会在酒店楼上给新娘安排一个房间,如果她需要即可在此就寝。次日婚礼时,这个房间也是给新娘用的。

婚礼当天清早,我大约十点进场看看新娘的情况,再和厨房确定是否已经将必需品送往新娘房。我会确认婚纱是否已经状况完好地送达新娘房。当天,新郎和伴郎会另开一个单独的房间,我们会送一些啤酒和三明治。

接下来,我会开始安排婚礼场地,鸡尾酒和婚宴晚餐。我不仅要和花艺师确认花束的情况,还要确保他们在离场时把花清理干净;确保他们在餐桌上和鸡尾酒自助餐的现场都摆放了主花束。同时,酒店员工会开始布置餐桌。大约下午三点,我会和新人聊一会儿,确认婚礼发言的人选和时间。宾客抵达时由谁负责迎接,现场是否安排父女或母子共舞,了解完这些情况之后,我就会去办公室打印出时间表,发放给厨师、领班、乐队指挥以及其他有需要的工作人员。这张时间表上列明了从仪式开始到结束每个环节的内容和时间,精确到分钟。这样我们才能确保当仪式结束时,餐厅的服务员已经做好准备迎接到来的宾客。

如果仪式七点结束,那么接下来的一个小时我们会开始提供鸡尾酒。此时我会将新人及新人父母一同带往宴会厅。灯光柔和、烛光摇曳,鲜花盛放。第一眼看到宴会厅总是令人心神荡漾。我喜欢看客人们在我推开宴会厅大门那一刻的表情。他们的眼睛都亮了!想象一下我每个星期都能体验这种感觉,这简直是世界上最棒的工作。

八点左右,我们邀请宾客进入宴会厅。大约八点二十分,所有人都就座之后,新人被邀请入场,并且首次被正式冠以夫妻之名。此时,我会暗示乐队指挥开始演奏音乐。新人开始他们的第一次共舞。如果是犹太婚礼,宾客们会一同跳起圆圈舞。跳完舞后,大家纷纷落座,我们开始上第一道菜。

整个晚上我都忙个不停——跟新人确认情况，提示他们如果有任何要求都可以讲。婚礼蛋糕送上来时，我要教他们如何切蛋糕，然后我要迅速闪开，好让摄影师拍下"互喂蛋糕"的经典画面。婚礼结束之后，我们会把一大盒纪念品送去婚礼套房。礼盒里有打包好的婚礼蛋糕顶层，还有其他的礼物，婚礼流程表，菜单。如果是犹太婚礼，我们会在礼盒里放上祷告披巾、打破的玻璃杯，以及犹太高脚杯。[1]

是否每个婚礼都能顺利进行呢？总体上来说是的。我们有没有经历过一些灾难般的婚礼呢？答案也是肯定的。谢天谢地那倒也不是什么大事。人非完人，总有些弱点，有时候这些人性的弱点忍不住要登场表现一下自己，但人性的弱点有时可能是个坏事。比方我们最近就碰到过一次。当时我们正在为晚上六点的婚礼做布置。新郎和新娘在楼上各自的房间里。户外细雪纷纷，十分美丽。这时，伴娘走下楼来说："克里斯，新娘要取消婚礼。"我说："什么？"她说新娘刚刚决定取消婚礼。我说："那，婚宴呢？"她说："她也不想举办婚宴了。整个安排都取消吧。"于是一切就这么取消了。

我当时感觉糟透了。餐桌布置得漂漂亮亮，花艺师的任务

---

[1] 犹太婚礼中新郎需打破一只玻璃杯，一说是为纪念耶路撒冷圣殿被毁和犹太人的流离颠沛，同时提醒两位新人，幸福易碎，需要小心呵护。犹太高脚杯（kiddush cup）应是婚礼牧师吟诵七祝福（Sheva Brachot）时新人饮酒所用。

完成得很出色，整个场地都美轮美奂。当然我替新人感到遗憾。我们不知道究竟发生了什么，毕竟我们不能探听这些隐私。宾客们到场时，我们安排了服务员站在门口一一告知他们："非常抱歉，婚礼取消了。新人之后会与您联系。"乐队收拾乐器回家了，我们则留下来拆卸这个布置得十分美好的场地。我们给"城市丰收会"打电话，请他们来把菜取走。这个慈善组织会给有需要的人提供食物。我想有许多无家可归的人并不了解今晚这顿大餐背后的故事，不过他们应该吃得很开心。但对我们来说，这的确是个很大的遗憾。

如果你想干这行，你得考虑清楚自己是否愿意为工作献出一切。嗯……可能说一切是夸张了点，但我的确失去了很多个人生活。干这一行最重要的是你的家人能够理解你。你工作的时间很长，而且孩子在家的时候你通常还没下班。你会错过孩子的成长。但是你不能跟客人签完约，跟他们一起安排好所有的流程，然后就说："对不起，我要回家，您婚礼当天会有其他同事来替我协助您。"

十八年前，当我进入这个行业时，我就很清楚会发生些什么。我不喜欢每天坐在办公室里敲电脑。尽管会遇到很多棘手的事，但我觉得自己的工作很有意义。我喜欢解决问题。当有人来告诉我出了问题，我的答案是："这不算什么问题，这只是一个需要解决的事项。"我们不仅承办婚礼，还给很多大机构承办派对和宴会，有公司也有社会团体。所以一周几乎每天晚上都有派对！有什么样的工作能让你天天看到人们开心的样子呢？

从事这份工作的要求之一，是你需要有那么一点注意力缺陷多动症。或者说，越严重越好。因为你得不停走来走去，经常要处理很多细节问题。你考虑此刻的情况，还要考虑明天的情况。你得提前三到四步做好准备。你必须学会提问，因为你越了解情况就越能为活动做好准备。你的语速要快，反应要快，要时刻准备着处理紧急情况，因为这就是你的工作。噢，当你在做这一切的时候，还要记得保持微笑。

我会得到什么回报呢？回报绝对超乎你的想象。最近我们为一个名流家族的女儿举办了婚礼，他们请了史蒂夫·旺德（Stevie Wonder）来演唱——那可是我一直都很喜欢的歌手。他上台之前会在后台和团队一起做祷告，因为我当时就在后台，于是他们邀请我加入。我闭上双眼，和史蒂夫·旺德一起肩并肩站着，大家围成一个圆圈一起祷告。要说回报，对我来说，这就是最好的回报。

我热爱音乐，并且看到歌星的时候就会变成小粉丝。有意思的是我对影星就不会有这种感觉。可能因为我没空看电影，并且也不怎么看电视，所以不太认识当今走红的影星。事实上，我也不认识什么新近的摇滚明星，我孩子知道。前几年 Lady

Gaga来过,我根本不知道她是谁,是不是很夸张?我有两个孩子,一个十二岁,一个九岁。那天我回到家跟他们说:"今天有一位叫Lady Gaga的女士来了酒店呢。"他俩惊呆了:"什么?Lady Gaga?真的吗?哇!爸,你竟然不知道她是谁吗?"然后我告诉了我的侄女,她的态度简直和我的两个孩子一模一样:"我的天啊!不得了啊!不得了啊!"我站在原地挠头:"行了行了,所以,她到底是谁?"

还有托尼·本奈特(Tony Bennett),他来演出了好几次后,我才终于知道他是一位巨星。

露露·鲍尔斯
Lulu Powers

东西海岸的"娱乐学家"
BICOASTAL "ENTERTAINOLOGIST"

"这里真的很小。"鲍尔斯一边带我走进她位于曼哈顿的公寓,一边说道。她之前告诉我,这个兼作教室的厨房只有不到一平方米。事实上大概有两平方米吧。她一头金发,蓝眼睛忽闪忽闪的,看上去精力爆棚,难怪一个城市都不足以让她充分发挥才能。

我十六岁就当上了私人厨师。当时我们一家人正在楠塔基特岛过暑假。有一位叫莎拉·琳·切斯(Sarah Leah Chase)的女士开了一家叫"这就是莎拉"(Que Sera Sarah)的食品店,我兼职在店里的柜台干活儿,也在厨房打打下手。有一天,一个叫理查德·门舍尔(Richard Menschel)的纽约人来到店里。他在岛上有一处房子,想问问莎拉能不能介绍个私人厨师去他家工作一个夏天。莎拉推荐了我。他给我打电话,问了几个问题,然后就在电话里雇用了我,也没问我的年龄。当我出现在他家门口的时候,他打量了一下我:"你就是露露?"我个子小小的,金发扎成个马尾,看起来比实际年龄还小。我觉得自己肯定不是他期待的那种私人厨师,不过他同意让我试试。

他们家住在一座石头老房子里,房间很大。我在那儿的第三晚,正在厨房里做饭,忽然听到房间里传来尖锐的蜂鸣声。我狂奔进餐厅大喊:"门舍尔先生!着火了!屋里着火了!"他说:"哦没事,露露,这声音是我们用来召唤你的服务铃。"他们在餐桌下面的地板上安了一个按钮,只要踩一下,厨房里就会警铃大作。我才十六岁,哪见过这玩意儿。

暑假结束了,我回到高中继续读书,毕业后,又去了城里念大学。在校期间,我开始给别人的派对供餐。有一次,派对上的一位客人——非常、非常有钱——把我喊到一边,跟我说他家没有一个用人做饭能吃。他问我能不能帮忙,我说可以在自己家教他的用人做饭——就是那个不到一平方米的小厨房。他一开始给我送来了三名女佣,她们只能说西班牙语,我一句也不会说,只能尽量比画着教。纽约人的心态很有趣,我才开了两次课,就接到了其他客人的电话,让我也教教他们家的用人。于是,我很快就办起了一个女佣小学堂——需要强调的是,我的学生不仅来自不同的主顾,甚至来自不同的国家。这么多人都挤在我公寓那个狭小的厨房里。

说来有点可笑。每逢我开课的早上,这些女佣会乘坐豪华轿车来到我家楼下，我在楼上按开门禁把她们迎进来。她们每周来一次，整个课程持续六周。大部分女佣都不会说英语，但我会尽量教给她们一些基本的食谱。我把食谱写在小本子上，带她们去菲尔维商店（Fairway Market）教她们如何挑选食材。我个人觉得这些女佣其实并不是很想学，不过她们还是坚持微笑着上完了所有的课。一天的课程结束后，司机会来接她们，然后我会打包好她们今天做的菜，把她们送回家。

1994年，我搬到了洛杉矶。我离开纽约的时候只带了一个箱子、一把网球拍，打算到了新城市写个室内情景喜剧的剧本。我决定到洛杉矶就不干厨师这一行了。事实也的确如此。直到某天，我忽然莫名其妙地接到西格妮·韦弗[①]的电话，问我能否当她的私人厨师。"呃，"我问，"您不先尝尝我的手艺吗？""哦，好呀！"她说，"我住在四季酒店。你明天下午六点能送点吃的过来吗？"于是我做了剑鱼主菜，配上番茄罗勒橙子沙拉，还有泰国香米配烤西葫芦。我用保鲜膜把菜包好，交给酒店礼宾部。一个小时后，西格妮打电话给我，说我得到了这份工作。

西格妮骨子里是个纽约人，只是在洛杉矶工作。后来她从

[①] 西格妮·韦弗（Sigourney Weaver），著名演员，代表作《异形》（Alien）系列电影，《冰风暴》（The Ice Storm, 1997）。

四季酒店搬走,在贝莱尔租了个房子。我依然为她做饭,但不在她家里做。她的司机一般早上十点来我家取午餐,下午三点来取晚餐。

此后,我就开始在美国东西海岸间奔忙,穿梭于纽约和洛杉矶之间。我在洛杉矶是麦当娜的私人厨师。她有一位私人养生厨师,但我也会为她做一些菜。我不得不说,她人真的很棒。她是我见过最努力的人。你看她的演出,整个人都会觉得受到鼓舞。她贵为巨星,在饮食上却完全尊重我的专业。她可是麦当娜啊!为她工作我真的毫无怨言。

有一天,我在纽约接到美食作家杰佛瑞·斯坦加顿(Jeffrey Steingarten)的电话。他当时正在为《时尚》杂志撰写一篇关于私人厨师的文章,想采访我。杂志问世没多久,我就接到赫伯·瑞兹(Herb Ritts)的电话——他是当时最知名的时尚摄影师。于是我成了他在纽约和洛杉矶的兼职私人厨师,一做就是十五年。在这段时间里,我开始从内心接受自己的确是个厨师。

赫伯和我一起度过了许多美妙的时光。我记得有一个周五早上七点半,他给我打电话,说晚上有个客人来,希望我能帮忙把家里那些可爱的科尼什野鸡给做了。我当然答应了,不过我没有告诉他就在两天前,我接到白宫打来的电话,问我是否能为克林顿总统做饭。我一开始以为那通电话是恶作剧,当时正是对他进行弹劾期间[①]，可能有人想来个恶作剧。不过电话那头的女士说："蓝带协会（the Blue Ribbon Society）的人大力推荐了您，"那是一个我早前服务过的白人清教徒组织，"我们真的非常希望您能来为我们操办这次午宴。活动是一个舞会，菜式方面我们安排一些简单的烤鸡就行。地点在一处私宅，现场会有总统先生以及一些媒体的朋友。"

白宫这件事我一直没告诉赫伯，因为直到周五下午才确定下来。周五的晚上，我走进赫伯家的大门，发现他正忙着向一位女性朋友展示他的摄影作品，但我只看到那位朋友的背影。后来，他俩走进厨房，当时我正在洗手，赫伯说："露露，来见见我的朋友。"我转过身，看到了莫妮卡·莱温斯基！赫伯当时正在为《名利场》杂志拍摄她的照片。那一刻我脑子里想的是："老天爷啊我现在能给谁打电话说说这事儿吗？"应该没人能在同一周先后为莱温斯基和克林顿总统做饭吧，然而我竟然有这样的经历！一个小时后，我站在赫伯·瑞兹的厨房里，和莱温斯基聊着玛莎·斯图尔特推出的油漆产品的颜色，就像相识已久的闺蜜一样。

克林顿总统的午宴来了三十个人。他真的非常迷人，午宴

[①] 1998年12月时任美国总统比尔·克林顿以伪证罪和妨碍司法公正遭到美国众议院弹劾。此次弹劾源于阿肯色州雇员宝拉·琼斯（Paula Jones）起诉克林顿性骚扰案以及克林顿与前白宫实习生莫妮卡·莱温斯基（Monica Lewinsky）的性丑闻。

也很成功。半年后,我在"撼动选举"①的活动现场见到他。当时我和一个朋友在一起,现场有五十个人排队等着跟他合影。当他看到我走进会场,立刻向我走来:"我认识你!你是那个做布朗尼超好吃的厨师!"那次午宴我做了一些焦糖软糖布朗尼,而他竟然一直记得。为克林顿工作的感觉,就像跟理查·基尔②工作的感觉一样。你看到他们就会感到欣喜若狂。没错,我也为理查·基尔做过饭。

你可别以为这份工作就是成天跟影星、政治家和名流打交道,似乎一切都信手拈来。事实并非如此。我也会碰到糟糕的情况。处理这些困难的能力正是高手与庸人的区别所在。毫不客气地说,我在自己的专业领域也算是个熟手。俗话说要么淹死要么努力游起来,我肯定是就算狗刨也要努力游起来的那类。

我很小的时候就开始接触这个行业。我的第一份外烩(catering)工作是在一对夫妻家里操办一场盛大的自助餐宴会。女主人一开始就特别交代我,她丈夫很喜欢用蜜汁火腿特制的烤火鸡,她会事先备好火鸡,午宴时我们把火鸡和其他餐点一起摆上来。我和伙计们提前五个多小时到了他们家里,我有些

---

①撼动选举(Rock the Vote)是成立于1990年的一个美国非营利性组织,该组织旨在提高十八岁至二十四岁的选民的投票率,鼓励年轻人参与政治表达。
②理查·基尔(Richard Gere),好莱坞影星,代表作有《美国舞男》(*American Gigolo*, 1980)、《军官与绅士》(*An Officer and a Gentleman*, 1982)、《芝加哥》(*Chicago*, 2002)等。

紧张——行吧，其实我是非常紧张——毕竟这是我的第一次宴会供餐工作。我雇了一些认识的哥们儿来帮忙。抵达场地后，我正在收拾东西，忽然发现冰箱里有一个用铝箔裹着的大家伙，我想那应该就是火鸡了。于是我们就把其他准备好的食物塞在火鸡旁边先冰起来。五个小时后，一切都准备就绪，半小时后宾客们将陆续到来。女主人跑来问我："露露，这真的太美了！但我的火鸡在哪里呢？"

老天啊！火鸡！我立刻打开冰箱，但火鸡不见了！我又跑出去问同事有没有看到火鸡，有个人说："啊！当时冰箱里没地方放我们准备的菜了，于是我就把火鸡放到客房的冰柜里了！我本来是想等宴会结束之后再把它拿回来的！"

我立刻奔向客房的车库，找到了冰柜，把火鸡拎了出来，然后紧紧抓住我的调酒师迈克尔·韦斯（Michael Weiss）："杰夫五个小时前把火鸡放到冰柜里了！你快帮我解冻啊！"因为这只火鸡是熟食，所以如果把它直接放进烤炉，肉就会干掉。我当时还没有现在这样丰富的经验，只能不停往火鸡身上浇热鸡汤。浇了一会儿，我忽然想到或许可以用热水淋浴来帮助解冻。迈克尔惊呆了："你要我去淋浴间解冻火鸡？"时间只剩下半小时了，我和迈克尔打开花洒，一边用热水冲着这只20磅重的大火鸡，一边小心翼翼避免淋湿自己。

这个方法果然有用！迈克尔感叹不已："天啊，这可真是长知识!"

于是,我就这样完成了第一次外烩服务。我至今可能服务过一千次宴会了。其中有一些堪称完美,当然也曾出过一些小小的差错。不过现在我不会再被任何困难吓倒了。我会跟我的客户分享这种感觉,尤其是那些在宴会之前很容易紧张的客户。我告诉他们,恐惧就像火焰。你如果不用它来做饭,它就会烧到你。我们当然要选择前者,走进厨房,一起做饭吧。

伯特·利维塔尔
Burt Leventhal

纽曼与利维塔尔餐饮服务公司
NEWMAN & LEVENTHAL
KOSHER CATERERS

那些在六岁时就能确定自己一生使命的人,实在是很幸运。比如我们的老伯特六岁时去布鲁克林参加一位表亲的婚礼,就立下了自己的职业理想。"那个地方叫昆西庄园,我还记得地址是昆西大街289号。我现在甚至都不记得上礼拜的事,但我竟然还记得它的地址。我还记得当时自己死死盯着一位穿燕尾服的先生,他正跑来跑去忙着处理宴会上的各种事。我问我妈:'妈,那个人是干什么的?'我妈说:'哦,他是看大厅的。'我说:'那我长大了也要看大厅!'"

一晃八十年过去了,他依然是个"看大厅的"。

人生中第一份微不足道的工作能变成自己终生的事业,是很难得的。而当我刚开始这份工作时才十四岁,这就更不可思议了。我们家里加上我总共有七个孩子。家境不算宽裕,所以我十四岁时父母就让我去找机会赚点钱。当时我们住在布鲁克林，街角附近有一家餐饮服务公司，我就去那儿找了一份工作。我的职责是站在门口给客人们发放带位卡，上边写着他们的桌号。每次宴会我能赚3美元。客人们都到了之后，我帮服务员把桌子清理干净，他们每个人给我25美分。于是我又能再赚上几美元。后来我发现，如果我把放带位卡的桌子挪到衣帽寄存处旁边，我就能给寄存处的阿姨帮上忙，她又会给我50美分。加一起我每次能多赚2美元。这样每次宴会结束我就能赚到五六美元了！我觉得口袋里装着五六美元就跟百万富翁似的。别忘了那可是1948年啊。

我在那家公司一直干到十九岁，其间我学会了关于餐饮服务的每个细节，从吸尘到擦舞台地板，从做饭到打扫厨房。十九岁那年，我应征入伍。

当时美国刚打完朝鲜战争，越战的号角尚未吹响。我的简历上有一些餐饮业的经验，于是组织把我送去上了四个月的烹饪学校，之后我就被派往位于夏威夷的斯科菲尔德兵营，为第25步兵师做饭。过了一阵子，我开始负责军官俱乐部所有的特殊活动。我永远也忘不了，在一个周五的晚上，大家正在教堂里做安息日礼拜，我遇到了哈珀准尉。他说："利维塔尔军官，我儿子十三岁了，我想给他办一个成人礼。你能帮我安排一下吗？"这在当时是个很大的挑战——我们可是在夏威夷的军事基地——不过我还是办到了。我用鲯鳅鱼做了鱼丸，还做了玛索圆子汤和鸡肝碎。我敢保证那是在我们基地办过的第一个成人礼,很有可能也是最后一个。

退伍之后,我加入了纽曼餐饮服务公司,这是一家很有名的高级洁食餐饮服务公司。当时我二十六岁,纽曼先生六十岁。我在那儿的第一年,就让业绩增长了三倍,于是"纽曼餐饮服务公司"变成了"纽曼与利维塔尔餐饮服务公司",我成了合伙人。纽曼先生不久后就退休了,但我依然在公司名称里保留了他的姓名,因为他极富声望,并且"纽曼与利维塔尔"也已经在业内打响了名号。直到今天,我们还是会和世界上最出色的同行合作,比如丹尼尔·布鲁德、陶德·英格力士[1]和丹尼·梅耶[2]都曾是我们的合作伙伴。我们会和他们一起为一些知名机构操办大型活动,比如以色列爱乐乐团、沙雷泽德医疗中心、威瑟尔人类基金会,诸如此类,不胜枚举。我们还服务过各国总统、总理和不少名流。他们为何选择我们?大概是因为我是个完美主义者。不论是食物、产品还是员工,我都只能接受一流的水准。我们的服务一直都保持业内最高水平,这早已经传为佳话。

---

[1] 陶德·英格力士(Todd English),美国名厨,曾主持电视节目《与陶德共享美食之旅》(*Food Trip with Todd English*)。
[2] 丹尼·梅耶(Danny Meyer),联合广场酒店集团(Union Square Hospitality)的首席执行官。

洁食的规矩很简单。第一，不能有贝类，也不能有猪肉。第二，不能把肉类和奶制品混在同一个容器里，不管是盘子里还是锅里都不行。这一习俗来自犹太教义："不可用山羊羔母的奶来煮山羊羔。"（《出埃及记》23:19）高品质的洁食规矩要更严格一些。提供高品质的洁食服务，意味着我们整个公司都必须要守安息日——从周五日落一直到周六日落——还有其他一切犹太的假日。洁食餐饮服务需要遵守一系列规定，其中最严格的就是：禁止在安息日做饭。所以，假如客户要安排一场在周六中午的成人礼午餐，那么所有的食物就必须在周五日落之前准备好。冷食倒不是什么问题，因为做好之后就可以直接放进冰箱里。但是因为安息日不能开火——在犹太教义里，安息日是休息日，而开火也就等同于工作。所以，如果周六的午餐要提供热菜，那么周五日落之前就得把菜做好，然后保存在加热箱里，这样才能彻夜保温。

对我们这一行来说，还有一个难题，就是在非洁食的场地为洁食客户备餐。如果有洁食客户要在非洁食的酒店开派对，那么我们就得把酒店厨房改造成一个洁食厨房，这个过程被称为"洁食化"。我们会派一名专业主管带领团队进驻厨房，他专门负责监督现场作业流程，确保备餐过程中不会混合肉类和奶类，即使是在工作台上发生这样的情况也是严格禁止的。首先，他们会用蒸汽和肥皂彻底清洗厨房；然后，要去除一切非洁食食物的痕迹。所有的炉子都要开到最大火或是最高温度，让它们持续运作一段时间，这样残留在炉内的东西就会被烧成灰烬。规定是，如果残留下来的食物连狗都没法吃，那么这个炉子就可以被用来烹制洁食了。如今，在所有的酒店厨房里，一切用品都是不锈钢的，所以我们用蒸汽来对厨房进行洁食化处理。首先擦拭厨房，然后喷蒸汽。为了确保餐具里没有任何非洁食的痕迹，我们会自备瓷器和银器。玻璃制品则被认为是中性的，因为它不吸水，所以非洁食的成分就无法留存。我们把所有的锅具和瓷器都运进厨房，至此，厨房的准备工作就做好了。

有时候活动的时间非常棘手，尤其是当活动被安排在周日，然后酒店在周六晚上又有其他活动——这种情况很普遍。于是我们就要等到周六晚上活动结束才能派团队进驻厨房，有时候凌晨一两点钟也要开工，因为整个准备过程可能需要五个小时才能完成。周日早上大约九点，负责监督的拉比会到场，他会监督并确认所有的烹饪流程都符合洁食标准。

利维牌黑麦面包曾有个广告是这么说的："就算不是犹太人，也能享用利维的美味。"即使你不是洁食客户，也能给我们公司打电话预订服务。很多年前，我们曾为美国爱尔兰历史协会安排过一场宴会。那场宴会在公园大道的7号兵工厂举行。有超过一千位宾客参加。他们以前都在华尔道夫酒店（Waldorf

Astoria）举办活动，那年他们邀请了里根总统，但在华尔道夫预订的时间正好总统没空。于是他们请酒店经理推荐一个备选方案。经理说："我个人觉得能确保办好这次活动的就只有纽曼与利维塔尔公司。虽然他们是洁食标准的公司，不过你们根本感觉不到区别。"那是一次盛大的活动，我们没有提供虾或龙虾之类的菜，但是现场的菜也颇受好评。当然啊，一块美味的菲力牛排不管是不是洁食，都是一块值得欣赏的好牛排啊！

工作能让人保持年轻，至少我觉得是这样。因为当你忙碌工作的时候，就没有工夫考虑自己是不是太老了不适合工作了。朋友们总是问我："伯特，你打算什么时候退休啊？"我告诉他们："我才不退休呢！"我有两个朋友都退休了，结果刚过了一年，一个进了疗养院，一个去世了。我还想让自己的脑子保持活跃。当然，我也有累的时候，人都会累啊，尤其是有的周末我们要举办八到十场活动，真是把人累坏了。但是让我退休？那绝对不可能。

西尔维亚·温斯托克
Sylvia Weinstock
西尔维亚·温斯托克蛋糕
SYLVIA WEINSTOCK CAKES

纽约蛋糕界的天后,蛋糕界的达·芬奇,奶油霜贵妇,蛋糕裱花界的时尚大师。这些称号都属于她。这些称号只是她获得的各种美誉的冰山一角。这个身材娇小的灰发女人脸上那副硕大的眼镜俨然成了她的标志,据说她做的蛋糕好吃到"值得嫁"。西尔维亚·温斯托克的人生似乎按下了快进键。我们根本无须关注她本周又为哪位名流做了蛋糕,因为下周又会有其他名流成为她的客户。她的知名客户名单可以说是一本美国名人录,范围涵盖了演艺界、体育界和投资界。但即使你不是名流,也能获得她的服务。她依然能按照你的需求制作蛋糕。而婚礼蛋糕则是她个人一直以来最爱的产品。

"在所有的婚礼上,新人被宣告成为夫妻之后,婚礼蛋糕就是现场照片里最重要的标志物。你难道见过新郎新娘互喂牛排的照片吗?"

我在布鲁克林威廉斯堡的一栋公寓里长大。如今威廉斯堡可是一个潮流区，人流如织。但我从小就想尽快离开那儿。我离家去念大学，后来当了老师。在那个年代，一个女孩如果想有份工作，并且又不想当秘书或者护士，那就只能当老师了。

二十世纪七十年代初，我和我先生在亨特山附近盖了一间小屋。我们家里人除了我之外每个人都会滑雪。所以当大家出去滑雪的时候，我就在家里默默烤甜品。因为最后烤出来的甜品过多，一家人根本吃不完，于是我就把多余的卖给当地的餐厅。我会烤薄酥卷、果酱馅饼、布里欧面包、苹果派还有夹心蛋糕。每个周末大概能赚400美元。当老师的收入大约是每周40美元。所以就算数学再差的人也知道这是一门不错的生意。很快，我就辞去了老师的工作。

那时，不少名厨会来亨特山。像路特斯餐厅[①]的安德烈·苏特纳[②]，还有雅克·佩平[③]这样的权威都曾被我请来吃饭并且点评过我的甜品。安德烈把我介绍给一位甜品师乔治·凯纳（George Kellner），他在我们的村舍附近开了一家民宿。于是我就成了他的学徒。后来，我十分荣幸地见到了上东区的烘焙

[①]路特斯餐厅（Lutèce），曼哈顿曾经的知名法餐厅，1961年开业，已于2004年歇业。
[②]安德烈·苏特纳（André Soltner），法国名厨及美食作家。
[③]雅克·佩平（Jacques Pépin），美国名厨及美食作家。

大师威廉·格林伯格①。他说:"西尔维亚,你的蛋糕都很好吃。如果你能把它们用裱花装饰一下做成婚礼蛋糕,那你的生意就能做大了。"于是我开始学做翻糖裱花。我用特殊的配方使裱花迅速干燥变硬,看起来十分逼真,而且其形状能够维持好几天。这样一来我就可以大量制作并且贮存裱花。量大、可长时间贮存,这是我们这门生意的关键。

我的第一个婚礼蛋糕是做给我女儿的朋友的。那女孩在一家食品店工作,婚礼前她把我做的蛋糕放在了店铺橱窗里。十分幸运的是,有一位在纽约最大的宴会承办公司工作的厨师唐纳·布鲁斯·怀特(Donald Bruce White)看到了我的蛋糕,并告诉了他的老板。很快,唐纳就开始从我这儿订购蛋糕。仅仅过了几周,参加他承办的宴会的那些客人就开始直接给我打电话订蛋糕。这就是西尔维亚·温斯托克蛋糕店的由来。

促使我成功的因素有很多,其中一个重点是:我刚开始卖蛋糕的时候就发现,如果你想要一个非常美观的蛋糕,那么装饰蛋糕就要花掉大量时间。而等装饰工作结束,蛋糕本身的风味已经不够新鲜了,并且还会开始变干。相反,如果你想要一个美味而丰润的蛋糕,那么它的外观可能就不够美。于是我想,只要能把口感和外观结合起来,那我们肯定能做出了不起的蛋

---

①威廉·格林伯格(William Greenberg)于1946年创办于曼哈顿上东区的同名甜品店至今已在纽约拥有三家店铺,是知名的甜品店。

糕。如果能提前准备好翻糖花和其他蛋糕装饰品，我们就能在二十四小时之内做出一个美轮美奂的蛋糕。于是我请了一些女工来提前准备翻糖裱花。然后再开始烤蛋糕、填蛋糕馅、冰蛋糕，最后进行装饰。这些工序有时在一天之内就能全部完成。我们直到现在都还遵循这样的工序。

我成功的另一个原因纯属运气好。我们不过是在合适的时间出现在了合适的地点而已。（二十世纪）八九十年代，纽约城里的人还是挺有钱的，也愿意花钱。他们常举办大型派对，都想给客人们提供最好的服务和食物。对我们这个行业而言，身处纽约这种大城市是成功的关键。就算你是全世界最好、最有艺术天分的甜品师，但如果你的主顾买不起这种需要耗费大量人力的蛋糕，那你的蛋糕做得再好又有什么用呢？我知道自己的蛋糕价格不菲，但是我们的出品质量的确物有所值。我们产品的价格人均17美元起，人均30美元以上的产品也有。毕竟这是在纽约嘛。我偶尔去城里的好餐厅或是酒店里喝一杯，加小费加税，一杯酒要花20美元。而我一般都要喝两杯呢。

有一次，一位新娘的母亲给我打电话说："我负担不起你们家的蛋糕，但是我女儿又非常喜欢，她真的很希望在婚礼上用你们的蛋糕。你能稍微打个折吗？"我说："很抱歉，但我报的已经是最低价了。""噢，温斯托克太太，你也是一位母亲啊！你了解的，母亲总是想为女儿提供她想要的一切啊！"我说：

"呃，等等。我不认为孩子想要什么就得给什么。我也不认为人想要什么就都必须得到。人生中如果有些东西是你得不到的，是能让你始终渴求的，不也挺好的吗？"

我会尽一切努力让客户开心，但我不会把自己的产品白白送人。有不少名人很含蓄地让我为了"增加曝光"，甚至是为了"荣誉"（这可不是我说的，是他们的原话），而免费为他们做婚礼蛋糕。每当接到这样的要求，我都回答说："没问题，我个人可以免费给您做。但是您需要亲自来跟我的17位员工解释一下，请他们放弃一个星期的薪水，免费给您做蛋糕，如果他们没意见，那么我们就免费给您做。"那些人从此就再也不敢来问我了。

就像所有明媚而美丽的东西一样，创造出精致的婚礼蛋糕也是一个漫长的过程。我们的每一个蛋糕都是从咨询谈话开始的。对我来说，工作中最棒的事就是和客人打交道。我们95%的客户都很棒。我喜欢跟人打交道，而且我生性好奇，所以我总是想全面了解我的客人。他们做什么样的工作；如果是一对新人的话，我就想知道他们是怎么认识的。我想知道客人是第一次结婚还是再婚。如果是再婚，那么第一次婚姻是哪里出了问题。我的确会问些不合适的问题，但是了解他们的身份、品位和需求总是让我很快乐。我总是告诉客人，只有他们想不到的蛋糕，没有我们做不了的蛋糕。

了解完客人，接下来就该讨论蛋糕的细节了。蛋糕要做几人份，想要什么样的设计，要有几层，对精细程度有什么要求。等一切设计都敲定，我们就进入最美味的环节——讨论蛋糕的口味。每对新人都能自行设计蛋糕的风味。他们可以选择杏仁蛋糕、胡萝卜蛋糕、白蛋糕、鸡蛋糕、柠檬蛋糕——或者是任何他们想要的口味。蛋糕馅可以选巧克力慕斯、焦糖、香草、开心果、血橙、柠檬、覆盆子、摩卡咖啡、青柠或是椰子。然后我们会讨论蛋糕的外形，这是至关重要的部分，毕竟新人们会永远记住自己婚礼蛋糕的模样。

当婚期临近，我的整个团队就开始忙碌起来了：烘焙师、翻糖师傅、木匠、冷藏工，还有送货员。（这下你知道为什么一块蛋糕要这么贵了吧。）我们首先着手做蛋糕本身。烤蛋糕是最简单的部分。烤、凉、填馅和冷藏蛋糕，这几道工序只需要花上几个小时的时间就能完成。大部分人力主要是花在蛋糕的构建和装饰上。制作翻糖裱花可能就要花上几周时间，我们很难提前预知到时需要多少朵翻糖花，一般就是把花不停地往蛋糕上摆，直到看起来足够美观为止。有可能需要好几百朵，每一朵花都是一瓣一瓣地手工制作的。一个翻糖师傅要花上一周时间才能做出一百朵玫瑰。

木匠的工作是为蛋糕做好基架。基架一般由木头或是钢做的榫制成，所用材料主要取决于蛋糕的高度。我们曾经做过高达两米左右的蛋糕，但它依然十分稳固。蛋糕做完之后，我们要将其送去目的地。考虑到婚礼蛋糕有时有五层之高，运送的过程也要求十分小心。我们训练了专人来负责将这些精美的蛋糕送往酒店或俱乐部。如果蛋糕要运往其他州，就得用上火车或卡车了，甚至有时候要被塞进飞机的货舱。如果我和蛋糕一起飞往目的地，我就会告诉飞行员货舱里有一个婚礼蛋糕。"着陆的时候别太猛了，慢慢滑上跑道就行！"我说。飞行员大概也会感谢我提醒了他吧？

我干这一行已经快四十五年了。眼看着很多事情随着时间的推移而慢慢改变，有时候我不得不提醒自己哪些是真的而哪些不过是幻觉。我没什么显赫的背景。刚结婚那会儿，夫妻二人都穷得叮当响。如今，我生活在一个极度奢华的世界里。我兜售奢侈品和梦想，这是一件很美好的事。但我有时候会担心有些人会过度关注这些而忘了现实的存在。有时候，尤其是最近，某些大型庆典的价值被鼓吹得如此夸张，导致我不得不时常提醒自己和身边的人：我们在讨论的不是世界和平，我们讨论的仅仅是一块蛋糕而已。

6

餐厅的门面
Front of the House

一家餐厅能否成功地留住客人,不仅仅取决于菜品质量、性价比、服务、位置和营销水平,还取决于它一直以来给客人们带来的感受。用"环境"一词无法准确地表达这种感受,用"情绪"或者"氛围"来形容也不够确切。可能我想要表达的这种感受事实上是无法用文字准确描述的吧。它有点类似我们在描述菜品风味时所使用的"鲜味"(umami)一词。但我们又不是在讨论菜品。或许最接近的表达方式是拉丁语的一个短语"genius loci":一个场所的精神。一家餐厅一旦拥有了这种特质,即使它的菜品味道平平,或是位置偏远,仍然无法阻碍你排除万难成为它的常客。在思考"今晚去哪儿吃"这个大难题时,这一因素比其他因素都重要得多。

在餐厅用餐时,我们最在乎的可能是一种舒适感,一种身在陌生人之中却依然自在的感觉,一种像家一样的归属感。如果一家餐厅能带给你这样的感受,那么这家餐厅负责与顾客互动的"门面"一定十分出色。这位"门面"可能是餐厅的老板、主理人、经理、领班,甚至只是一名服务员。不论这个人的岗位是什么,他/她总能传达出这家餐厅特有的"精神"。

乔纳森·帕里拉就是一个绝佳的例子。他是卡菲特拉的夜班经理。如果你只在白天光顾过这家位于切尔西第七大道的休闲餐厅,八成会翻着白眼想:"这有什么特别?不就是个还不错的餐厅嘛!"当朋友们告诉我一定要去跟帕里拉聊聊本章的主题时,我也是这个反应。某位朋友解释说:"你不懂倒也正常,你肯定没在凌晨三点去过那儿。"这倒是真的。于是我给帕里拉打了个电话,他建议我三天后早上八点左右他快下班的时候去店里看看。

为了提前了解一下情况,我早上六点就到了餐厅。天还没亮,我正要进门,有两个双眼布满血丝的夜猫子互相搭着肩膀走了出来。这俩人看起来真是古怪:一个矮小的男生留着乱糟糟的胡子,包着像史蒂文·范·赞特①一样的头巾;他身边的高个儿穿着一件剪裁精良的礼服。(莫非这两位正是乐手和经理?)

走进屋里,桌上、吧台上,目光所及之处摆满了小蜡烛。温暖的烛光轻柔地摇曳着。两个身穿牛仔裤的男人手握咖啡靠

---

① 史蒂文·范·赞特(Steven Van Zandt),美国音乐人及演员,代表作为HBO的《黑道家族》(*The Sopranos*)系列电视剧。

在前门边——其中一位就是帕里拉。少顷,一个身着女装的男人加入了他们。他上身裹着一件华丽的黑山羊皮外套,下摆向外展开,领口上布满了拉链,下半身是一条深色的及地长裙,脚蹬一双15厘米的黑色高跟鞋。他脸上化着精致的妆(类似《亚当斯一家》[①]风格的那种深色唇膏,并且至少粘了两套专业假睫毛),头发一丝不苟地梳到脑后。后来我得知,他是马科斯·凯勒(Markus Kelle),纽约派对上的常客,也是卡菲特拉夜间的领位员。见到他们让我难免觉得自己有点格格不入——彻夜的狂欢已接近尾声,一位直女无所事事地独自坐着,直勾勾盯着其他客人,看起来就像经过盯梢训练的联邦调查局探员一样——于是我决定点一份早餐来吃。

等到七点半,我才上前去跟帕里拉打招呼,他把我带到餐厅一角的桌边坐下,又喊服务员去拿当天的特制甜品来给我试吃。我先前刚吞下两只煎蛋、洋葱土豆煎饼、培根、果汁和吐司,这时面前又摆上了一盘酥脆的奥利奥饼干,一小杯咖啡脆片冰激凌和装在烈酒杯里的香草奶昔。但要是以为我会拒绝这一桌子美味,那你可就太不了解我了。

我又一次把自己塞饱。此时,夜间的客人逐渐散去。他们走之前都会特地来我们的桌边跟帕里拉打声招呼。所有人都认

[①]《亚当斯一家》(*Addams Family*,1991),一部知名的哥特黑暗系电影。

识他,他也认识所有人。一直以来,他都是客人们和这个餐厅的纽带。我才意识到,从深夜到早上八点的这段时间里,乔纳森·帕里拉就是卡菲特拉。他可能不是这个餐厅的主人,不过确实主导着这些夜晚。

艾德·舍恩菲尔德
Ed Schoenfeld

红色农场
REDFARM

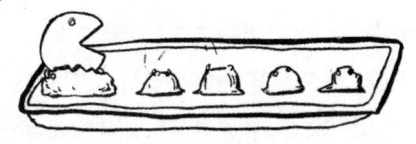

艾德说,自孩提时期,他就想成为美食界的 feinschmecker——这是意第绪语中"权威"的意思。如今,他早已超越了这个梦想。在美食世界里,他的头衔繁多(有时甚至身兼数职)——餐厅发起人、领班、主理人、表演艺术家、餐厅运营大师、导演、总监,甚至还被誉为行走的中餐百科全书。这倒也不足为奇。毕竟,在过去的四十年里,这个人一直都是纽约最受欢迎也最有创意的数家餐厅的"幕后黑手"。先是太叔餐厅[1],1973年开业后很快就获得了《纽约时报》的四星荣誉;然后是木琴咖啡[2]、文斯和艾迪的餐厅[3]、杂碎洛伊的荔枝沙龙(Chop Suey Looey's Litchi Lounge)、杰克五号(Jack's Fifth)、塔莉亚餐

---

[1] 太叔餐厅(Uncle Tai's),老牌中餐厅,1973年开业,2019年停业。
[2] 木琴咖啡(Café Marimba),墨西哥餐厅,1984年开业,1987年停业。
[3] 文斯和艾迪的餐厅(Vince & Eddie's),传统美国餐厅,Lady Gaga 曾参与投资,2011年停业。

厅（Thalia）、老地方①、上海茶园（Shanghai Tea Garden）、都市餐厅（City Eatery）、猪肉天堂和中国小馆②。尽管其中有些餐厅已不复存在，但它们都曾盛极一时。

如今，人们成群结队地等在他的新餐厅门口以求一座。这是一家位于上西区的田园主题餐厅，不接受预订。他本人数十年如一日般热情地穿梭在餐桌间，与客人们谈笑风生。他总是穿着标志性的吊带裤制服，戴着粗框眼镜，胡子茂盛得像圣诞老人一般。客人们见到他便像老朋友一样寒暄起来。事实上，城里的所有人可能都认识他——他也认识所有人。

我小时候在一家非犹太教的私立学校念书。周五放学较早，因为我爸妈都在工作，于是我就会去奶奶家待着，看她做饭。我的奶奶戈迪当时和第三任丈夫一起住在布鲁克林，每周五的晚上她都会做安息日的晚餐。一开始，我只是静静地看她如何像变魔术一样做出一大桌菜——鱼丸啊薄烤饼啊什么的。后来，她就让我一起帮忙做饭。我喜欢做饭，上手也很快，到十岁左右，我已经能同时照看四个煎锅了。

从那时开始，我每天都做饭。

初中时，我有个朋友总是请我和他家人一起出去吃饭。他

---

①老地方（Our Place），中餐厅。
②中国小馆（Chinatown Brasserie），中餐厅，2012年停业。

有点木讷，所以他父母就让他邀请朋友一起吃饭，通常都是去一些很体面的餐厅。虽然我当时还只是个小孩子，但已经很懂得享受一家好餐厅了。我爸妈不怎么带我去好餐厅。他们绝对想不到要去吃法餐，首先是因为舍不得花钱，其次他们也没法像那里的客人一样好好打扮自己，还有就是我觉得他们有点害怕高档的地方。我们都是普通的中产阶级犹太知识分子，所以周日晚上下馆子就和其他所有犹太人一样——找个本地的中餐厅，就着龙虾酱吃牛肋排和虾。

十八岁左右，我开始考虑未来的职业方向。我每周最喜欢做的事就是翻阅《纽约时报》的美食版，看看克莱格·克莱伯恩[①]的餐厅评论。于是我就想，或许自己也可以写一些关于美食和烹饪的内容。那时我还不想当厨师，而是想成为一位美食权威。于是我需要多学习一些关于烹饪的知识。

我报名参加了一位朱太太[②]开的烹饪课。她是一位颇为富有的七十岁上海老太太，曾是蒋介石麾下一名将军的妻子。如

[①] 克莱格·克莱伯恩（Craig Claiborne），美国食评家、作家，《纽约时报》美食编辑。
[②] 即谢文秋（Grace Zia Chu），美食家、收藏家，著有《中餐烹饪之快乐》（*The Pleasures of Chinese Cooking*，1962）、《朱太太的中餐烹饪之道》（*Madame Chu's Chinese Cooking School*，1975），《纽约时报》称其为"美国几代人之中餐媒介"。其夫朱世明曾任蒋介石副官，国民政府驻苏联、驻美国大使馆武官，国民政府参军处参军。

果你想在纽约学习中餐，她恐怕就是元老级的导师了。当时我自己也有收入了，会去纽约的四星中餐厅顺利王朝（Shun Lee Dynasty）吃饭。后来我从朱太太那儿学会了在顺利王朝常点的那些王师傅和李师傅做的菜式。朱太太教我们做的菜的确美味，但顺利王朝的厨师做的菜尝起来才是真正的出神入化。于是我意识到：原来专业厨师有许多秘诀是朱太太不知道的。

这一切都是有原因的。朱太太其实不太晓得如何烹饪，因为她并不需要亲自下厨。她先生与蒋介石往来甚密，曾担任过中国驻苏联大使。在莫斯科大使馆，朱太太有专门的厨师。所以，和朱太太学做菜的收获是，你能认识这位美妙的女士，体验到文化的风味，见识到用精美盘箸奉上的中餐。但如果你想学习美食真正的奥秘，或是想了解顶级美味的烹饪诀窍，她就无法教给你了。事实上，她若非是外交官的太太，也不可能在美国生活。在 1968 年之前，中国人想到美国来是非常困难的事。十九世纪，第一拨来自广东的华工来到美国建设铁路。项目完工后，能留在美国的仅有那些和美国人结婚的人、使领馆的员工，以及持有学生签证的人。大部分华人都只能在美国短期逗留，那些中国名厨也不例外。

我一直都很想知道那些名厨后来的境遇如何。1949 年新中国成立之前，高端餐饮是精英阶层的专享特权。最好的厨师不在餐厅里工作，而是为中国的贵族阶层工作。他们只为权贵服务，就像文艺复兴时期欧洲的艺术家只会为赞助人画画一样。新晋的年轻厨师们会拜名厨为师，经过数年的磨炼，如果水平过硬，他们也会成为名厨。

在毛泽东的时代，社会发生了巨变。其中最大的变化之一就是饮食文化。精细的烹饪不复存在，或者说，也没有条件继续存在了。基础材料匮乏，钻研厨艺这种行为本身也不被社会所接受。但更糟的是，为了基础建设而兴起的"大炼钢铁"活动消耗了老百姓家里所有金属制成的锅碗瓢盆、刀具、炉子。

于是大家只能在公社厨房里吃大锅饭，吃的也是最简单的饭菜。优秀的中餐厨师没有机会实践精美的菜肴，很快，厨师培训行业也消亡了。二十世纪六十年代中期，美国移民政策发生了改变。早年间带着厨师前往台湾的一批中国富翁被允许进入美国生活。于是他们也带上了自己的厨师来到美国。这些厨师中最优秀的是那些在新中国成立前成名的老厨师。其中有一批名厨在曼哈顿的西区开了餐厅，根据西方人的喜好对中餐进行了改良。这就是我们美国人所说的"川菜"。这些餐厅如今在纽约遍地都是，当然还有很多美式中餐厅，就是我小时候和父母一起去的那种。

我十九岁那年辍学了，我父母因此非常生气。我在纽约开出租车谋生，以便支持我的烹饪爱好并继续追寻美食梦想。我开始全身心地学习中餐及其相关文化。对那些二十世纪六七十年代的好餐厅充满了向往。我只要一攒下些钱来，就前往欧洲探寻美食。到二十五岁的时候，我已经去过法国所有的米其林三星餐厅了。

我几乎每天都坚持写作和做菜，几年后，我觉得亲身投入餐厅运营要比只做餐厅评论更适合我。我开始在唐人街某些最正宗的中餐厅为朋友们安排中餐宴会。宴会反响不错，于是我想不如干脆把它弄成一门生意。有天在一家很棒的中餐厅吃了一顿川菜之后，我半开玩笑地对老板柯大卫（David Keh）先生说："如果你想找个合伙人一起在市中心开一家高级主流餐厅的话，我可是非常有兴趣的。"没想到他竟然接受了我的提议。我俩一起花九个月的时间开起了太叔湘园餐厅。

太叔湘园餐厅刚开业的时候，我是餐厅领位员。他们给我准备的制服是蓝色涤纶燕尾服，领子是假山羊皮，搭配褶皱蓝色衬衫，再打上一个领结。我觉得自己看起来就是个正儿八经的傻蛋，但还是硬着头皮干了下去。你可别误会，这份工作内容本身还是非常刺激的。我是一个毕业于纽约私立学校的二十三岁的犹太人，是餐厅里唯一的白人。我的同事们是一群刚从台北坐船来美国的厨师。我这辈子从没在餐厅里工作过，如今却能在一家高级中餐厅的门口站着。太叔湘园餐厅才开了大约两周，就获得了《纽约时报》的四星好评。我得说这是实至名归。太叔是一位顶级厨师。他早在新中国成立之前就在研习厨艺，是一位老名厨。

我和太叔湘园餐厅的团队共同工作了三年，然后去了顺利的餐厅。在那儿我先是当领班，之后又当上了顾问，帮助他们筹划开业了位于林肯中心对面的那家分店。二十世纪八十年代末九十年代初，我全职负责新餐厅的规划和运营，包括纽约的首家高级墨西哥餐厅木琴咖啡，还有数不胜数的中餐厅。

我当然很想开一家自己的餐厅，只是时候未到。随着我的孩子们渐渐长大，我终于能有预算来进行自己小小的冒险。于是我萌生了"红色农场"这个点子。我对餐厅的出资人说，这是一个从农场直送食材的餐厅，只使用当地当季的新鲜食材。日餐给人的普遍印象是洁净健康的，但是说到中餐，人们总觉得味道很重、油腻，有时还不太卫生。红色农场想打造一种具有日餐感的中餐。

资金到位之后，我就开始找合适的厨师。十年前我在布鲁克林的一家餐厅认识了吴桥（Joe Ng）。那会儿我就觉得他是一名出色的点心师傅。他手艺超群，据说会做一千种不同的饺子。在面试时，我问他对红色农场有什么期许。他说打算做自己最擅长的经典中式点心，但在外观上要有一些创新。他说："我们在餐厅里点菜的时候，难免会看看其他顾客在吃什么。我想创造的菜品就是那种，当服务员上菜的时候，其他桌的顾客只要看到就会想点来试试的！"他的菜品色香俱佳又颇有新意，我们毫不犹豫地聘用了他。

我们想用幽默的方式提供能让大家会心一笑的菜品。比如说我们的卡兹五香熏牛肉蛋卷，还有"吃豆人"饺子。我们把虾饺做成幽灵状，画上小脸，在盘子上排成一列，末端摆上一个切开口的红薯片，看起来就像吃豆人正准备把它们吞掉。红色农场就是一个紧凑和喧闹的小地方。大伙儿接踵摩肩地挤在一起，开开心心地享受美食。大家的习惯总是吃完晚饭去看演出，而对我们来说，吃饭本身就是一场演出。

玛丽安·乔诺夫
Miriam Tsionov

切布什纳亚
CHEBURECHNAYA

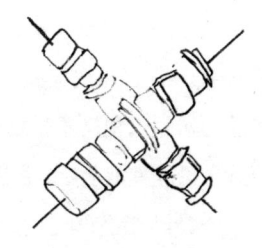

她的父母原本住在乌兹别克斯坦,为躲避针对犹太人的恐怖活动而逃到了以色列,生下了她。2002年,父母离婚后,乔诺夫与母亲和姐姐一起到了美国。现在,她在她叔叔的餐厅里当服务员。餐厅位于皇后区的雷哥公园。忙过午餐时段后,她准备给我们介绍什么叫布哈拉①式的犹太洁食,以及哪些是客人们最喜欢的菜。我们在餐厅一角坐下。她翻了翻菜单,开始指指点点:一种叫samcy的点心,外皮裹着芝麻粒,里头是南瓜馅;一种叫morkovcha的蒜香胡萝卜沙拉;还有炸肉馅饼(chebureki)。"这些都特别好吃,"她说,"噢,如果你喜欢吃烤羊蛋的话,那可算来对地方了!"

所有人都会特别关注女服务员。由于我是老板的侄女,压

---

①乌兹别克斯坦西南部城市,布哈拉州首府。

力就更大了。我叔叔对我满怀期望。只要有什么事出错了,肯定都怪我。有好几次我都忍不住回嘴说:"能不能别再给我这么大压力了!这里又不是只有我一个服务员!"但他听不进去。所以我也只能默默承受。那还能怎么办?我得帮家里人挣钱啊。

切布什纳亚是布哈拉式的洁食餐厅。从雷哥公园到108街这一带住了很多布哈拉人。我一眼就能从人群中分辨出他们来。布哈拉人的言行太有特点了。他们只要看到一个布哈拉女孩,立刻就想把她给嫁掉。"你是布哈拉人吗?""是啊。""你今年多大?""十九岁。""来,把你的电话号码给我。"我一般都会给。当然也从没人真的给我打过电话。

来这里的所有客人我都喜欢,不管是哪国人。如果我发现你是第一次来,就会格外关照你。美国客人是最好的。他们幽默随性,而且特别有耐心,天生就懂得理解别人。我也很喜欢亚洲人。他们真的很有种!很多亚洲客人都试过我们的招牌菜,比如羊蛋啊、牛羊杂啊、脑花啊、内脏啊什么的。美国人可就没这么大胆了。不过还是有那么一些勇敢的美国人想试试羊蛋,尤其是当他们成群结队来吃饭的时候,总会有人抬头看着我说:"我什么都敢吃!"我说:"真的?那您看四十七号菜怎么样?要不要试试?"(那就是羊蛋)他就说:"呃,今天还是算了吧。"

我跟许多客人都成了好朋友。他们都说:"玛丽安,你要是不在这儿干了,那我们可就不来了。是你成就了这家餐厅呢!"听到这话我很开心。我真的很需要这些赞美来帮助我渡过困境,因为这份工作真的太难了——令人身心俱疲的那种难。我有好几次因为压力太大不想干。有一天晚上,有一桌客人坐在窗边,有15到20个人吧。那桌的女主人对我说:"你不停地上菜就行了,分量小一点,等我们不需要上菜了我会通知你。"他们点了很多不同的烤串,我们就按她的要求持续慢慢送上桌去。过了一阵,当我照例端上一盘烤串的时候,她忽然冲我大喊:"我不是让你别上菜了吗!"我彬彬有礼地回答:"您跟我说如果不需要上菜的话会告诉我的,但您并没有告诉我呀。""那就别上了。这盘菜我们不要了。"我说:"很抱歉,这盘烤串已经做出来了,不能退了。"她又开始冲我大喊:"你给我拿走!"餐厅里所有人都转过头来看着我们。

当时,我妈妈正在包间里吃饭。我跑过去冲着她大哭。我说:"我不干了!"她说:"大家都看着你呢,玛丽安。打起精神来。你不能就这么撂挑子,你倒是说说你要上哪儿去?"那天晚上真是糟透了。而且那桌客人一分钱小费也没给!

餐厅的账单里是不含小费的。不管来消费的是两个人还是二十个人、三十个人,甚至是一百个人,账单里都不会包含小费。我们服务员的收入主要靠小费。生意好的晚上大概能收到150美元,那就还行。美国和俄罗斯的客人一般都会视服务的情况给账单的 20% 作为小费。但也有些客人是完全不给小费的，比如塔吉克斯坦和乌兹别克斯坦的客人。在他们的国家，服务员是领薪水的，所以他们以为我们也有薪水。事实上我们没有任何底薪，而且我们也不能把这事告诉客人。

这份工作让我学到了很多东西。我和妈妈一起去餐厅吃饭的时候，如果我看到店里生意繁忙，即使我点的餐一直没送上来，我也不会为难服务员。因为我自己就是一名服务员。我妈有时候会说："怎么这么久啊，要吃个沙拉怎么就这么难呢？"我会对她说："放过那个可怜的年轻人吧，你看这里有这么多客人呢。"有时候服务员速度实在很慢，我心里也会不满，但我不会说出口。我绝不会态度恶劣地对待服务员，也不会不给他们小费。我想告诉他们："即使你搞砸了也没关系的，我自己也会搞砸事情。别担心，我知道你也不好受。"

乔纳森·帕里拉
Jonathan Parilla

卡菲特拉
CAFETERIA

乔纳森在Craigslist①上看到卡菲特拉在招聘夜班经理。这家餐厅能容纳67个人,彻夜不打烊。作为一位活跃的纽约社交狂人,他自己也常去这家餐厅。他觉得这份工作简直是为自己量身打造的。他对餐厅经理说,自己在派对圈颇有些地位,一旦自己被录用,他的一众朋友绝对会来捧场。"我觉得对老板来说这是我的优势,果然我就得到了这份超棒的工作!"

我是夜班经理,一般都半夜来上班,次日早上八点下班。我到场的时候店里已经很热闹了。顶灯已经关掉,屋里烛光满布。我们深夜时段也还是会有一些常规的客人——就是那种在纽约其他的餐厅里都能见到的客人。但是随着夜色渐深,店里换上了另一群客人。凌晨时分,夜店和酒吧纷纷打烊,最酷的

---
①美国分类广告网站,提供工作、住房、社区服务、物品转让等信息。

客人们便转场到了这里：对他们来说，热闹的夜生活还没结束呢。身处切尔西，我们店里有不少同性恋光顾。正是因为我们接纳各类不同的客人，才能创造出别样的互动，让这里在深夜拥有了独特的氛围。我们的客人使卡菲特拉这个地方成了纽约凌晨时分的最佳去处。

你可别以为这里一开始就这么受欢迎。每一个细节都是我们仔细规划出来的。我们精心策划了房间里的每个角落。你知道，策展人在策划展览时，总希望所有元素都能够完美融合。我们这里的工作原则也是如此。我们每晚都像在进行一场盛大的演出，简直就是《大饭店》[①]。

我们是怎么办到的呢？首先从熟客入手。他们都是一些标新立异的妙人，还有华尔街的银行家、专业运动员、电影明星以及一些名媛。当深夜降临，艺人、门卫、DJ、餐厅老板、夜店老板，还有刚刚从其他夜店出来的玩咖们也纷纷到场。有趣的部分开始了——我们要从门口排队等位的人中精选出今夜的客人。这些客人才是今夜这场盛大演出的重点。大部分时候，他们就是演出本身。

被我们请进门的并不一定是名人或是特别好看的客人。只要他们是我们当晚想要的类型，我们就会伸出热情的橄榄枝。

[①]《大饭店》(*Grand Hotel*，1932)，好莱坞电影，奥斯卡获奖影片，以柏林一家豪华大饭店为背景描述不同人的悲欢离合，1989 年被改编为同名音乐剧。

有时候我们想找年轻客人，有时候想找穿得很扎眼的客人，有时候想找外国人，有时候想找偏矮一些的人。也有可能什么样的客人我们都想来一些，很难预测。我们的需求主要取决于当时店里客人的情况——这我们也无法预知。比方说，如果店里的客人都是纽约人，我们就觉得需要有一些来自美国中部的客人进来平衡一下。我们会问外面排队的客人有没有艾奥瓦州的，然后请他们进来。我们称之为"中土人"。他们真的妙趣横生，跟洛杉矶人、纽约人和芝加哥人都不太一样。你可能会觉得他们在这种陌生的环境里会有点害羞，事实正好相反。他们总是第一个蹦上去唱歌。如果我们安排得当，店里的客人们会相处得特别融洽，这是你在其他餐厅体会不到的。大伙儿都会很开心——所以他们都成了店里的回头客。

夜班时段我们有两类员工会站在门口——门卫和领位员。那两个门卫（我们从来不叫他们保镖——老天保佑可千万别出什么事！）一般站在队伍前面，负责筛选排队的人。如果有人喝多了，或者是盛气凌人，或者是特别粗鲁，或者在门口捣乱，或者穿着不得体，或者有时候人实在是太多了，门卫就会告诉他们今晚八成是进不去了。如果他们不愿意走，门卫就会找一位负责人出去客客气气地请他们下次再来。

门卫负责管理在外面排队的人群，而领位员则决定邀请谁进去。他还要决定谁应该被安排在什么样的位置，坐在周边的客人是否能和谐相处，谁应该被安排在后排，谁看上去能令室内蓬荜生辉可以直接插队进场。我合作过最好的领位员就是马科斯·凯勒。我刚来这儿工作就特地把他也请来了，因为他在纽约人脉极广。他性格很好，幽默风趣，特别适合这份工作。

马科斯身高一米九，喜欢穿女装，但不是那种俗气的女装。他的衣品非常出众。他只穿最好的衣服，永远都粘着假睫毛，妆容精致，戴着华丽的珠宝。他是纽约最耀眼的领位员之一。他会仔细评估屋里的情况，然后出去跟排队的客人们聊天。他总是知道邀请什么样的人进场最合适，他在门口的权威是如此不可冒犯，再加上他醒目的外形，可以说是纽约最出色的领位员。当然要成为一名优秀的领位员，你可得稍微有点难搞才行，毕竟一天到晚都在对付那些觉得自己不能被拒绝的狠角色。

也有一些名人来光顾我们。嗯，如果仔细想想好像还蛮多的，苏珊·萨兰登（Susan Sarand）就常来。辛迪·劳帕（Cyndi Lauper）、布鲁斯·威利斯（Bruce Willis）、朱利安·摩尔（Julianne Moore）都是我们的常客。奎恩·拉提法（Queen Latifah）和出演《黑道家族》的洛南·布雷科（Lorraine Bracco）也来过。[①] 他们进来的时候，客人们连眼皮

---

① 前述均为美国知名演员。

都不会抬一下。纽约人天天见到明星，已经见怪不怪。游客当然会留意到明星，不过他们也不敢接近。我觉得游客只要能和明星共处一室，呼吸着同样的空气，就已经非常满足了。不过老实说，有一半的时间连游客也不会注意到这些明星。除非是阿莱克斯·罗德里格兹（Alex Rodriguez）或者德雷克·基特（Derek Jeter）这种体育明星。尼克斯队的球员也总来这儿。他们一走进来就会成为屋里的焦点。

有一次跨年夜，我们的熟客玛丽亚·凯莉（Mariah Carey）在麦迪逊广场花园演出。忽然，她的助理打给我们说，她正在往餐厅来的路上，打算办个小派对。当时店里已经满了。我们在一层有个包间，于是我赶紧把包间里的客人们请出来，给他们在楼上找了座位。当玛丽亚·凯莉的豪华轿车在门口缓缓停下后，我们将她从边门带进场。我本来想，这样一名巨星应该很不想被别人看见吧。没想到她穿着闪闪发光的白色毛皮边饰长袍就这么走进了餐厅，然后开始向客人们挥手致意。整个餐厅都沸腾了。我们把她迎到楼下。我跑上楼，把音乐声调小，跑回包间请她为我们唱首歌。她竟然同意了。她的歌声回荡在整个餐厅中，那堪称一个罕见的完美夜晚。跨年夜，玛丽亚·凯莉，真的无懈可击。

大卫·麦昆
David McQueen

格莱美西小酒馆
GRAMERCY TAVERN

我们的对话发生在纽约最美的一家餐厅里。桌子对面坐着三十八岁的麦昆。他自称"服务员兼雕塑家",说这是在纽约很典型的一种身份结合。我问,为何不是"雕塑家兼服务员"呢?他说因为前者能赚钱而后者不能。"我非常在乎这里的工作,但如果明天忽然有个机会能让我的雕塑工作室赚钱,我肯定毫不犹豫就离职了。不过我现在在格莱美西小酒馆工作,这里100%就是我的使命所在。"

他如今早已不仅仅是一名服务员了。早在八年前他就当上了领班。而且他还是一名严肃的雕塑家,纽约的几家画廊都有他的作品。

对那些想当服务员的人,我的建议是:这就是一份服务性的工作,你得平静地接受这个事实。你可以很有自尊地服务客人,并且意识到一位好的服务员能够为客人提供令他们一生难忘的服务。让别人开心总归是一件不错的事,这就是这个职业的魅力所在。但如果你无法接受为他人提供服务,觉得自己因此而尊严受损,那么你大概就不太适合干这一行。

在格莱美西小酒馆,前厅员工按等级分为领班、前厅服务员、传菜员(也是跑堂的)。领班基本上可以操办所有的事,包括为客人领位、倒水、上面包、清洁及布置餐台。但每个餐厅的情况都有所不同。有些餐厅的岗位分工会更明确一些,领班只负责监督大家工作。但在这里,领班无可取代的职能是欢迎客人,介绍菜单、点菜,以及给客人账单。前厅服务员负责把点单录入电脑,给客人上免费的餐前小点,清理客人吃完的小点,留意客人用餐的进度和餐桌的状况,在下一道菜送上来之前把桌子收拾好,还要为某些特殊的菜品准备好银器,或是把餐盘摆上桌。然后,前厅服务员,或者我本人,会把菜亲自送到客人面前。

有人说,餐厅的菜品和服务能互相弥补。如果其中一项很棒而另一项乏善可陈,那么客人还是会继续光顾的。但我觉得餐厅的经营不仅仅关乎菜品和服务。餐厅需要有氛围,还需要有活力。我认为活力是餐厅成功尤其重要的因素。而只有你请对了人,才能给餐厅带来活力。我们餐厅的老板丹尼·梅耶同时还经营着其他一些餐厅,对公司运营有自己的一套。他认为招聘的时候应该重点关注应聘者的两个特质——情商和专业技能。前者的重要性占51%，后者占49%。他认为，技能是可以传授的。霞多丽葡萄酒和长相思葡萄酒有什么区别、如何得体地上菜、什么样的菜要搭配什么样的银器，这些技能都是能学会的，我们也一直为服务员提供此类培训。但另外那51%的职业道德、自我意识或者情感意识这类事情，我们是教不会的。这些素质你要是不具备，那就真的没辙。

干这一行，你得懂得如何了解他人的感受并且予以合理的回应。当你觉察到要出问题时，要懂得如何第一时间安抚客人。这种能力在实践中真的屡试不爽。比方说，有的客人等了很久菜还没上，于是就觉得自己点的菜是不是被忘了。他可能会东张西望，过不了多久就会非常不悦，随便抓个人让对方去后厨看看自己点的菜到底做没做。他可能是对的——可能他点了鱼，但其他同桌的人都点了肉，而负责烤肉的人只有六个炉子于是一次只能做这么多菜。也有可能是厨房出了点状况。如果有服务员觉察到这个情况，他就会提前告诉客人："我知道您点的菜过了很久还没上，但是我们并没有忘记您的菜。我刚问过主厨了，他说您的菜6分钟之内就能准备好。"但凡你这么说了，客人就会打消疑虑。他们的问题获得了反馈，并且了解到问题会被妥善处理。但是首先，你得学会如何觉察到客人的焦虑。

再举个例子，比方有人订了张五人桌，两个人先来入座了。我就会先跟他们打招呼并且递上酒水单。我还没开始说话，客人就抢先说道:"我们人还没来齐。"我当然知道,毕竟有五张椅子嘛。但我觉察到他们很担心我们会在人还没来齐的情况下着急让他们点菜,我甚至都没机会告诉他们我知道人还没来齐。于是,为了安抚还在等人的客人,我会说:"我看您还在等朋友。要不先给您上点喝的吧?"有些情况不需要客人明说,我们就要意识到。这就是情商。而学会如何处理这类问题,则属于技能,重要性占49%。

餐饮业的情况也像其他行业一样不停变化,所以我们不能因为一时的成功就故步自封。2008年,经济不行了,餐厅一个接一个地关张,尤其是那些高端餐厅,因为人们再也不愿意花300美元吃一顿饭了。公司没钱给他们报销,他们本身的收入也负担不起。因此,格莱美西的每个员工都比以前更努力工作,以确保每位客人都能获得最棒的菜品和服务。我们希望有客人来,更希望每位客人都成为回头客。有些客人一个月来好几次,有些一周来好几次,就在吧台坐着。有两对夫妇每年都来店里庆祝他们的周年纪念日,持续来了二十年。他们会在那个周末特地飞来纽约。这真的很棒。但我们也见证过一些不幸分手的例子。

有一次,在两周内我们就见到三对情侣在席间分手。我大受震动。作为一名动态雕塑家,我创作了很多与情感关系相关的作品。其中有一件作品是两座互相凝视的灯塔,那就是受到那两周的启发而创作的。处在服务员的角度，其实很容易就能发现当时的状况。有一些很明显的迹象能说明一对情侣已经到了彼此无话可说的程度。该说的都说完了，他们也会挤出一些"再努力试试"之类的违心话，但其实彼此都清楚已经没什么可试的了。于是他们就不再开口了。有时候他们能静静地坐着长达半个小时，既不说话，也不看对方。有时一方可能会伸出手想碰触对方，却又默默缩了回来，望向别处。看着这种情况可真是让人焦心。我真想坐下来对他们说："要不就各回各家吧。离开之后，再去找个能让你开心的人。你们干坐在这里什么意义也没有。"当然我不会真的说出来。

如果你跟我一样做了十年服务员，你也会成为一个观察肢体语言的专家。一对分崩离析的情侣和一对老夫老妻的肢体语言是截然不同的。老夫老妻在吃饭时可能也不聊天，但那仅仅是因为他们享受安静的相处，或者该聊的都聊过了。

亚历山大·思莫斯
Alexander Smalls

塞西尔俱乐部
THE CECIL

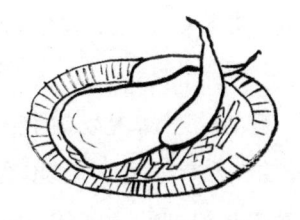

阳光洒满他在哈林区的公寓，房间里塞满了他走南闯北的纪念品。屋里到处都是宝贝，但我独独无法将目光从墙上贴着的照片上移开。照片贴满了前厅三个房间外的墙壁，从墙根一直贴到天花板。那是他家中几代亲属和友人的照片，知名和不知名的都有——歌手、音乐家、作家和诗人。

他的名字倒是与身形不大相符[①]。他又高又壮，周身洋溢着一种喜庆感。嗓音深沉浑厚，是个标准的男中音。当年这把嗓子曾唱过歌剧，如今讲起故事来则娓娓动听。他说自己讲故事的天赋遗传自祖父母。"他们租了一块地方养牲口，我小时候他们常带我去屠宰场玩。我们会把鲜肉带回家里，然后在厨房里花上一整个下午做香肠。他们边做边给我讲故事，我们家的孩子都是从这些故事里得知了家族的历史。没人有兴趣把我们家

[①]思莫斯（Smalls）字面意为"矮小的人"。

的故事写下来,况且,家里也没几个人识字……"

我的祖父母都是奴隶的后代。我成长的区域横跨查尔斯顿、伯佛特[①]和萨凡纳,整个地区深受西非文化的影响。非洲奴隶刚来到美洲大陆时,主要集中在查尔斯顿。该地区是当时美国除纽约之外最大的奴隶市场所在地。我所继承的关于西非的历史和民俗,大多来自这些非洲移民。

在我的老家,周日的清晨是一个神圣的时刻。我们早早起床,梳洗打扮前往教堂。母亲开始准备周日的晚餐,那无疑将是一周之中吃得最好的一餐。甭管你这一周过得有多糟,到了周日准能吃上一顿好的。如果是夏天,我们就会坐在走廊的树荫下吃饭。母亲会端上来一大盘由新鲜的黄油和高粱制成的饼干。还有土豆通心粉沙拉、鲜玉米糊、炸秋葵,以及其他一些烤制的食物。运气好的话还能吃上饺子。

要说那会儿我们用的食材可都是"农场直送",虽然当时还没有这种说法。我们有些亲戚住在附近的街区,形成一个三角带。我们家住在其中一角,我爷爷和乔叔叔分别住在另外两个角。有一条小路连着我们大伙儿的家。如果我脑子转得快——两腿倒腾得也足够快的话,我就能恰到好处地在同一天吃上两

[①] 查尔斯顿(Charleston)和伯佛特(Beaufort)都是美国南卡罗来纳州的城市。

顿早饭，两顿午饭和两顿晚饭。那条小路被我来回走得啊，连草都长不出来了。

小时候我颇有音乐天赋。随着天赋日益显现，我阿姨和叔叔开始负责对我进行音乐教育。他们极度关注我的学习进展，希望把我塑造成有用之才。我母亲对我的未来则有其他的打算。不过他们倒是在一件事上达成了共识：绝不能让我像其他在美国（尤其是美国南部）的非裔男孩一样，在成长中经历太多不必要的挫折和磨难。于是音乐成了我的表达方式。我一边学钢琴，一边学声乐。八岁时，我叔叔开始带我欣赏歌剧。我着迷于琼·萨瑟兰和玛丽莲·霍恩在《埃德·萨利文秀》[1]中的二重唱[2]。后来，我甚至会站在镜子前面模仿歌手。如果演出的桥段是男女对唱，我就会拿衣服包住头发，用高音演唱女声的部分，然后再把衣服扔掉唱男声的部分。

后来，我逐渐开始主攻声乐，并考上了费城的柯蒂斯音乐学院（Curtis Institute of Music）。它在美国乃至全世界都是数一数二的音乐学校。后来，我开始赢得一些奖项。于是未来的

---

[1]《埃德·萨利文秀》(*Ed Sullivan*)，美国哥伦比亚电视电台（CBS）于1948年至1971年播出的一档综艺节目，由埃德·萨利文主持，许多知名歌手和乐队如"猫王"、披头士、鲍勃·迪伦都曾登上该节目。
[2] 澳大利亚女高音歌唱家琼·萨瑟兰（Joan Sutherland）与美国女高音歌唱家玛丽莲·霍恩（Marilyn Horne）曾在节目中合唱贝里尼歌剧《诺玛》(*Norma*)中著名的二重唱"看吧，诺玛"（Mira, o Norma）。

命运似乎就此注定。我成了史上首位非裔美籍男性歌剧演唱家。从前,大家普遍认为非裔美籍的女性充满异域风情。自从玛丽安·安德森①成名后,在歌剧界始终都有属于非裔女性的一席之地。但非裔男性则从来不曾踏足这一领域。

我在费城的时候,有一年休斯敦大剧院在交响音乐厅上演《波吉与贝丝》②。我去参加了试演,在合唱团中谋得一职。我跟着制作团队在欧美巡演。巡演结束后,我没有回到美国,而是留在了欧洲。在欧洲求学和工作期间,我也做了不少菜。每到周日晚餐,我所有演出界的朋友都会涌来我家吃饭。我觉得招待朋友对我来说比音乐事业要重要得多。事实上,我在欧洲的歌唱事业可以说是每况愈下。于是我决定回到美国。

回到美国后,我之前在欧洲所获得的职业成就全部归零。一切又要重新开始。当时我已年近三十,每次演出都要为了争取角色进行没完没了的试演。以前那么多年的积累算是白费了。并且,我的肤色的确是个问题。歌剧界还不曾有过非裔美籍的

---

①玛丽安·安德森(Marian Anderson, 1897—1993),美国著名歌唱家,二十世纪二十年代至六十年代活跃于音乐会及独唱会舞台,是非裔艺术家反种族偏见历程中的标志性人物。1955年成为首位在纽约大都会歌剧院演出的非裔歌唱家,出演威尔第歌剧《假面舞会》中女巫乌丽卡一角,这也是她出演的唯一一部歌剧作品。
②《波吉与贝丝》(*Porgy and Bess*),美国作曲家乔治·格什温创作的轻歌剧,首演于1935年,歌剧以小说《波吉》为蓝本,描写了生活在美国南卡罗来纳州非裔美国人的故事。

男性巨星。我还记得，当跟着《波吉与贝丝》一路巡演的时候，我曾见到一些中年有色人种男歌手。他们之中有些甚至已经当了爷爷，却依然念叨着"我总有一天会成功的"。当时我心想："我可不能像他们一样意识不到自己已时运不再啊。"我的最后一次试演是为了争取一个微不足道的小角色。试演结束后，我回到住处，喝了一大杯红酒，决定就此不干了。我无法接受由其他人来决定我的命运和未来。从那一刻起，我要掌握自己的人生，就算是在中央公园卖热狗也行。我觉得那是我整个人生中最清醒的时刻。

由于喜欢烹饪和招待客人，这很自然地成了我新的职业方向。我当时住在城中一处两层小楼里，空间颇大，经常招待大大小小的亲友团。我很快想到自己应该重拾在欧洲的旧业。我不仅要把这些白吃白喝的人赶出我的房子，还要让他们为我的服务和菜品付费。于是我开了自己的第一家餐厅，布拉咖啡（Café Beulah）。

说来我可谓天真。现在想想，实在不理解自己当时究竟在想些什么。我在餐饮业的经验少得可怜。年轻时，我在坦格伍德音乐公园当过一个暑假的见习歌手服务员。除此之外我对餐饮行业一无所知。我拼凑了一个商业计划，拿着它出去筹钱。好在我有不少地位显赫的朋友，而我在宣讲时又表现出了超乎寻常的自信，于是他们都很乐意帮忙。我去找了佩希·萨尔顿（Percy Sutton），他曾是 WBLS 音乐电台和阿波罗剧院（Apollo Theater）的老板，也是哈林区非裔美国人民权运动的领袖之一。我还去找了大作家托妮·莫里森①，她也非常喜欢我做的菜，是我在纽约家中的常客。我的好朋友、歌唱家凯瑟琳·芭特尔（Kathleen Battle）也热情地施以援手。

餐厅旗开得胜。1994 年布拉咖啡甫一营业，就十分成功。开店的时机可谓完美。那时人们希望餐厅不仅仅是吃饭的地方，还能有一些娱乐的元素。一旦发现了新餐厅，他们就会在网上或是通过查氏餐厅调查奔走相告。于是，餐厅的客人们就这样变成了餐厅的市场部。我在城里选了一个出色的位置。餐厅的菜单对纽约人来说也颇具新意，我将其称为"重现了带有低地国家特色的美国南部菜品"。它融合了法国克里奥尔菜、非洲菜和远东菜。我们的菜品有很多海鲜和野味，但烹饪方式带有强烈的地区特色。毫无疑问，客人们都很喜欢。餐厅永远都是满座的。一切都进展得很顺利——只有一件事失控了，那就是我其实根本不知道如何经营一家餐厅，所以一直在亏钱。

我在餐厅经营中的角色是一个很大的问题。最开始我是主厨，但是我在做菜的时候老有客人来找我聊天。你肯定能想到这种操作会有什么后果吧。一边跟客人寒暄，一边烤牛排，我

---

①托妮·莫里森（Toni Morrison，1931—2019），美国著名非裔女作家，1993 年荣获诺贝尔文学奖。代表作有《最蓝的眼睛》《所罗门之歌》《宠儿》等。

的牛排就从来没烤明白过。于是我意识到自己该去前厅工作，成为餐厅的门面，把后厨交给别人负责。但即便这样也无济于事。尽管布拉咖啡生意兴隆声名远播，所获评价也甚高，然而开业不到五年，我们依然因为资金短缺而不幸关张。

餐厅倒闭的原因有很多。其中之一就是我们的翻台率过低。一般说来，餐厅晚餐时段能有一到两次翻台，而我们一次也没有。客人们就是不想离开座位。当然了，想象一下，如果你吃饭的时候发现茱莉亚·罗伯茨（Julia Roberts）就坐在身旁，凯瑟琳·德纳芙（Catherine Deneuve）则在吧台喝着波本威士忌，简·方达（Jane Fonda）、格伦·克洛斯（Glenn Close）、戴比·艾伦（Debbie Allen）、杰西·诺曼（Jessye Norman）和凯瑟琳·芭特尔就坐在你身边，你怎么可能舍得吃完就走呢？[1] 我是真的得亲自去恳求客人："既然您已经吃完了，能不能把餐桌让出来呢？要不我请您去吧台喝一杯？"根本没人搭理我。1997年1月，我们正式停止营业。后来我又开了两家比较小的餐厅，也相继倒闭。我干脆就出去旅行散心了。

某次我旅行回来的时候，接到理查德·帕森斯（Richard Parsons）的电话。这位老朋友是时代华纳公司的前任CEO。他非常热爱餐饮行业，尤其喜欢夜总会。他一直想开一个爵士

---

[1]此句提及的均是著名影视及歌剧演员。

乐俱乐部，于是我们就开始琢磨怎么实现这件事。有一天，我正在找房子，在哈林区118街和圣尼古拉斯大街的交叉口瞥见了一座楼。那栋楼以前是著名的塞西尔酒店（Cecil Hotel），如今成为一处"第8节计划"①住房，提供单间出租服务（俗称SRO）。它看起来不像是能开高端餐厅的地方，但对我来说却很完美。更幸运的是，就在这栋楼拐角处，有一个正在营业中的爵士俱乐部——明顿之家（Minton's）。明顿之家是波普爵士乐的摇篮，现代爵士乐的奠基之处。蒙克、迪兹、"大鸟"、查理·克里斯蒂安、"热唇"佩吉②，这些爵士乐大师都曾定期在此演出。

2009年，理查德和我共同买下了塞西尔俱乐部如今所在的这栋楼。在筹备俱乐部的过程中，明顿之家挂牌出售，我们也将其买下来。一想到即将重现传奇俱乐部的辉煌，我们都很兴奋。当年，明顿之家曾是纽约最优雅的俱乐部，铺着白色亚麻桌布，每位客人都身着盛装。我们决定延续这一传奇。我们

---

① 依据美国《住房法》第8节，私人房东以合理价格向低收入租户提供住房可获得政府补贴。
② 指知名爵士乐钢琴家和作曲家塞隆尼斯·蒙克（Thelonious Monk，1917—1982），爵士小号手和歌手迪兹·吉莱斯皮（Dizzy Gillespie，1917—1993），中音萨克斯手"大鸟"查理·帕克（Charlie Parker，1920—1955），吉他手查理·克里斯蒂安（Charlie Christian，1916—1942），小号手奥兰·萨迪斯·"热唇"佩吉（Oran Thaddeus "Hot Lips" Page，1908—1954）。

请了一支驻店乐队，菜单则是能体现爵士乐精神的正宗美国菜。

塞西尔俱乐部终于让我夙愿得偿。我一直想学习、重现并且推广非洲移民的特色餐饮。我所说的"非洲移民"特指那些从非洲被送往世界各地——美洲、欧洲、亚洲——的奴隶的后代。为了学习这种美食，我前往南美、欧洲、亚洲和加勒比海地区，探访了当年奴隶们主要聚集的国家。在这条路线的每一处，我都能发现非洲美食与非洲移民栖息地的食物所融合出来的新菜。

根据在旅行中学到的美食，我设计了塞西尔俱乐部的菜单。有许多菜都融合了非洲菜、亚洲菜和美洲菜的烹饪技巧和风味。比如巴西美食feijoada，传统的做法是将肉和豆子炖煮在一起，而我在里面加上了羊肉辣香肠和牛尾。为了致敬亚洲传统料理，我们设计了一系列可以自选肉类浇头或者香肠的盖饭。我们的特色菜则效仿了美国人民挚爱的南部炸鸡，在炭烤秋葵上摆上肉桂味的炸珍珠鸡。我们还有一些混合风味的美国菜，包括用胡麻籽包裹的斯库纳湾鲑鱼配大葱末、玉米、店里自制的泡菜，还有用熏鸡、湾虾和蟹肉做成的秋葵汤。我们希望这里成为"非洲移民"美食的橱窗。餐厅的墙纸上印着东非马赛部落的图案，后墙上挂着亚非艺伎的照片。甚至连我们的音乐风格也和菜品的混搭风格一脉相承。

这里的元素实在太丰富了。我想在这个空间里用诚实而创新的方式讲述流离失所的非洲奴隶所遭受的苦难，想呈现奴隶迁徙过程中蕴藏在悲惨命运背后的生命之美。我想通过美食的体验来表达这一切。这可不是玩票，而是孤注一掷的努力。对我来说这是几辈子也遇不到的机遇。当内心无比坚定时，你根本无暇顾及其他人是否能理解你的良苦用心。我坚信，这个投入了几百万美元的项目是否能成功，取决于人们是否能理解并热爱我们所呈现出的一切。塞西尔俱乐部是一次勇敢的尝试。我们在118街和圣尼古拉斯大街路口的这个角落倾注了巨大的努力。我总想，如果能有机会解释我的动机和热情，大家一定能够理解这一切。

如果他们不能理解我怎么办？那我就用令人无法拒绝的美味菜品，让他们成为回头客。这样就算他们不理解也无所谓！

尼诺·埃斯波西托
Nino Esposito

"七点半"餐厅
SETTE MEZZO

他满头银发,肤色古铜,宛如从意大利电影里走出来的倜傥商人。他曾经和友人一同骑摩托车环游意大利,历时一年。"大家都说我的样子完全看不出年纪,我说这可不靠打肉毒杆菌,全靠迎风骑摩托!"

我的父亲在意大利是个餐厅领班。他总是告诫我不要干餐饮:"你要是干了这行,就彻底没有自己的生活了。"后来我和一个美国姑娘结了婚,就从索伦托搬到了纽约。搬去之后我干什么工作?当然是干餐饮。我连英语都说不利索,还能干什么?

我刚开始在伊利欧餐厅(Elio's)打杂。那是一个位于曼哈顿上东区的意大利餐厅,生意挺好。我干得不错,于是伊利欧就让我升职当了服务员。你知道,所有服务员都梦想着开一家属于自己的餐厅,我也不能免俗。当时我们有一帮伙计成天都在聊开餐厅的事，后来我们还碰巧前后脚都辞职了。别误会，伊利欧是个好老板，而且我们当时赚的也不少。但那是二十世纪八十年代末，一切欣欣向荣，像是创业的好时机。

我的合伙人是杰拉诺·范特其（Gennaro Vertucci），他也是伊利欧的服务员。我们俩至今已经合伙了二十七年。我们当时打算开一家小餐厅。那时只要你长得好看，能说英语，就会有很多犹太富豪找上门来："喂，我有钱。咱一起开个餐厅吧！"但你如果答应了，其实就离自己的梦想越来越远了。因为你有了个合伙人啊。即便他们什么都不说，那地方归根结底也不是你自己的。所以杰拉诺和我掏空口袋凑了点钱。尽管不是什么大钱，但还是把韦克餐厅（Vico's）开起来了。餐厅位于第二大道和83街交口。地方很小，只有90平方米出头，最多能摆下12张桌子。但那是我们自己的餐厅。

因为餐厅实在是小得可怜，必须得靠特色才能杀出重围。否则，在纽约餐饮市场的激烈竞争中，我们会输得片甲不留。幸运的是，我们周边还没有什么像样的意大利餐厅。我们认为餐厅的装修风格一定要别出心裁。大部分意大利餐厅都倾向于深色的木质风格，而我们的餐厅是全白的，空间开阔，摆满了植物，还安上了天窗。我们在菜单上也费了不少心思。大部分意大利餐厅都受限于二十世纪四十年代口味浓重的传统意餐。我们的菜品简单，食材品质出色。开张之际，《纽约时报》恰好刊登了一篇关于地中海饮食如何健康的文章——这正是我们餐厅菜品的风格——橄榄油、鱼肉和清淡的菜式。

以上种种共同造就了这家餐厅的成功。从第一天营业起，我们的门前就总是排满了等位的客人。有很多客人我都不认识。但我知道保罗·麦卡特尼（Paul McCartney）的小舅子约翰·伊斯特曼（John Eastman）常来，史蒂夫·韦斯（Steve Weiss）伉俪、时尚设计师唐纳·卡伦（Donna Karan）、建筑师查尔斯·瓦思美（Charles Gwathmey）也都是我们的客人。对别人来说他们是名流，对我们而言他们就是普通的客人。

后来，客人们开始抱怨等位时间太长。于是我们考虑把生意做大一些。我们有个客人是做房地产的，帮忙为我们的第二家餐厅找了个地方。我和杰拉诺一走进那个地方就喜欢得不得了，立刻就定下来了。1989年，我们的第二家餐厅"七点半"开张了。"七点半"基本上是韦克餐厅的分店。韦克的生意依然很好，而"七点半"环境更好，面积更大。这一次我们又获得了成功。我们很幸运地选到了特别好的位置，餐厅距离公园大道只有一个街区，当时附近还没有其他餐厅。不过如今这个街区已经有四家餐厅了。

很多人都说"七点半"是一个属于小圈子的餐厅。这倒不是我们当时的计划，完全是顺其自然。因为我们的客人总是同一群回头客，有些客人每周都来一趟，还有的来得更勤。纽约人就喜欢和熟人在一起，对他们来说，这里就是家里餐厅的延伸。我们一眼就能认出这些老客人。他们知道自己不需要提前一两周来订位，我们总能想办法给他们找着座位。有人觉得这不公平，我不这么认为。如果有熟客总是来照顾你的生意，你怎能不给他们一些特殊待遇呢？纽豪斯兄弟和家里人几乎每周日都来吃饭，鲁迪·朱利安尼总来光顾，拉夫·劳伦①夫妇也是常客。最近当选的新泽西州参议员弗兰克·劳滕伯格（Frank Lautenberg）是我们好些年的老主顾了。他们如此帮衬我们，我们难道不该投桃报李么？

有些食评家形容我们的菜品"十分无趣"，说我们的价格"贵得离奇"。但我们觉得，反正我们生意好得很，为什么要改呢？而且我们完全不赞同那些评价。放在十年前我们可能是贵了点，但如今我们的价格也就是纽约的平均水准啊。你随便去哪里，但凡是个像样的餐厅，人均都得花上50—70美元，甚至更贵。我们的食材一向都是最好的，物有所值。再说，我们的服务员也都是最棒的，这也是价格的一部分。

你要问我干这一行最大的挑战是什么，那肯定就是给客人安排座位了。光是这件事就把我的头发都折腾白了。像我们这种餐厅，几乎所有的客人都彼此认识，座位的安排就有好坏之

---

① 拉夫·劳伦（Ralph Lauren），美国时装设计师，拥有同名服装品牌。

分了。我个人是不能理解,毕竟不管坐在哪里,菜都是一样的。但是客人们会介意,有些客人还格外介意这些,有时候真是让我为难得不知如何是好。比如他们会要求坐某一张特定的桌子,我说:"抱歉,那张桌子已经被预订了。"他们就会说:"尼诺你说什么!我不是你们的老主顾吗?""是啊,"我说,"您肯定是。但其他客人也是啊……"我很烦要为这种事情编借口,真是烦死了。

在"七点半",一走进餐厅首先看到的前三张桌子最受欢迎。有时候我们得在那里摆上四张桌子,再多就实在摆不下了。这排桌子加一起能坐下八到十个人。再往里走两步,中间的桌子数量多一些。这个区域的座位也还比较受欢迎。但是从中间区域往后——怎么说呢,有人曾经告诉我:"我不要坐在最后面,那儿简直是西伯利亚啊!""坐里面有什么不同吗?"我也很奇怪,"都是从一个厨房上的菜,酱也都是从一个锅里盛出来的嘛!"但客人们总归是不愿意坐在最后排的。大家非要挤在前排的座位上,再挤都没关系,哪怕旁边客人的手肘都快戳到自己盘子里了也无所谓。他们就是想坐前排,极其执着!

实在没辙的时候,我们还是有一些小窍门的。比如,如果你是我们的常客,并且我们知道你会带三位客人一起来,要给你留一张四人桌,那么我们会先在桌子上摆上一张桌板,把它弄成六人桌。这样如有别的需要四人桌的客人到场,我们就不会安排他们坐那里，因为那看起来是个六人桌。等你来的时候，我再把桌板拿走，那就是你的四人桌了。

  我现在每周依然工作六天，每天从上午十一点到下午三点待在店里，然后回家休息一下，洗个澡，下午六点再到店里来，直到大概夜里十一二点打烊。这种作息时间几乎无法维系婚姻。老不在家，婚姻肯定会出问题。我很幸运，因为我妻子很坚强，也很理解我。并且，她对我们现在的生活也很满足。她跟我一样出身贫寒。结婚的时候，我还是个服务员。如今我们经济条件好多了，事业也算成功。但这一路走来真的太不容易了。

  我和杰拉诺都是苦孩子出身，我觉得这对后来我们经营餐厅的方式有很大影响。我们管理餐厅的时候，不仅仅是站在门口对客人说"欢迎光临"然后带他们入座。店里特别忙的时候，店员压力也很大，我们俩会一直在店里帮忙收拾。二十七年过去了，我依然在餐厅里像个服务员一样亲力亲为，而且干得还不错呢！

7

完美搭档

Pairings

synergy /ˈsɪnədʒɪ/

协作。

可数名词,复数形式为 synergies。

定义:整体的创造,其效果大于各部分的简单叠加。简而言之,1+1>2。

又可称为"synergism"。人类个体通过协作,能够激发出更高的效率和更大的能力。

词源:诞生于十九世纪中叶,源于希腊语 sunergos(共同工作)——由 sun(共同)和 ergon(工作)组成。

亚历桑德罗·波尔格尼奥内与中泽大辅
Alessandro Borgognone and Daisuke Nakazawa

中泽寿司
SUSHI NAKAZAWA

这两个男人都三十岁出头,在不同的大陆上长大。一个在北美,一个在亚洲。一个有主意,一个有梦想。一个鲁莽,一个内敛。这两块拼图看起来怎么也不像能拼到一起的,但靠着Google翻译软件的帮助和彼此强大的信念,他们竟然真的拼到了一起。初次见面后仅仅过了一年,他们合伙开的小餐厅就获得了《纽约时报》美食版的四星殊荣。真是一个典型的纽约式传奇。

这是一个寒冷的周四下午,大约三点,亚历克斯[①]已经自信满满地在他的新餐厅里穿梭。他刚刚聊完电话,一边与同事们商量着什么,一边弯腰捡起地板上的一片小纸屑。好不容易,他终于能抽空喘口气来跟我聊会儿。我俩一起坐在光滑的白色大理石寿司吧台边。他说他特地将吧台设计成背景板的感觉,

---

①亚历桑德罗昵称。

"好为大家呈现这里真正的艺术品——寿司。"

亚历克斯跟我聊天时，中泽大辅正在楼下的厨房里为晚餐做准备。与楼上的繁忙景象大相径庭，楼下的厨房一片寂静。不放音乐，也没有人说话。他的助理们正在专注地处理一只章鱼和一排海胆。我和亚历克斯聊完之后，中泽走上楼来。我们走到餐厅后方的一张桌子边坐下。在房间的另一头，几个员工正在开小会。大辅自称英文很烂，而我的日语词汇量也堪称贫瘠，于是沟通过程中难免会有些理解上的困难。每当此时，我们俩就向那些正在开会的员工求助。他们有时能帮上忙，而大部分时候也只能大笑着摊手表示爱莫能助。

亚历桑德罗·波尔格尼奥内

1993年，我父亲买下了他的第一家餐厅。那是布朗克斯的一个小比萨店，以我母亲的名字命名为"帕翠莎"（Patricia's）。我去餐厅工作的时候，已经从烹饪学校毕业了。不过我还是选择了前厅的服务工作。厨师的工作量实在太大，而且你一旦进了厨房，就谁也见不着了。我还是喜欢衣着光鲜地和客人们打交道。

我们把"帕翠莎"从一家简单的比萨店慢慢打造成了一个出色的意大利小馆子。生意越来越好，餐厅很快就需要扩大了。于是，餐厅隔壁的楼一挂牌出售，我们就买了下来。扩大后的帕翠莎餐厅比原来要高级得多，这让很多原来的熟客感到不太自在，导致我们失去了半数老客人。于是我们得延长营业时间才能把损失的业绩补回来。我每天都工作到很晚，有一天甚至在店里忙到凌晨一点。当时我太太对我已经忍无可忍："自从开了这个餐厅我一整天也见不到你一面！你的孩子也见不到你！大家都见不到你！"我照常回应道："我爱你。咱俩一起看个电影就没事了哈。"我打开 Netflix，和她一起选了一部纪录片《寿司之神》。

这部纪录片讲述的是八十五岁的东京国宝级寿司大师小野二郎的故事。他的餐厅位于银座地铁站楼下，只有十个座位，极受欢迎，几乎不可能订到座。片子跟踪拍摄了小野二郎父子和三个学徒一天的生活。其中有个学徒的背景引起了我的注意。他在后厨苦干了十一年，小野大师从没正眼看过他。为了做出一块完美的玉子烧，他试了两百多次，却始终没有获得大师的肯定。当小野最终认同了他的玉子烧时，他流下了眼泪。镜头真实地捕捉了整个过程。我真切地被感动了——也被深深地吸引了。

作为一个坐不住的餐饮业者，我始终都在思考自己下一步要做什么。当看到这部影片时，我想："这也太棒了吧！我可以找片子里的人来合伙开个寿司店呀！"我太太说："你瞎想什么呢！"但我的脑子可停不下来："这真是个好主意！"我知道肯定没法把小野大师或是他的儿子弄到美国来,但我觉得这个大徒弟——就是那个做玉子烧的——可能有戏。于是我又重新看了一次片子,记住了他的名字——中泽大辅。

次日一早我就打开Facebook,搜出来一大堆叫"大辅"的人,不过只有一个人姓中泽。头像用的是一群小孩的照片。说来有些冒犯,我给他写了封邮件,介绍了一下自己,讲了讲自己想做的事,并附上了自己的电话号码。我打开Google翻译,把邮件转成日语,然后就发了出去。

两周之后,我接到一通区号206的电话,来自西雅图。要不是这通电话,我差点忘了自己写过那封邮件。电话是大辅打来的,他用支离破碎的英语说自己目前住在西雅图,在朋友加柴司郎开的餐厅做寿司。我努力解释说自己想在纽约开一个类似小野二郎的寿司店,但是风味上想根据美国人的喜好做些不同的诠释。他磕磕巴巴地努力对我说,他也有同样的想法,这就是他的梦想。

竟然真的从没有人想过要给他打电话,我实在太惊讶了。对我来说,这一切都是上天安排好的,我只是在正确的时间出现在了正确的地方。我送了他一张来纽约的机票,我们花了三天的时间相处以便互相了解,当然还请了一位翻译帮忙。接下来的几个月里,我们保持邮件沟通,在2013年情人节,我把他又请回了纽约。这一次我们开始正式筹划餐厅。

这次会面我们完成了大部分关于餐厅的计划。我们选了一个大约100平方米的地方。地方很破，之前是个发廊。但那个街区安静而古旧，我很喜欢。在纽约西区的核心地带，已经找不到这种绿树成荫的街区了。于是我们决定租下来。我告诉大辅我们会在三个月内把餐厅盖好，他说："我觉得办不到吧，亚历克斯。"然后他大笑了起来。我从那时候才知道，他真是一个很爱笑的人。

不出所料，装修餐厅花了将近四个月时间。但最费时的却不是装修，而是员工、食材，还有最重要的是，我们俩如何能在餐厅的概念上达成共识。你看我们俩，一个意大利人，一个日本人，来自完全不同的文化，几乎无法沟通。但是我们彼此尊重，有着共同的目标：开一家最棒的寿司店，并且和城里其他的寿司店都不一样。

我们真的办到了。我们店脱颖而出的方式之一是上菜时的"戏剧效果"。我们在每一餐饭中都包含一些表演的成分，这是大辅每晚的任务。你见过上菜的时候直接端上来一只活蹦乱跳的虎虾吗？谁也想不到吧。这就是"戏剧效果"。他端出来的海胆都还在壳里，扇贝还在一张一合。这种体验实在太特别了，让客人亲眼看见鲜活的食材，这是很多餐厅都办不到的事。大部分客人都不敢直接下口咬这些活物，但它们都已经好端端地摆在你面前的盘子里了，大辅就站在你面前微笑着看你，你也只能鼓起勇气试试看了。

大辅是一个爱笑的人。大部分寿司餐厅的主厨都不苟言笑。比如"雅"餐厅，那位主厨跟你说的话不会超过两个字。[①]我就不太喜欢这样。我出去吃饭的时候，花钱无所谓，主要是为了开心。有些从业者太把自己当回事了。而大辅则不同，他总是笑着迎接刚走进门的客人，工作的时候也很喜欢跟客人互动。客人都很喜欢他。他会和客人聊天，一起自拍，开开心心地打成一片。

中泽寿司于2013年8月22日正式营业。一开始我们比较低调，希望能有时间适应一下，然后我们给《纽约时报》发了一封宣布正式开业的邮件，也通知了两个最知名的美食博客"吃货"和"格拉布街"。这两个博客都会报道最新的餐饮界动态。我们发信的内容很简单："小野二郎先生的学徒中泽大辅先生的餐厅即将开业，店址位于商业街23号。"就这样。

当时我们的网站已经上线运营。我预备把打电话或发邮件来订位的客人的信息记下来，做成一个宣传联系清单，由此开始餐厅的推广工作。没想到消息发布一天后，人们在"吃货"和"格拉布街"上一看到这条简讯就蜂拥而至，找我们订位。我接到了两千多个预订要求。这就是互联网的力量。这就是

---

① "雅"（Masa）是纽约一家米其林三星寿司店，其"不苟言笑的主厨"是高山雅氏先生。

《寿司之神》这部片子的力量！几乎所有致电订位的客人都留下了他们的姓名、电话、邮箱地址以及用餐人数。餐厅开业至今已经一年了，这一年我们每天都是满座。

我觉得餐厅的成功有很多原因。首先当然是需要天时地利。我必须要说，我能逮到大辅，把他弄到纽约来，开出这么一个我俩共同的餐厅，这是我的功劳。除此之外呢？全都归功于我们的大厨中泽先生。

当然，还有《纽约时报》的食评家皮特·威尔斯（Pete Wells）。

威尔斯的文章彻底揭开了我们店的神秘面纱。我早就知道他们肯定会写关于我们餐厅的评论，或者说我很希望他们能写一写，但我对皮特·威尔斯此人知之甚少。他不会用真名预订，你也不知道他什么时候会来，据他的食评说，他在大堂和寿司吧都用过餐。我根本没认出他来，餐厅里其他人也没认出来。有一天，《纽约时报》给我们打电话确认一些细节，我们才知道原来他已经来过了。然而，当我某天早上一起床发现皮特·威尔斯给我的店打了四星，这种兴奋的感觉真是难以言喻。

如果没有那篇食评，我们可能不会是现在这副模样。餐厅能拿到几颗星全是他说了算。如果拿到二星，我们就泯然于众餐厅。如果拿到三星，我们就算是与众不同了，但是四星意味着我们是出类拔萃的。于是我们和目前纽约的其他五家四星餐厅并驾齐驱了——伯纳丁、让·乔治、麦迪逊公园十一号、老地方（Del Posto）、"本质"，还有我们的中泽寿司。

我把自己在帕翠莎餐厅学到的很多东西都带到了这家餐厅。其实，一家小比萨店和一家四星寿司店也并没有太大不同。不管你去哪里吃饭，总归都希望获得优质服务。在这两家餐厅，我们都同样努力，同样致力于让客人们感到舒适，同样都有一群忠实的老主顾。在中泽寿司，服务也是最重要的。绝大部分日本餐厅的服务都不尽如人意。我亲自挑选了餐厅里每一位前厅服务员。当然，也从我喜欢的餐厅挖来了一些服务员。我努力发掘他们每个人的长处。我本人作为一名前厅服务员，一直在从事这样的工作，我关注我的员工、我本人，以及我们在餐厅里提供的一切产品和服务。始终如此。现在，我的目标就是让这家餐厅一直都是美国最好的寿司店。这也是我唯一的目标。

中泽大辅

十二年前我二十三岁时，在东京的报纸上看到了小野二郎的广告。他的寿司店"数寄屋桥次郎"正在招募一名初级学徒。小野先生的盛名我早有耳闻。在东京，没有人不知道他。他的寿司店位于银座地铁站楼下，其寿司可谓日本最佳。小野先生发布这则广告时已经是家喻户晓的人物了，但还没有如今这样声名显赫。现在他就像一位电影明星，全世界的人都知道他。

当时我写了一封求职信，被选中当了他的初级学徒。他总共有三个学徒——两个初级，一个高级。被选上的那天我真是开心坏了。

给小野先生当学徒，能够学习如何制作寿司，但并不能真的去做寿司。只有小野父子才能做寿司。学徒都在厨房里工作，负责准备原材料，为小野先生安排好一切。最开始的三个月，我老老实实地负责洗菜，每天说的话只有："好的，好的，好的。"我们不能跟寿司厨师顶嘴，对小野先生更是要百分之百地服从。几年之后，小野先生允许我负责鱼类——清洗和去鳞。又过了几年，我终于能站在寿司吧台后，直接协助小野父子。不过也仅仅是协助而已，不能自己做。

寿司店很小，只有一个餐台，只能站下两个工作人员。其余的人只能在后厨工作，负责煮饭、加热海苔，准备小野先生所需要的东西。他是一个完美主义者，每一粒米饭和每一片海苔都必须做到完美，每天都如此。

有一天，店里来了一群人，说要拍一部关于小野先生的纪录片。他们在店里架起了摄像机。那天，我正在做玉子烧，就是一种甜甜的鸡蛋糕，一般在饭后上。这道菜我已经做了很长时间，但小野先生始终觉得不行。我一心一意想要让他满意，这就是我工作的目的啊。但我试了两百次，他都觉得不达标。然而，就在拍摄的那一天，小野先生终于开口对我说"这次可以了"。他最终还是认可了我做的玉子烧！我当场喜极而泣。他们把我落泪的片段也放在了影片里。

我跟小野先生一起工作了十一年。2011年，日本发生了地震和海啸。我不想再让家人留在日本。当时我有三个孩子——如今有四个——我非常担心孩子和太太的安全。我想搬去美国。我跟小野先生说了，他也表示同意。他说我已经学成了，是时候成为一名寿司职人了。我在美国只有一个熟人，加柴司郎。他也是小野先生的学徒，如今在西雅图有自己的餐厅。他每年夏天都会回东京，也会来店里跟小野先生打声招呼。我给加柴先生写了信，问他是否还记得我，以及是否能帮我安排一份工作。加柴先生已经七十多岁了。他说当然记得我，也愿意请我去店里工作。

我在西雅图学了点英语，也学会了用西方的鱼类来做寿司。我和加柴先生一起工作了两年。有一天我接到一封邮件，信中用行文古怪的日语说他在小野先生的电影里看到了我，想和我一起在纽约开一家寿司店，让我当主厨。我过了两周才回复，因为我花了不少工夫才搞明白这封邮件到底在说什么。当我明白他的意思之后，我想："这人疯了！他为什么想跟我合作啊？他甚至都不认识我！"我觉得他肯定是闹着玩的，不过我还是找人帮忙给他打了个电话。我们后来又通了一阵子邮件，靠Google翻译彼此的语言。然后，他给我发来了一张去纽约的机票,以便双方能见面充分讨论此事。我去了,因为我其实一直希望能在纽约开一家属于自己的寿司店。

我在纽约见了亚历克斯。他跟我年龄相仿,在布朗克斯有一家自己的餐厅。我们一起逛了逛纽约,聊了聊关于新餐厅的事。一切听起来都很好,他人也不错,但我依然觉得他不是说真的。直到最后,他说,如果我愿意加入,那么这家餐厅就叫中泽寿司。用我的名字命名的餐厅!那一刻我就被打动了。

我们第二次碰面的时候,一起去看了他为店铺选的地方。我们一起做了一些计划,这时候我才开始相信这一切是真的要发生了!2月的时候我们共同签署了场地的租约,从那天起我意识到这是一个重要的决定,也是我人生中遇到过最好的机会。

餐厅开业之后,每天都满座。一切都很顺利。我见到了很多客人,能站在寿司吧台后面做自己想做的事,我既是老板也是师父。我们餐厅里的寿司和小野先生的寿司大概只有一成相似之处。很多制作上的技术来自他,不过我应用的方式有所不同。毕竟我面对的是美国市场,美国人的口味偏好与日本人不同。

我们的主厨套餐有20道菜,每天的菜品都不一样。所以我每天都要亲自选择菜品。我们会采用本地的食材,也会选用进口食材,当日的菜单主要取决于我们当天能进到什么样的货。有时候是西班牙鲭鱼,有时候是新鲜的胡德运河虾。有时候能买到新鲜的三文鱼，我们就会用干草熏制。我们也有从缅因州运来的新鲜扇贝，上菜的时候都还在微微颤动。我们的鲔鱼（金枪鱼）腹手卷则用来自东京湾的海苔包裹。

我每一天都过得差不多。上午十一点半左右去上班，先去楼下的厨房和三个助手一起准备晚餐。楼下非常安静，没有人说话，也没有电话，只有工作。我们先打开早上送来的货箱看看今晚有什么食材。今天我们收到了一只400磅的鲔鱼。我们会将其分切成大腹、中腹和赤身。我们把海胆撬开，把烟熏鲣鱼分好，给章鱼去皮，开始做玉子烧。大约晚上六点，我们就准备好开餐了。

在中泽寿司，负责培训学徒的只有我。我和小野先生一样敬业，但与他不同的是，我总会对我的学徒说："干得不错！"有时候小野先生也会赞许我们的工作，但要获得他的肯定，真要拼了命工作才行。压力太大了。我还有一点和他不同的是，他总是不苟言笑，而我成天都乐呵呵的。日本的客人只要求寿司好吃就行，但美国的客人除了要吃得好，还希望吃得开心。

我不知道小野先生是否想起过我，但我时常挂念着他。我常给他写信汇报自己现在的情况。尽管从没收到过他的回复，但我也并不介意。他如今已经快九十岁了，可能还在做寿司。他应该是忙得没时间给我回信吧。

康尼·麦克唐纳和潘·韦克斯
Connie McDonald and Pam Weekes

勒万面包房
LEVAIN BAKERY

1995年，康尼·麦克唐纳和潘·韦克斯一起开了勒万面包房。它位于西74街，是一个小小的地下室。在人行道外，总是排满了前来光顾的本地人和慕名而来的游客。二十年来，这里的生意一直很好，媒体对这里的热情推荐就像这条街上飘着的醉人香气一样，从来没有停止过。店里的乡村面包和各种蛋糕摆放得颇具新意，不过，只要客人们走向柜台结账，十有八九又会再买上一块热腾腾软绵绵的巧克力碎片核桃曲奇饼干。这饼干有冰球大小，是店里毋庸置疑的招牌产品。

每天能卖掉多少饼干？这可是他们的最高机密。康尼说："大家总是会问这个问题，我一般会回答'很多'。然后大家就会开始猜到底卖了多少。我就会接着说'如果你下次把工资条带来给我看看，那我就告诉你我们卖了多少饼干'。"

康尼·麦克唐纳

在搬来纽约之前,我在世界上很多地方的度假村都工作过,当过服务员,教过网球。我自己还挺乐在其中,但我爸不停地提醒我,我有一个在华尔街功成名就的哥哥。他"建议"我也去纽约搞金融。毕竟从小到大我一直都是听话的好孩子,于是就坐上了飞往纽约的班机。

刚开始我也走了一些弯路,甚至还去海滋客快餐店①里穿着海盗服给客人送炸鱼。后来我在华尔街给一名证券经纪人当助理,我爸可算是满意了。但问题是,我干得不怎么样。当时我的工作内容是给陌生人打电话推销一些连我自己都弄不明白的股票。而我为什么会对这些股票一无所知呢?因为我从来没去开过会。开会的时间太早了,那段时间我正忙着为参加铁人三项比赛做准备呢!

我的运动细胞一直都很发达。小时候打高尔夫球和网球,高中时加入了俱乐部游泳队。我三岁就开始滑冰。有一天我和朋友聊天,他说:"我最近在市中心发现了一个特别好的游泳池,你也试试吧。"过了一周我就穿着波点泳衣出现在泳池边了。我就这么一件泳衣,因为没钱买新的。泳衣又旧又丑。我

---

①海滋客快餐店(Long John Silver's restaurant),全球连锁海鲜餐厅,其店名来自《金银岛》中的海盗约翰·西尔弗(Long John Silver),小说中他扮作厨师登上主人公的寻宝船。

走进泳池，四处打量了一番，发现池子里有一群人。

那群人正在快速泳道里游泳，我简直看得入神。我已经有些年不游泳了，于是就去慢速泳道游了几个来回。后来我开始加入那个快速游泳小队。其中有一个女生就是潘·韦克斯。我跟她并不太熟，不过有人跟我说她正在找室友。我刚巧也在找人合租，于是我们就一起住了。那是1987年，铁人三项刚流行起来，我们决定试试。反正我们平时也会游泳、跑步和骑自行车，感觉参加铁人三项比赛还挺顺其自然的。

但这对我老板来说就不那么自然了。每天早上七点，其他同事都集合开早会了。而我九点才姗姗来迟，刚游完泳，头发还湿漉漉的。我倒也没想骗谁。那时我们每个人都有座机，如果我没有准时到岗，老板就会把我的座机听筒拿走，我得上他办公室去找他要回来。这种事情发生了几次后，我就被解雇了。

在华尔街工作期间，我靠给一些小聚会提供外烩服务来赚点外快。我挺喜欢干这个的，所以被解雇之后，就报名了纽约的彼得·孔普烹饪学校（Peter Kump's New York Cooking School），也就是后来的纽约烹饪学院（Institute of Culinary Education）。学校不大，但很不错。花6000美元上六个月的课，毕业之后就能找到时薪6美元的工作了。我在艾米面包房（Amy's Bread）实习了一段时间，每天捏十小时面团。无不无聊？那还用说吗！但我喜欢面包房的环境。说不上来具体是为什么，总之就是喜欢。

1994年，我在一家叫"五分之一大街"（One Fifth Avenue）的小餐厅当甜品厨师。餐厅生意并不好。老板花了一大笔钱搞装修，但没啥客人。我不知道生意惨淡的具体原因，可能是因为没有酒水牌照吧。但老板还不死心，想做最后的努力。他炒掉了原来的主厨，我们都在猜测新主厨会是谁。有一天下午，我正站在甜品工作区干活儿，厨房的边门被打开了。我闻到一阵烟味飘了进来，有人踏着沉重的脚步走进大厅。紧接着，一个高高瘦瘦穿着黑色皮衣的家伙走路带风地进了厨房，我纳闷："这是哪位？"那是安东尼·波登。他下楼去面试主厨一职，并且获得了这份工作。他是一个很棒的人，但出色如他依然无法挽救这家餐厅。餐厅所剩时日无多。如果一个甜品师做的甜品没人吃，那她还能算是个甜品师吗？

就在那时，《纽约时报》发表了一篇文章，说"五分之一大街"餐厅唯一像样的也就只有面包了，并且面包"十分出色"。文章一出，纽约人立刻潮水般涌来餐厅买面包带回家。当时我虽然依然对餐厅和主厨的未来十分迷惘，但我忽然想到自己可能找到了适合的工作，并且它可能也适合潘。

那时潘正在为设计师诺玛·卡玛丽（Norma Kamali）工作，职业发展得不错。我问她是否有兴趣跟我一起干烘焙。我们常一起讨论创业的事，但总是没有合适的机会。但现在我和主厨及餐厅老板的关系都不错，于是我向他们提议说，我继续为餐厅工作，但餐厅不需要再付给我薪水。我和合伙人潘会在餐厅的甜品区开设我们自己的烘焙批发业务。由于使用了餐厅的场地，作为回报，我们会免费提供餐厅所需的面包和甜品。这是个双赢的合作，他们欣然接受了。

潘向公司请了假，我们就这样在餐厅厨房里开始了自己的小生意。我们向其他餐厅派发我们的烘焙产品。我当时紧张得要死，也无法接受有人不喜欢我们的产品，于是我通常丢下样品之后就落荒而逃，甚至不给别人开口说话的机会。最终，我们还是获得了一些很不错的客户，并且客户越来越多。随着我们的口碑不断提升，客户数量也不断增加。我们俩一人负责烤，一人负责送。后来客户要求我们每天送两次货，我们就请了一个专职送货员。这是我们的第一个员工！

我们俩对做生意一无所知，但隐隐觉得，尽管还在用着"五分之一大街"的场地，可能还是需要为自己的小生意印一些名片。我有个搞平面设计的朋友说能免费给我们设计一个，他问："所以你们的面包房叫什么名字呢？"我们俩被问得面面相觑："老天爷啊，潘，我们连个名字都没有呢！"我给了他一本关于面包的书，他读着读着，留意到了一个词"levain"（勒万）。这是一个法语单词，意为酸种面包酵母。他把这个词写在一张小纸片上,说:"你们看,这个词跟面包房放在一起是不是很合适?"当然了,反正我们也不想被称作"潘和康尼的面包房",那就叫勒万面包房吧!

随着生意越做越大,我们需要的地方也越来越大,餐厅也开始对我们颇有微词。我们知道是时候离开了。于是我们就开了这家位于74街的小店。开个小店真的太难了。银行不愿意贷款给两个没有商业经验的三十五岁女性,于是我们到处找熟人借钱。我觉得银行也有可能是被我们的选址给吓跑了。那时上西区大部分楼房都属于租金管制的建筑,说白了就是便宜,周边有不少毒贩,更谈不上有什么美食餐厅了。我们的面包房甚至不在地面上。你得往下走一截楼梯才能看到我们的店门。刚开业那会儿忙得没日没夜的,竟然有人在我们的楼梯井睡觉,于是我们只好在店外面装了很多很多灯。当时我们还是主要面向餐厅客户做批发生意,但也会做一些面包卖给走进门来的客人。

当然我们也卖那款很厉害的曲奇饼干!

这款巧克力碎片核桃曲奇被大家称作"美味松软的冰球"。随便你们叫它什么都行,这可不仅是我们的招牌产品,还改变了我们的人生。我们做这款曲奇的原因本身就很有趣。1988年,我们在为铁人三项比赛训练的时候,几乎每天都要骑车、游泳、跑步。运动强度非常大,每天到训练的尾声我们都已经筋疲力尽、饥肠辘辘。我们觉得应该准备一些营养补充品,方便在训练中后期补充能量。换作今天,市面上可选的能量棒可谓琳琅满目。但当时能买到的能量棒都非常粗劣,在阳光下晒一段时间就变得黏糊糊的,黏得单车把手上到处都是。

于是我们决定自己做一款曲奇来代替能量棒。我们把曲奇做得很大,大概 6 盎司① 重,骑车的时候可以塞在 T 恤的口袋里,想吃的时候随时都可以拿出来,啃两口再放回去。曲奇做得很结实,不会吃着吃着就碎掉。我们每次把曲奇分给别人,都会获得好评。于是当我们有了自己的面包房,除了卖面包,当然也卖这款大曲奇。客人们喜欢得要命。1997 年,阿曼达·海瑟尔(Amanda Hesser)在《纽约时报》的个人专栏《诱惑》(*Temptations*)上写到了我们的曲奇,说"曼哈顿最棒的巧克力曲奇"就在上西区的勒万面包房。

《纽约时报》一旦发现了你,全世界就都看见你了。没过多久,美食频道就找上了门。我们还靠着这款曲奇上了《鲍比·弗莱秀》②。洛卡·迪斯卡布莱图③ 也在电视上说我们的巧克力曲奇是他吃过最美味的食物。《赫芬顿邮报》(*Huffington Post*)在一篇题为《死前必吃的 25 种食物》的报道中,把我们

---

① 1 盎司约等于 28.35 克。
②《鲍比·弗莱秀》(*Throwdown! with Bobby Flay*),美食频道的电视节目,知名厨师鲍比·弗莱会向特定的厨师挑战其招牌菜。
③ 洛卡·迪斯卡布莱图(Rocco Dispirito),美国厨师及美食作家。

的曲奇排在首位。接下来,《奥普拉秀》也找到了我们,不用我说你也知道这意味着什么。

直到今天,店铺门口依然从早到晚大排长龙。我们从来没有做过广告,也没安排过任何刻意的纸媒或电视媒体报道。我们的成功全靠口碑。店里永远都挤满了人,这倒也不奇怪,毕竟我们只有65平方米,里面还放了两台炉子。大部分的空间都用来进行烘焙,所以你想想营业空间得小成什么样。有时候想想,我们还真是不走寻常路。我们的店开在居民区中间,而且还是地下,而我们的顾客竟然有许多是游客。我们怎么会知道他们是游客呢?一眼就看出来了呀!他们进门的时候要么手里拿着导游书,要么头上戴着洋基队的棒球帽,很容易分辨。我估计他们是通过社交媒体了解到我们的,并且把这里当作一个旅行必到的景点。UGC(由用户提交评论)网站Yelp列出的纽约"必到之处",第一名是中央公园,第二名是大都会艺术博物馆,第三名就是勒万面包房,第四名才是布鲁克林大桥。我们的面包房竟然排在布鲁克林大桥前面?拜托啊各位,你们怎么想的!

TripAdvisor也给我们带来了很多客人,过去三年,我们在纽约城中的11583家餐厅中始终位列前三。于是,要来纽约的游客们看到这样的排名,会怎么做呢?他们会打电话给店里预约晚餐!各位TripAdvisor的用户们请注意:我们不是餐厅!我们只是一个小小的面包房,只有四张金属凳子和一个小柜台。并且我们觉得这样就好。

潘·韦克斯

康尼跟我基本上是在懵懂的状态下开始合作面包房的。我还记得有一次问我妈："我怎么才知道自己准备好要结婚了呢？怎么知道自己准备好要孩子了呢？"她说："当然不知道啊。你做着做着就明白了呀。如果你要弄明白了才去做，那你这辈子什么也干不了。"事实上，如果我们早就知道后来要面对的某些问题，我们可能根本不会开这个面包房。这是一个很大的牺牲，我们都放弃了很多。

我俩并没有明确的分工，就是一直努力去做有利于生意发展的事。幸运的是，我们的长处和短处是完全不同的。康尼比较外向，能很好地应对公众的关注。我比较安静和慢热，更关注细节，注重条理，八成是处女座的特性吧。康尼更随意一些，但她很多时候都比我更有耐心。我是个很直接的人。比如，她会说："这挺不错的，不过你能不能试试用这种方式做呢？"而我会说："不要那么做，就按这种方式做。"

我俩都会参与新员工的面试和雇用，但她负责培训。因为培训是一件需要大量耐心的工作。当我们需要解雇员工的时候，我通常也会让她来。大家都觉得我比她更严厉。我可能是比较直接和严厉，但要是把她逼急了，她也会厉害起来。我们有四十个员工，严厉是必要的。我们俩的性格大相径庭，能愉快合作是因为我们的核心价值观一致。我们不需要在所有事情上都达成共识，事实上也无法总是保持意见一致。但我们都认为做事应该简单直接，公司人越多越应该如此。如果能把事情弄得简单明了，就能保持品质，这是我们唯一的目标。我们绝不会牺牲品质，因此店里的产品总共就那么几样。

我们至今已经合作二十年了。随着生意越来越好，我俩觉得应该各自买个房。但干房地产的朋友说，在这个预算范围内，如果我俩能一起买个房子，房子的品质要好得多。我们找到了一处很棒的房子，面积比我梦想中要在纽约拥有的房子大得多。于是我们共同出资买下了这个房子，一直住到现在。不是所有人都能既是室友又是同事，但我们办到了。勒万现在已经有三家店铺了[①]。一家在74街，一家在哈林区，还有一家在汉普顿。因此我们通常白天会在不同的店里，主要通过短信和电话沟通。如果我俩都回家吃晚饭的话，就会一起做饭，还挺开心的。当然我们整晚聊的话题依然是工作，在哪儿和谁发生了什么事，还有什么待办事项，如何把事情做得更好。我认为这种朋友关系最大的缺陷是我们工作太忙了。以前还能一起干些有趣的事情——骑车啊、徒步啊之类的。但如今已经很难提前计划什么

---

① 目前勒万面包房已有八家店铺，除上述三家外还有位于纽约上西区、诺霍（NOHO）区、上东区、威廉斯堡以及华盛顿乔治城的店铺。（2021年3月信息）

事，因为店里总有事情需要我俩当中至少一个人去操心。我们都错过了很多家庭大事，婚礼、假日，和亲友的关系也因此疏远了。她们不能理解干我们这一行最忙的就是假日和周末。我们是真的走不开。

我希望有一天自己能慢下来，有一些自己的生活。我想念朋友和家人，想拥有在面包房之外的人际关系。我有一大架子的书想读。我们都牺牲了与他人的亲密联系，但我从来也没有渴望过结婚或生子，除非是遇到了特别合适的对象。蓦然回首，二十年过去了。康尼和我都已经五十三岁了。我们刚开始创业的时候，员工都是我们的同龄人。现在的员工已经是我们子女一辈人。这一切开阔了我们的眼界。我会不会后悔？这倒不会。但有时候我会疑惑。我不知道人到底能不能后悔，但总归会感到疑惑吧。

布莱斯·舒曼和伊蒙·洛基
Bryce Shuman and Eamon Rockey

贝托尼[①]
BETONY

说到协作……布莱斯·舒曼和伊蒙·洛基是两个来自美国南部的年轻人,他们年龄相差几岁,都出身贫寒,都上过烹饪学校,都在纽约的高档餐厅打工。2007年,他们在麦迪逊公园十一号(EMP)相识。这是纽约颇负盛名的餐厅之一。舒曼是一个乐观的大男孩,在后厨里一步步做到了副主厨。洛基高高瘦瘦,比舒曼严肃一些,负责前厅的工作,二十几岁时就已成为EMP历史上最年轻的领班。

2013年,舒曼还在EMP工作,但洛基已经在若干餐厅当过总经理和合伙人了。此时,俄罗斯人安德烈·德洛斯(Andrey Dellos)在57街有一家餐厅经营惨淡,准备关张整顿之后换个概念重新开业。安德烈是EMP的常客,于是他请了舒曼来当新餐厅的行政主厨。舒曼把伊蒙·洛基请来当总经理。餐厅门口的

[①]贝托尼已于2017年初永久闭店,媒体分析可能是因为地产变动。

招牌换成了"贝托尼"。重开后的餐厅很成功，好评连连，还获得了《纽约时报》的三星好评。这小哥俩顿时成了57街大受欢迎的餐饮新星。

布莱斯·舒曼

二十五岁的时候，我怀抱着对烹饪的热情，拎着吉他和一箱衣服，就出去闯天涯了。我在几家餐厅干过，跳过几次槽，进过让·乔治和乔·卢布松（Joël Robuchon）的后厨，也去过一些很棒的地方。但当我走进EMP的时候，我知道这里才是我的归属。这里有种说不出来的魔力，一种似火的能量。主厨丹尼尔·亨姆（Daniel Humm）是个伟大的疯子。他把全部的热情都投入美食工作中，眼里只有工作。后厨的员工一个接一个离职，因为实在是太难了。主厨辞退员工毫不留情，而那些留下来的人则顶着巨大的压力。厨房里的气氛让我觉得就像在做高温瑜伽或是听着热情似火的丛林音乐，始终亢奋不已。我就像飞蛾扑火一般全情投入在这份工作中。

厨师在一个餐厅待上大约一年就会跳槽去另一家餐厅，这似乎已经成了不成文的规定。但我并不是这么打算的。我面试的时候就对亨姆主厨说："我想从基层做起，把每个工作台都试试。我肯定会完全服从您的指挥，努力向您学习。"我猜他就是因为这个才录用了我。

我还没干多久，有一天他对我说："布莱斯，你来负责烤鱼吧。"我不用再负责冷餐台了。冷餐台负责出品冷沙拉，是最基础的岗位，也是每个新厨师的职业起点。如果按部就班，冷餐台的下一步应该是热餐台，但我跳过了这一步。烤鱼厨师已经完全晋升到热餐厨师的行列，相当于我还没开始干活儿就已经升职了。于是我当上了烤鱼厨——顾名思义，就负责烤鱼——干了一个月之后，我又当上了烤肉厨，几个月后，他提拔我当了副主厨。副主厨已经算是厨房里的二把手了。我这个平步青云的副主厨真的称职么？我觉得不太称职。只是当时主厨出于工作的需要，必须这么做。新餐厅接二连三地开，员工跳槽很快，我刚上班就听到有人对我说："我已经在这里干了八个月，该走了！"我说："才八个月就要走？"他说："是呀！在这里干八个月就相当于在其他地方干了十年吧！"

我从亨姆身上学到了很多东西，其中最简单也最重要的一条教诲是：把东西做好吃。看似容易，其实不然。我倒是也能把水质胶体拿来打成夸张的泡沫，再用液氮给它冻上，然后就这么上桌。但如果吃起来味道四不像，那我依然是个失败的厨师。怎么才能知道自己做的菜好不好吃呢？此处参见亨姆的第二条教诲：试吃，再试吃。自己做的菜一定要试！反复试！

我在EMP兢兢业业干了六年，觉得也是时候自立门户当主厨了。我不想再去别的餐厅给其他行政主厨打下手了。虽然那样比较安全，即便自己出了错，也不需要负太大的责任，但是最终没人会知道我姓甚名谁。如果亨姆在火星上开了一家EMP，让我负责运营，就算我负责设计了菜单上所有的菜品，把员工都训练好，负责餐厅的一切创意，但最终这依然是属于亨姆的餐厅。所以，我决定选择其他的路。人迟早要鼓起勇气去冒险的，尽管风险可能很大，但我愿意试试看。

我决定自立门户之后不久就接到了贝托尼餐厅老板安德烈·德洛斯的电话。贝托尼餐厅之前叫普希金餐厅（Brasserie Pushkin），生意不好，惨淡收场。但他想请个新主厨，换个新名字，把餐厅改头换面重新开起来。他说自己是EMP的忠实顾客，问我是不是愿意为他安排一次"试吃"。我觉得这基本上算是一次考核了吧。我得准备好菜单，做好一系列的菜品，向他展示自己的能力。

我安排试吃的那天，来了三个人。除了德洛斯先生本人，还有他公司的主管和他的得力助手。我安排了七道菜的菜单，亲自下厨服务三位客人。第一道菜是本地柿子配龙蒿和水萝卜冰霜。我用新鲜的水萝卜榨汁做成冰霜，色泽比辣根还要鲜红；萝卜汁事先冻上，然后磨成细粉撒在鲜美多汁的柿子上；龙蒿则巧妙地平衡了整道菜的风味。第二道菜是鹿肉薄片配小麦和腌过的刺柏。第三道菜的主料是生蚝。我用松木把生蚝烤到刚刚开壳,然后把白黄油①和一点点松木放在黄油里搅拌做调汁。接下来,我用松茸做了一道沙巴雍②。松茸的味道馥郁芬芳,大概是我最喜欢的菌类了。最后,我做了一道美味的肋眼配土豆。餐后甜品则由葡萄和榛子制成。

上完甜品之后,我站在三位客人面前等待他们的评价。我知道自己还是犯了一些错误——比如可能忘了加某种香料,或者是有的东西切得不太对,牛排上似乎有一条隐隐约约的线。每一个小错在我自己看来都是灭顶之灾,但好在我知道每道菜味道都很好,因为我都试过。过了几分钟,三位客人说:"好了,谢谢你。"就结束了。

我在煎熬中度过了几天,终于接到了心心念念的那通电话。我将成为一家新餐厅的行政主厨了,餐厅名叫贝托尼,名字来源于薄荷科的一种草药。在工作内容中,我最喜欢的部分是,我可以决定这个能容纳140位客人的餐厅的装修风格。

我非常清楚自己想要什么和不想要什么。我不想成为又一位引领风潮的高端美食厨师,我想做的就是好吃的菜,我希望我的餐厅温暖、热情、友好。人们去餐厅吃饭的原因有很多,我希望能让他们的每个需求都获得满足。卡内基音乐厅就在餐厅的一个街区开外,我希望客人们去看演出之前能顺便来店里

---

①白黄油(beurre blanc),法式调味酱,一般由黄油加白醋或白酒及葱熬制而成。
②沙巴雍(sabayon),源于意大利,由蛋黄、糖和甜酒制成的甜品。

吃点东西。有些客人是为了庆祝生日和纪念日这类特殊的日子而来。有些客人就是随意地在周三晚上走进了我们的餐厅，可能只是因为他们想听着美妙的音乐喝上一瓶好酒，再吃上一块美味的烤鸡。

我从2月初着手进行这个项目。我们装了一个全新的厨房。我花了一个月左右的时间设计了所有的菜单并且一一试吃过。菜单很简单：鸡肉、肉排、煮鱼、煎鱼、龙虾、蔬菜意面、绿叶沙拉，还有一些类似鹅肝之类的熟食，冷菜和热菜都有。

接下来，我得给餐厅找个总经理和酒水经理。我的确想不到比伊蒙·洛基更合适的人选了。我是在他当上EMP领班的那天认识他的。我去找他的时候，他已经是另一家餐厅的合伙人了。我很高兴他愿意加入。当讨论到对贝托尼餐厅的设想时，我俩很快就达成了一致：我来负责厨房，他来管理用餐区域和酒吧。在如此大规模的一个餐厅里，没有人能靠一己之力做好所有的工作。我们意识到，只要我们合作紧密，就会有一加一大于二的效果。

毫不夸张地说，当时我的心情有点像百米赛跑的冲刺阶段。因为我俩都觉得开餐厅就像从飞机上往下跳，所以开业前一周，我俩干脆一起去跳了伞。我们从4000多米的高空跳了下来——当然是和教练绑在一起的。那种感觉真的太棒了，我们大概是需要用这种方式来稍微释放一下这段时间以来的压力。

开业前夜，所有员工都聚在一起开香槟喝啤酒，我们还弄了一个象征着除旧迎新的piñata（墨西哥彩罐）。我们轮流砸它，当罐子破掉的时候，里面装的彩色塑料小恐龙撒了一地。直到现在，你没准还能在厨房或餐厅的某个角落里找到一只小恐龙呢。我们把它们藏在厨房各处，提醒自己勿忘初心。

开业当天真的特别棒。每个人都像上紧了发条一样干劲十足。我们事先没做太多宣传，希望刚开始能慢一些稳定一些。但我们适应得很快。第一天晚上店里服务了30位客人，听起来不多，但对当时的我们来说可真是忙疯了。后来客流又增加到了每晚60—70位，大家再度忙疯。当店里的客人增加到每晚100位的时候，我自己都有点不敢相信了。我们就像孩子一样在餐厅里互相击掌庆祝。

我非常喜欢音乐，所以当餐厅的菜品和空间都基本就位之后，我就开始琢磨客人在吃饭聊天的时候喜欢听到什么样的背景音乐。对我而言，餐厅所选择的音乐也是至关重要的。我个人大概拥有上千张唱片，主要收集灵魂乐、爵士乐和打击乐。我经常自诩为"我家客厅的驻场DJ"——但我太太和家里的猫都不太喜欢我的这个职能。我最初的想法是从自己的唱片里把餐厅需要的音乐给翻录下来，这样就能让店里的音乐风格保持一致。一开始我只翻录了爵士乐，但是感觉不太对劲。我们餐厅的装潢非常注重细节——无处不在的巴洛克风格搭配用回收旧木板铺设的硬木地板和繁复精美的石膏雕塑。我开始觉得这些优雅的设计如果搭配上爵士乐，可能会让整个餐厅风格过于正襟危坐了。真正适合这种空间的，能让人感到愉悦的音乐，应该是我现在播放的这种灵魂乐。所以我又回家翻录了一大堆灵魂乐。

我翻录的唱片能连续播放四个小时，这样客人就不会听到重复的音乐。但过了几个星期，店里的服务员说："布莱斯，我本来非常喜欢这首歌的，现在我都听怕了，都是你害的。"我立刻意识到得做一张能播放十六个小时的歌单才行，否则我的服务员们老是听到同样的音乐重复播放，该烦得要去自杀了。所以我又回家重新翻录。现在店里的音乐混合了爵士乐和灵魂乐，我觉得挺合适的。希望客人们也会喜欢。

我们才开了几个月，《纽约时报》的食评家皮特·威尔斯就来了。你是不可能提前知道他什么时候要来的——但你又求神拜佛希望他来。他当时和另外三个人一起走进了店里。因为伊蒙在其他餐厅曾经服务过他，所以他一进门就被伊蒙认了出来。但我们也不能上前去打招呼，因为他的食评需要在匿名体验的情况下撰写出来。于是我们只能尽力把他服务好。

等待食评的过程是种煎熬。每个餐厅都会经历这个阶段。为了保证评论能公平地体现餐厅的真实水平，皮特通常会在短期内拜访一家餐厅四次。他来了三次，每次都和另外三位客人一起来。我一直在苦苦等待他的第四次到访，但他再也没有出现。他第一次光顾之后，我就要求当天当班的全体职员不休假，直到食评发表为止。所有的副主厨都每周工作六天，因为我需要确保我们每天都是最佳水准。

皮特第三次光临之后不久，《纽约时报》打来电话，说会派一位摄影师来拍些照片。我们知道食评很快就要见报了。餐厅评论通常刊载在周三的美食版，不过前一天晚上就会先发布在《纽约时报》的网站上。那个周一的晚上，我整晚没睡，一直在读那些二星餐厅的评论，给自己做心理建设。"这些餐厅都很不错啊，结果只拿了二星。我得做好心理准备。"次日，周二，我对所有的员工和厨师说："伙计们，我们是一家非常出色的餐厅。我们是与众不同的。我们是有真材实料的。不管这篇评论给我们打几颗星，我们都以这里为荣。他们选中我们来评论，这本身已经是一件很光荣的事了！每年有上千家餐厅开业，而他们只会评论其中的48家。"那天下午，伊蒙打开《纽约时报》的网站，发现整个网站都不见了！我们都疯了，以为是我们的电脑出了问题，于是猛按刷新，左等右等，还是一无所获。忽然在Twitter上有一条通知，说《纽约时报》的网站遭到叙利亚黑客的攻击导致瘫痪。当晚六点，他又查了一次《纽约时报》的餐厅名单。我们的评论依然没有发布，但已经能看到餐厅名称旁边的星星了。

三星!

三星! 伊蒙冲进厨房:"布莱斯! 我们拿了三星!"我俩像小孩一样开心得蹦蹦跳跳。当我们终于在屏幕上看到那篇评论的时候,餐厅还在营业时间,但我也顾不了那么多了。我拿着报纸走来走去,把那篇报道大声朗读给厨师们听:"……一大勺打发的鸡肝……口感像鹅肝一般馥郁丝滑。鸡肝酱是和吐司一起上的,但我已经完全忘了吐司。我拿着一条炸鸡皮和黑麦面包皮,把鸡肝酱吃了个一干二净,竟然还有青苹果和细叶芹的清香!"

作为主厨,你设计出一道菜,然后会反复钻研,直到你觉得它臻于完美。你希望客人也像你一样喜欢这道菜。但当我读到他人对菜品的评价,尤其是像皮特·威尔斯这样热情洋溢的描述,我内心的感受真的无法用言语表达。我又给大家读了另外一段:"……我们都喜欢熟成牛排边上那些大块的脂肪。但是,如果把那块脂肪融开,在里面放一条排骨炖上两天,再用白热的木炭烤这块排骨,你知道会是什么味道吗? 舒曼先生显然非常了解,我打赌要不了一年,其他餐厅的厨师也都会做这道菜了。再配上烤罗马生菜和一块炸得刚刚好的内脏,这道菜简直好吃到让人想偷回家。"

所有员工都开心极了。晚上十点左右,一拨又一拨的朋友前来祝贺我们。午夜过后,餐厅只剩下零星几个客人了。我们把员工、朋友还有这几位客人都聚在一起,摆上一大堆热狗和成箱的啤酒,放上八九十年代的嘻哈音乐,开开心心地庆祝了一整个晚上。

真是一个令人难忘的夜晚!

伊蒙·洛基

你大概觉得我干这份工作是顺其自然的事。我母亲是南密西西比大学烹饪项目的主厨,我父亲是哈迪斯堡乡村俱乐部(the Hattiesburg Country Club)的主厨。是我父亲最早发现了我的兴趣所在。我到现在都还记得在念高中的时候,有天晚上我正坐在卧室的地上摆弄着什么东西,我爸走进来,扔给我一大包烹饪学校的宣传手册。我还记得那包东西掉在地板上发出的声音。然后就听见他说:"伊蒙,你要是真喜欢做菜,就认真考虑一下去这里念书。"

就像从烹饪学校毕业的许多跃跃欲试的年轻人一样,我当时也认为自己注定要在一家高级餐厅任职管理岗位。我就按照这个标准找起了工作,完全没有意识到自己要学的东西还有很多。我的第一份工作在格尔特(Gilt),那是纽约皇宫酒店的餐厅。总经理克里斯·戴(Chris Day)可真是一个好人,他给了我这份工作,还经常逗我乐。我觉得他看中的正是我所没有意识到的东西——我是一张白纸。我干过前厅服务的各种岗位,而他一直是我的导师。我离开格尔特去EMP工作时，一开始又得把所有前厅的岗位轮一次，从最基础的做起：跑堂、传菜员、前厅服务员。但我认为这种机制是有道理的。每个餐厅都有自己特有的文化。即使你已经在一百万个餐厅当过跑堂，技艺已经炉火纯青，一旦来到一个新的餐厅，还是需要再重新了解一遍。

我在EMP当上领班的时候才二十一岁。这的确是一件不寻常的事，但当时餐厅还很年轻，正在飞速发展的阶段。我当领班的时候也需要照顾吧台。一天当领班，一天看吧台，轮着来。两个岗位我都很喜欢。在一家生意兴隆的四星餐厅当领班，还要当得云淡风轻，真是门技术，但这些事情该怎么做我都有数得很。照顾吧台是也门技术，不过它对身体灵活性的要求一点也不比头脑少。如果想出类拔萃，就像拳击模拟训练一样，你得不用看就知道东西都摆在哪儿，这样你才能一转身就不假思索地拿到你想要的东西。

从EMP到贝托尼，中间还隔了好些年。这期间我待过几家不同的餐厅，获得了很多宝贵的经验。我在EMP后的第一站是康珀斯餐厅（Compose），那是翠贝卡区一家小小的鸡尾酒吧和餐厅。我在康珀斯当总经理，目标是为天才调酒师们打造一个舞台，让他们调制出全纽约最棒的鸡尾酒。这是一段苦乐参半的经历。一开始，我认为康珀斯的这份工作就是我的职业理想。但后来公司决定要在休息室里供餐,于是就开始找主厨。我们找到了马特·莱特纳(Matt Lightner),他是一位非常受欢迎的厨师,曾在俄勒冈州波特兰的卡斯塔餐厅(Castagna)工作。问题是,对于像马特这样出色的厨师来说,餐肯定不能只是鸡尾酒的配角。所以餐厅的名称被改成了阿特拉(Atera),整个空间的安排也从以酒水为主变成以餐为主。这跟我的初衷大相径庭。

离开康珀斯之后,我去了一家叫阿斯卡(Aska)的餐厅。那其实是我和几个在阿特拉的同事合伙开的。开餐厅很有趣,但也很难。这是一家北欧餐厅,位于布鲁克林威廉斯堡的一个设计工作室里。一到周末就会变成一间可容纳350人的夜店。我需要设计一套世界一流的酒水单,以应对这两种截然不同的需求。一开始真是一筹莫展。但是眼见餐厅走向成功也真是一件令人兴奋的事,何况我们成功得很快。

有一天,布莱斯·舒曼来到阿斯卡,静静地坐在吧台,也没跟我打招呼。在 EMP 的时候我见过他,但并不熟。我看他坐在那里,就走上前去:"布莱斯,忙什么呢?"他说:"我就是来这里吃点儿喝点儿。"过去几年我都没见过他,不过我们都住在那附近,所以他来阿斯卡倒也合理。次日,他给我发了一封邮件:"我要去一家新餐厅当行政主厨了,你是否刚好认识合适的人想来当总经理呢?"我回复:"你想找什么样的人?是那种年轻有冲劲的人，干过一些项目，知道如何在互不干扰的情况下与你进行合作？还是想找能力比较全面的人，既资深又乐于学习的那种？你觉得有经验的年轻人怎么样？有一些高端餐饮的经验，但也会经常冒出有趣的想法？"

在邮件的结尾，我写道："比如我，你觉得怎么样？"

后来的事情你们都知道了。我保留在阿斯卡的合伙人身份，雇了一名总经理来负责我的工作，然后在2013年2月和布莱斯一起加入了贝托尼。我是这里的总经理，但也负责鸡尾酒。对我来说，策划、设计并且提供独特而有趣的酒水，是极大的乐趣。这让我的创意有了一个出口，或者说，给了我可以亲自动手的机会。有些人认为酒水仅仅是酒水，但对我来说，每一款酒，尤其是那些我设计的酒，都有自己的故事，或者包含了我个人的回忆。很多酒都能和我自己的经历联系在一起。比如一款最近刚刚才被放上酒单的酒，调制它的时候需要用到一种当季的啤酒，那是格林伯特港的一款叫"黑鸭子"的冰啤酒。我第一次喝到的时候心里就想："我爷爷肯定会喜欢。"基于这种情感上的联系，我设计了这款叫"老狗珊蒂"的酒。传统的珊蒂鸡尾酒一般用清淡的啤酒混合柠檬汽水或青柠汽水。我一直都做珊蒂酒，不过这款不是传统的那种。这款源于我对爷爷的回忆，所以叫作"老狗珊蒂"。

我来解释一下。我还在烹饪学校上学的时候，爷爷会来看我，然后我们会一起喝黑啤。就是那种麦香浓烈醇厚、泡沫丰富的黑啤。所以我一想到啤酒和爷爷，就会想到那种黑啤。我还会想起很多其他事。比如当我去科罗拉多看他的时候，我们会一起去山上露营。我们每次都会生起一堆篝火。爷爷抽那种味道很冲的土耳其烟草。我们还会一起在家里做饭，奶奶总是放很多醋。每次我去看他们，都能吃到蜂巢，把它直接从蜂箱里拿出来，大口大口地嚼。

这些回忆就是这款珊蒂的由来。从令我想起爷爷的黑啤入手，然后我问自己："我该在里面放什么呢？用什么来做甜味剂呢？用蜂蜜吧！"因为每当想起爷爷，我也会想起蜂巢。还能给这款酒加点什么？烟怎么样？不错，因为我们每次总是会在科罗拉多的山上生火。如何把烟混合进这款酒里呢？用烟来熏蜂蜜。这样酒既甜美，又富有烟熏味。现在我需要把它的味道平衡一下。可以像大部分鸡尾酒一样，用柑橘来平衡风味。但是柑橘的味道和黑啤和烟熏蜂蜜的味道不太融洽。那不妨用醋吧，更合适点。奶奶做饭总是会放很多醋。什么样的醋呢？雪莉酒醋，因为是黑色的。黑啤，黑烟，黑蜂蜜。就这样，我做出了这款酒。

珊蒂酒加上碎冰服用更佳，因为冰能很好地中和酒水强劲的味道。如果能在碎冰上添加一些隐隐约约的香气，则是锦上添花。这要如何办到？这款酒里有烟熏味，但并没有烟草味。

烟草味和其他类型的烟味是非常不同的。要不要像托马斯·凯勒[①]和安东尼·波登那样,把香烟泡在某种液体里,然后用这种溶液做菜?有没有其他的方法呢?我去街角的烟草店里转了转,选了一小罐弗吉尼亚的烟草。我把它泡在白狗威士忌里,整个液体变得浓稠强劲,闻起来让你觉得回到了爷爷的书房。我把这种液体喷在老狗珊蒂的碎冰上,这样就大功告成了。

这款酒的成品是一整杯黑色的液体,混合着碎冰,插着一根吸管,就这么简单。看上去挺美,但没什么特别的。接着你喝上一口,立刻就会被层次丰富的风味包围,你能闻到烟草香、麦香和啤酒花的香气,醋的味道让你的舌头遭到重击,但蜂蜜的清甜又包裹着你的上腭,让你感到深深的满足。呼吸之间,你能感受到酒里的烟香萦绕在口腔,甜蜜而美好。而你回过神来定睛一看手里的这杯酒,无非是一杯平凡的黑色液体,加了冰,插着吸管。平淡无奇。每一个喝过这款酒的人,都有过类似的体验吧。当烟熏蜂蜜和烟草味混合在一起时,没有人能逃过这风味带来的怀旧感,所有人都能体会到这种感觉。

布莱斯和我花了大量时间讨论应该如何驱动和启发员工和我们共同进步。比方说,在用餐区域如果发生了什么问题,有些员工的表现不尽如人意,我就会直接指出来。很多次我们都

[①]托马斯·凯勒(Thomas Keller),美国名厨及美食作家。旗下餐厅共获得七颗米其林之星,包括前文提及的"本质"餐厅(Per Se)。

很纠结，在工作的专业度和员工的个人感情之间要如何权衡，因为我知道在这里工作的员工会因为被批评而感觉情感受到了伤害。我也了解，在客人很多的时候，要保证运营不出乱子，要保证所有人都表现出最佳水平，是很困难的事。

人是会犯错的，什么错都有可能。点菜的数量搞混了，上菜的分量不均，还有可能是一些小事，比方客人刚点的酒水写在了单子上，但是单子搞丢了，或者是客人点的单被忘记了。当这类事情发生的时候，有时我会看到员工的眼泪在眼眶里打转，因为他们觉得自己已经毁了客人今晚的体验，一切都不再完美了。即使是最小的错误，也能给我们的团队带来这样大的影响。当看到这一切时，我知道我们拥有了一支百战不殆的团队，团队中每一个成员都和我一样抱有对工作的热忱。这种热忱也是我最珍视的。

8

大锅饭
Crowd Feeding

　　我们都被宠坏了。吃饭的时候就是我们最任性的时候。我们挑三拣四，只在想吃的时候吃想吃的食物。但在某些情况下，你没有选择：吃不吃？不吃拉倒。

　　在这些特殊的情况下，人们用餐时不能离开所在的环境，或是不能放下手上的工作，所以无法选择自己想吃的东西，只能别人提供什么吃什么——某种程度上，就像被动的受众一样。这一章中所提到的做大锅饭的人里，有来自斯塔滕岛第五消防救援队的乔乔·艾斯珀西托，他是一位广受赞誉的消防队指定厨师；有专门为电影剧组演职人员提供餐饮服务的史黛西·艾德勒；还有纽约惩教所的助理所长宝莱特·约翰逊，她负责赖克斯岛监狱的餐饮服务，要操心12000名囚犯和8000名员工的吃喝。

　　史黛西和乔乔所服务的人群还只是"部分被动"的受众——每天工作结束之后，这些人是可以回家的。而宝莱特·约翰逊所服务的就是"完全被动"的受众了。赖克斯岛上可是有不少"声名显赫"的伙计吃过约翰逊的饭——比如1978年入狱的连环杀手大卫·贝尔克维茨（David Berkowitz，又被称为"山姆之子"）；2004年被指控受贿的共和党议员盖伊·维莱拉（Guy Velella）；2009年入狱的前巨人队队员普拉克西科·伯雷斯（Plaxico Burress）；还有1980年射杀约翰·列侬的凶手马克·大卫·查普曼（Mark David Chapman）。

驱车前往赖克斯岛的那个下午，我还是有些许惴惴不安。前往皇后区的一路似乎都有阴云跟随车后，导致我心情更低沉了。陪同采访的工作人员已在监狱外停车场的车里等我。我们一起开过黑森街大桥——那是连接赖克斯岛与外界的唯一道路——然后经过了一个门楼，我们需要出示证件才能继续往里走。我们直接走进了另一栋楼，在安娜·M.克洛斯中心（又称AMKC监狱）后面停了下来。这座监狱以这里的第二位女性主管命名，是赖克斯岛监狱九座建筑中最大的一座。

走进这些楼之前，要经过一系列检查站。我报上姓名，阐明此行的目的，然后迎接我的就是一次又一次检查。有一站是精神探测仪；还有一站我按了手印，然后穿过了两扇钢铁大门。我刚走过一扇门，前面的门尚未打开，身后的门就重重地合上了。一系列检查结束后，我获得了一张探访者身份识别卡，来了一位新的工作人员陪同我。这位身着制服的壮汉一言不发地在前面走,带着我穿过了一条走廊——这走廊长到几乎没有尽头。我在他的身后走着走着,忽然意识到自己正在进入一个只有极少数人能见到的世界。

两条黄色的油漆线把水泥地面分成了三条路。我们走在中间那条路上。此时有一队囚犯在外侧的路上朝我们的方向走来。当我们走近的时候,警卫示意他们停下。他们像排练过一样,整齐地转过身,把额头抵在墙上。看到这一切我很惊讶,看来这是他们路遇访客时的标准程序,以确保囚犯和访客不会看见彼此的脸。

我们终于来到厨房,见到了主管约翰逊女士。我曾在脑海中描绘过她的形象,大概是《飞越疯人院》(*One Flew Over the Cuckoo's Nest*)里的拉切特护士长,或是《芝加哥》里奎恩·拉提法的角色那样强势的女性。但她其实身材十分娇小,六十来岁,穿着彩色套装,非常热情地跟我打招呼。她和助手带我参观了这个巨大的空间,在我看来这里大概有半个足球场那么大,空旷得让人心慌。尽管空气中弥漫着烤鸡的香气,但目之所及一尘不染。场地中间摆着厨房设备——数不清的钢炉和塞满了烤鸡的旋转式烤炉围成一圈,中间是好几排高达 5 英尺[①]、容量 100 加仑的大铜桶,每个桶边都有一个小台阶,人站

[①] 1 英尺约等于 30.48 厘米。

在上面就可以看到桶里的情况。约翰逊解释说，厨房看起来如此空旷是因为现在不是开饭时间。她跟我保证说，这里马上就要开始准备上千个人的饭菜了。我的确看到有一个警卫直挺挺地站在墙边，监视着两名穿着白色连身服、戴着纸帽的囚犯。他俩正在擦着柜台的表面，尽管它看上去已经很干净了。其中一名囚犯稍稍停了一会儿，转头看向我，露出一丝微笑，然后又转过头继续忙了起来。

做完采访之后，我把之前的程序又倒着走了一遍，穿过同样的门，把之前交出去的证件取了回来。我和陪同人员回到车上，沿着大桥向西开去。我以前从未觉得城市的天际线如此美好，我回过头，透过车窗最后看了一眼那座监狱。不知为何，我想起了那个戴着白帽勤勤恳恳擦着柜台的年轻人。我还没想好今晚要吃什么，但我已经知道他今晚会吃什么了。

宝莱特·约翰逊
Paulette Johnson

赖克斯岛纽约市惩教所
NEW YORK CITY DEPARTMENT OF
CORRECTION, RIKERS ISLAND

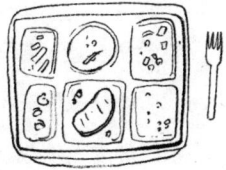

约翰逊看上去沉稳朴实，说话带着老家牙买加的口音，轻柔又充满节奏感。作为纽约市惩教所的助理所长，她负责这里所有的餐饮服务运营，整体监督和指导食材采购、备餐和服务，每天要出餐多达47000份。这出餐量相当于为一座坐满观众的体育馆供餐，一周七天无休。一年下来大约要供餐17000000份。

我觉得纽约市惩教所的厨房是全纽约最大的。这倒也合理，毕竟我们要服务的人那么多。这里一般有约12000名囚犯。赖克斯岛监狱共有九栋楼，大部分囚犯都分布在这些楼里。我的部门负责给他们提供每天所有的餐食。有少量囚犯在外区服刑，还有一些囚犯在当地法院的固定监狱服刑，他们的餐食也由我们提供。另外，我们还为这里的大约8000名员工供餐。

管理这么大规模的地方是一生难得的经验。极少人能有我这样的工作经历。二十年前我申请这份工作的时候，正在为一个医疗养老集团工作。当时我的职位不错,但是干了一段时间后,我觉得自己已经干到头了,是时候继续寻找新的机会了。当时我听说惩教所在给营养服务部门找执行总监,就给他们打了电话。那天包括我在内总共有三个人参加了面试。排在我前面的那个人结束面试出来的时候,我抬头一看,那是个两米出头的瘦高男性,而我只有一米五。我当时心想:"完了,他们肯定不会选我的。一米五的女生?管这么大的地方?没戏!"

但我还是充满自信地走进了面试现场,因为我知道自己的简历非常优秀。现场有五六位面试官,包括首席法律顾问和几个代理委员长都在不停地向我提问。他们给我提了几个关于预算的问题,还问我对于同时运营几个站点有什么看法,我跟他们解释说我一直都是这样的工作模式,目前我的工作就需要同时服务三个站点。他们又继续问:"你觉得管理这么大团队能行吗?"我回答道:"长官,枪的大小不重要,起到作用的毕竟是子弹呀。"

当我告诉朋友们我要去惩教所工作,他们都觉得我疯了。但对我来说,生活应该是充满挑战的,我喜欢挑战,另外,我也很乐观。如果有一件事情必须有人去做,那这个人为什么不能是我呢?

我们总共有十二个站点。每个站点都有厨房,但只有其中五个站点的厨房是设备齐全能正经做饭的。其中,AMKC站点的厨房可以说是全纽约最大的厨房了。这里大概有370平方米，几乎有一英亩地那么大。我们的烹饪设备只有三种：桶、混合式烤炉和旋转式烤炉。设计这个地方的时候，我们特地找了能够负荷巨大烹饪量的设备。这种上百加仑容量的桶就很合适。这种专供机构使用的大尺寸铜桶高达一米五，侧面有个台阶，这样你就能爬上去看看桶里在煮的东西。AMKC有十二个这样的桶。我们还有三台旋转式烤炉，采购时我们提的要求是这些炉子能在半集《法律与秩序》的时间[1]里烤出400份烤鸡。我们的混合式烤炉在同样的时间里能烤出2000份烤鸡。当所有设备都运作起来的时候，要忙的事可真是不少。不过你一旦适应了这种工作规模，要保持它们正常运转倒也不是什么难事。"组织"这个词在这里特别有用。

有一些犯人会在厨房帮忙，不过主要是负责清洁。比如擦地板、擦桌子，还有擦拭设备和工作台。有需要的时候他们还会洗烤盘或者其他烹饪用具。他们会把厨房里的食物从一个站点送到另一个站点，帮助厨师和烘焙师备餐，只是帮忙打打下手，不会真的做菜。我经常纳闷这些男女犯人究竟是自愿来厨房帮忙，还是被分配过来的。如果是我，一有机会肯定会自告奋勇来帮忙。我觉得厨房是个有趣的地方！

---

[1]约30分钟。

尽管犯人在厨房里帮忙的时候有警卫看守，但烹饪用的刀具依然是我们最担心的部分。刀具都锁在特定区域的盒子里。我们称之为"影子盒"。这些盒子都挂在墙上，一旦被打开，就能看到盒内有一张图片，图片上是盒子里所有刀具的剪影。比如说，如果盒子里有12把法式分刀，它们会被用一排钩子挂在12个刀具剪影图片前面。如果有人取走了一把，盒子里就剩下刀的剪影图片，我们就知道有一把刀不见了。我们要用刀的时候，需要找管理员签字领刀，还回去的时候也要签字确认。如果我需要用刀来切鸡肉，那就要去签字借一把刀。离开厨房之前，我必须把刀还回去。因此，在厨房里你是绝对不会看到有刀具到处乱放的。

犯人们每天吃三顿饭。早上五点吃早餐，上午十一点吃午餐，下午四点吃晚餐。这是联邦委员会的标准，不是我安排的。我不知道他们早上几点起床，反正我们五点供餐。赖克斯监狱里大概有170个用餐区，被称为"食品室"或"集合室"。每个食品室大约能容纳50人一起用餐，集合室则能够容纳300人以上。在食品室里用餐的犯人们会先在牢房集合——通常是在警卫的看守下——然后列队走进食品室。食品室其实是一个多功能的房间，有电视、餐桌和椅子，距离牢房很近。饭菜从厨房直接送过来，会有犯人在食品室员工的监督下负责将饭菜装盘，从"送餐暗窗"传给房间里的犯人。

在集合室吃饭的犯人同样也在牢房集合，列队，然后走进巨大的食堂。食堂配有专为犯人设计的桌椅。他们列队进屋，出示餐卡，领取一个已经装好饭菜的餐盘。然后再去饮料机打一杯饮料，找个桌子坐下。一般来说，我们的员工会负责安排他们的座位。

患病正在治疗的犯人，或者需要吃特殊餐食的犯人，也和其他犯人在同样的食堂吃饭。但吃的东西不同。洁食或清真食物是提前做好的预包装食品，我们只需要加热就可以。这些食物都来自经过审核的供应商，并且贮存在专门的冰箱里。我们会给这些犯人的餐盘做上有颜色的标记，分开来保管，这样就不会跟其他餐盘混在一起。

有很多人一想到监狱里的饭，就想到剩饭。他们总是觉得监狱里做饭就是把所有东西都倒进锅里，搅一搅，再倒在盘子里。他们觉得给犯人的饭肯定做得特别凑合，也没必要好好弄。事实上完全相反。我们员工吃的饭菜和犯人一样，只是吃的时段不同而已。比如说员工今天的午餐可能和犯人的晚餐一样。今天员工的午餐吃的是鸡肉、米饭配蔬菜，犯人们吃的是炖菜意面。那么今天犯人的晚饭就会吃鸡肉米饭。

还有些事情大家可能不知道。赖克斯岛监狱的所有犯人目前吃的食物都是有益心脏健康的。这对我来说算是实现了一个梦想。犯人们不会吃到油炸的食物，一点儿油炸的都没有，而且我们也只提供全麦谷物。二十年前，当惩教所施行厨房翻新计划的时候，我们就启动了这个健康食品项目。我们做的第一件事就是从厨房设备里去掉了炸锅。没有炸锅也就不会有油炸食品了，就这么简单。

2006年，国家卫生署宣布禁止使用所有的反式脂肪，这对我们来说是一个特大喜讯。几乎在同时，纽约市长布隆伯格成立了一个食品政策特别小组，总共有12个市政单位加入了这一小组，旨在改善我们日常购买和食用的食物，通过推广健康饮食来消除心脏病。2008年，纽约市颁布了第122号行政令①，我们完全符合其中的规定。这正是我工作的目标。

我们从减少食物的分量开始做起。但是如何在减少食物的同时不招来投诉呢？我知道如果在同样的餐盘里放上比原来分量更少的食物，差别肯定很明显。于是我们就做了小一号的餐盘，这样食物看起来分量就跟以前差不多。但我们也没有瞒着大家。我们在执行此事之前通知了所有的犯人。很意外的是，我没有接到任何投诉或者抗议说饭不够吃、吃不饱。

相信我，如果犯人们对饭菜有什么不满，监狱诊所的营养师肯定会告诉我的。我们还设了意见箱，犯人们如果有意见就可以写下来投进信箱，营养师会安排时间和他们开会讨论。如

---

① 2008年9月，纽约市政府颁布122号行政令，针对纽约市民的肥胖、糖尿病、心脏病问题提出了一系列关于公共机构饮食健康的规范和标准。

果我们提供的午餐他们有什么意见，我肯定是会了解到的——就算不是在他们吃饭的时候听说，也会在饭后从其他渠道听到。他们会告诉我们的员工，员工会告诉长官，然后我们的电话就开始响个不停了。一旦有投诉发生，我马上就会展开调查。我会很小心，让投诉的情况尽量少发生。我们有一个特别菜单委员会，提前试吃为犯人提供的所有食物。我们在这里做的每件事情都是精心计划过的，推出之前都经过反复的测试。

监狱里的早餐跟我们平时吃的差不多：麦片、面包、水果，还有咖啡或者茶。这也算是一种"欧陆风格"的早餐，不过他们每个月只能吃到一次水煮蛋。午餐和晚餐有肉菜、淀粉、蔬菜、新鲜的水果和沙拉。一天下来，赖克斯岛上的囚犯可能比我们许多人吃得还要健康。

这里每年大约要释放61000个犯人。大部分人出狱后都会回到家乡。希望他们能把在这里养成的健康饮食习惯带回家。对我来说最开心的事情是能够帮助这些犯人的家庭改变饮食习惯，尤其是那些对健康饮食一无所知的低收入家庭。

之前我们曾把白面包换成全麦面包，把普通的饭菜替换成低盐餐，把全脂牛奶换成1%脂肪牛奶。在进行这个项目的时候，我听说一个媒体对某个犯人进行了采访。记者问他对这些改变有什么看法，他说觉得自己身体好多了，精神也比以前好。记者问："那么，当你被刑满释放之后，这里的饭菜会对你未来的生活有什么影响吗?"以下的话可都是犯人说的,我只是复述一下:"我真的很长时间都没吃过油炸的、很咸的或者是那种垃圾食物了。所以离开之后我要做的第一件事就是去最近的肯德基买一堆油乎乎的炸鸡。再来点儿薯条。我要好好满足一下自己对这些垃圾食品的渴望。然后我要回家对女儿说:从今以后咱家再也不吃这些破玩意儿了。"

我们这里最有名的食品要数胡萝卜蛋糕了。虽然出了监狱没人知道,但是在这高墙之内可是名声不小。每年感恩节、圣诞节和开斋节,犯人都会帮烘焙师一起做这种蛋糕。这里的每个人——犯人、员工,还有碰巧来探视的人——都非常喜欢这款蛋糕。我们的蛋糕可是真材实料,每一条都塞满了胡萝卜、葡萄干和核桃。一条重达9.5磅,能供25个人食用。我们每年大概会制作2500条胡萝卜蛋糕。食谱如下:

赖克斯岛的胡萝卜蛋糕
25条胡萝卜蛋糕的食谱

25磅糖	25磅面粉
8盎司肉桂	6盎司肉豆蔻
4盎司姜	4盎司丁香粉
6盎司多香果	1磅发酵粉

8 盎司小苏打	8 盎司盐
20 磅葡萄干	25 磅胡萝卜
8 磅核桃	25 磅鸡蛋
3 加仑蔬菜油	8 盎司香草精

1. 将糖、面粉、肉桂、肉豆蔻、姜、丁香粉、多香果、发酵粉、小苏打和盐放在大碗中，搅拌器调至慢速，搅拌 5 分钟；

2. 加入葡萄干、胡萝卜、核桃、鸡蛋、蔬菜油和香草精，继续以慢速搅拌 5 分钟；

3. 把搅拌速度调到中速，再搅拌 10 分钟；

4. 将搅拌后的液体倒入面包烤盘，四分之三满即可；

5. 烤箱温度调至 180 摄氏度，烤 40 分钟。

乔乔·艾斯珀西托
JoJo Esposito

斯塔滕岛第五消防救援队
RESCUE COMPANY 5
STATEN ISLAND

乔乔是在斯塔滕岛土生土长的孩子。他还记得幼时自己几乎是附近所有的孩子中唯一不想当消防员的,但二十一岁那年,他当消防员的哥哥鼓励他去参加消防员考试。他考过了,当上了消防员,一直当到了现在。如今,他服务于斯塔滕岛的精锐之师第五消防救援队。整个纽约只有五支这样的精锐部队,每个行政区有一支。如果有消防员遇难或者火情比较复杂,需要专业的救护能力,那么消防救援队就会来处理。"我们救过的人有困在车里的,有困在水下的,有困在塌陷的工地里的,有困在下水道里的,还有困在电梯里的。只要是你能想到的地方,我们都去救过人。"

乔乔的哥哥在"9·11"救援工作中去世。第五消防救援队也有11名成员在那次救援中殉职。

斯塔滕岛有 24 个消防站。大部分是双排房——一座是消防分队，一座是云梯消防队。消防分队有消防水管和泵，负责灭火。云梯消防队则负责救人。我们的消防站不一样。我们有一个消防分队（每个班组有 6 个人）和一个救援分队（每个班组也是 6 个人）。

我一直都在救援分队工作。从上班的第一天起，我就觉得这里才是自己真正的归宿。消防队的气氛很特别。我们的生活方式和每天的工作都很特别。我们总是在帮助别人。每次我们一出现在事故现场，大家就很开心。当然，当警察也是一件很棒的事，但他们是法律与程序的化身，人们看到警察可不一定开心。我们消防员则代表着生死。我们是拯救生命的好人。

和大家想的有些不同的是，我们并不是每天到处晃悠等着火灾发生。我们会进行灾难演习，检查设备和工具，清理场地，当然，还要做饭。我们也是要吃饭的。如果救援队是十二小时轮班，那么我们就要在局里吃一天三餐。当然如果不幸响起了火警，那我们这一天除了救火救人就什么也别干了。早餐和午餐大家都是随便吃点儿。局里到处都有食物，就自己随便做点儿吃。一周当中，有六天晚上我们会坐下来吃顿像样的晚饭。周日我们会点比萨或中餐外卖。

消防分队和救援分队在一起吃饭。每隔一个月我们会轮到一次班：这个月消防分队负责做饭，下个月救援分队就负责做饭，以此类推。消防分队负责做饭的时候，我们基本上就是在节食，因为他们采购的食物根本不够吃，冰箱总是空荡荡的。屋里一粒粮食都没有，连老鼠都去度假了。而当你发现大家还在吃着三天前的剩饭时，就知道这个月已经轮到救援分队做饭了。到处都能找到东西吃总归是好的，因为大家来上班的时候总是饥肠辘辘。而且吃饱的成本并不高，大概每人多花1美元吧。救援分队做饭的那个月，我通常都是大家的指定厨师。嗯，我可没说是"主厨"。我就是个平平凡凡普普通通的厨子。为什么选我当厨师？你看，我可是这里体重最重的人！因为胖，我小时候没少受欺负，当然也没少吃比萨。但我的确是一个不错的厨子。

我喜欢做饭。对我来说，做饭可能是消防站里最好的工作了。我最喜欢吃香肠通心粉，这是我妈教给我的食谱，非常简单。把香肠炸一下，然后加上两大罐番茄酱，再加点洋葱、橄榄和干番茄，搅在一起。把它浇在刚煮好的通心粉上，别提多美味了。这个菜我最多能做五十人份。再加上一两条意大利面包，搞定。大伙儿都喜欢吃。当然，做饭的时候也不能太全情投入了。毕竟我们是来灭火的。如果在做饭的时候忽然接到火警电话，我们就得在一分钟之内冲出去。我把炉子一关，把做好的东西一盖，就走人了。如果我们回来的时候菜凉了，随便加热一下就能吃。我做的所有菜都是加热之后照样好吃的。

当晚负责做饭的厨子会决定菜单。点名过后，我们就集合，穿上制服，然后出门买菜。我们全队人必须共同行动，因为一旦接到任务，不管当时我们身在何处，都要就地出发前往现场。因此，我们得开着消防车去杂货铺买菜。我们一般会单独找个地方停车，但有时候就只能和其他车停在一起。这样一来大家就都以为杂货铺着火了。通常当日值班的警官会留在车里负责监听无线电广播。

我们走进商店的时候，总是会引起围观。我们这群人不仅身着制服，而且说笑声也很大。我们知道自己有点吵，但因为工作压力实在太大了，所以只好抓紧一切可能的机会偷懒打闹。我们会站在走道里说："咱们买这个吗？""不买，放回去。""这个呢？""也不买！"我们会帮路人拿他们够不着的东西。反正就干点这种傻事吧。有时候我们就像一群小屁孩，跟那些傻乐的六年级孩子没两样。有时我们在店里选吃的，会有阿姨来问："今晚你们又拿着我交的税买了什么呢？"我总是第一个开口回应她："这位女士，您可没给我们买任何东西！纽约市不给我们付饭钱。我们都自己掏钱吃饭。"这些人根本不知道我们自费买的这些食物，有多少次我们吃到一半，甚至有时候菜还没做熟，就得赶紧撂下冲出去救人。

关于做菜，我唯一不喜欢的就是别人的批评。有些人老是对我做的菜指手画脚，我立刻就会骂回去："不喜欢啊？那你来啊！你给大家做点儿啥呗！"他们立刻就惊慌失措地跑走了。但也有人真敢做。有个人，忘了叫什么名字，老觉得自己是个主厨，但是每次做菜都极难吃。他老做一些类似鸡肉配奶油芝士的菜，都是你根本想不到的那种组合。大伙儿吃着都想吐。队里还有些年轻人看了电视上的烹饪节目，就想试试那些新菜。有一次，我的一个队友实在是受不了年轻人做的饭了："行行好，能不能像个爷们儿一样做饭啊？搞个肉饼，再搞个土豆，加点四季豆，我们就很满意啦！别搞这些花里胡哨的东西了！"

在世界上所有的消防站里，厨房都像是宇宙的中心。所有事都是在厨房里发生的，这里基本上算是一个心理诊所了。要是你家里出了问题，在这儿就能找到顾问。不管是孩子还是太太的问题，总有人能给你出主意，有时候帮手还不少。如果你惹上了官司，在这儿能找到律师。身体不舒服？在这儿也能找到医生。我们无所不谈，也无所不帮。即便遇上我们帮不了的事，我们也能帮你联系到能帮忙的人。在厨房里你能获得丰富的信息。当然，如果你有什么不想让别人知道的事，最好就别在厨房里说。人们都说"在赌城发生的事，出不了赌城"。但这里不是赌城，在消防站大家可没什么好怕的。如果你说："我跟你说的这件事，你可别告诉别人！""当然啦，我什么也不会说的！"下一分钟，这件事就会尽人皆知。

史黛西·艾德勒
Stacy Adler

Y-CATS 员工服务
Y-CATS CRAFT SERVICE

她的店位于一个名叫"格林普"的安静街区。这里是布鲁克林地铁线在皇后区之前最大的一个站。附近有不少老仓库被改装成电影工作室。Y-CATS 的总部就是这样的老仓库。她和团队会先在这里准备好大部分食物,然后装车,再开车穿越大半个城市送去剧组。还有些时候她会坐在这儿的办公室里电话遥控现场的工作。她靠着勤劳和拼搏才拥有了今天的事业,但即便公司已经运营了这么多年,她依然认为成功是一种侥幸。

当时我已经干了十年餐饮,真的受够了。我有个朋友是电影制片经理。我跟她聊到自己正在考虑重新选择职业,她建议我试试"员工服务",大意是为剧组提供餐饮服务。她把我带到片场,我看了看现场外烩人员的工作内容,顿时觉得:"这我也能干呀! 不就是做做饭,安排一下,给大家上菜。这能有多难?"

两周之后,我就离职自立门户了。创业的第一天,我翻着电话黄页打了十二个小时的推销电话。大部分外烩服务者的卖点是东西好吃，但我的卖点是服务，我能让桌子上普普通通的食物吃起来有宴会或婚礼的感觉。我在电话里解释了我的服务大概会如何不同。这种假装出来的自信好像还有点效果，周五的时候，我接到了下周一的一份工作邀约。

有一个德国电影制作公司想让我为五十个人供餐。时间是1月，地点在中央公园。我在自己家的厨房里做了些吃的——零食、三明治、甜品，一些能拿在手上直接吃的东西——把自己的两门小汽车塞得满满当当。我抵达场地的时候，室外温度只有-12℃，地上的积雪有20厘米厚。我一边把桌子从车里搬出来摆好，一边感受着风雪肆虐。我事先知道现场会有一辆带发电机的大卡车可以用来插咖啡壶和其他用来加热食物的设备。但我没想到自己会这么紧张，更没想到会冷成这样！打死我也想不到要在户外站上整整十四个小时，因为穿得不够厚而一直在瑟瑟发抖。但毕竟我已经辞职了，现实不允许我失败。对我而言，干不好这份工作就完蛋了。

德国剧组的这个工作结束后，我依旧不停地打推销电话，客户也渐渐多了起来。半年后，我找到了个大项目。我和真人秀《粉雄救兵》[①]剧组签了一份八个月的餐饮服务协议，这是我

[①]此处应指 BravoTV 在 2003 年首播的老版《粉雄救兵》(*Queer Eye for the Straight Guy*)节目。

的第一份长期合约。为电视节目工作是极好的，因为至少不用再担心当月的开销了。我从周一到周五为50个人供餐，还提供零食、饮品和咖啡。过了一段时间后，每天都吃一样的菜难免就有点乏味了。所以我得确保每天都做一个特别的菜。比如我自制的汤，里面加了托斯卡纳白豆、曼哈顿杂烩汤、蔬菜汤、炖牛肉、辣椒。我很快就发现，如果你要连续给剧组做三十天的饭，那么重点根本不是鸡汤到底好不好喝，而是不要让他们抱怨："怎么又是鸡汤啊？"最开始那几天他们一般都觉得不错，但是你得格外注意最后一天吃什么，因为大家只会记得最后一天的食物。

后来，我终于接到了MV制作人的电话——大部分都是那些预算过百万美元的大明星的MV，于是我忽然就成了MV团队的一员。随着生意越来越好，我的工作间终于从家里的厨房搬到了一个更大的地方。我请了一些兼职员工，他们后来都成了我的全职员工。我曾经同时接了五个项目，我买了一辆二手小货车，又买了一辆新货车，一个月后，我又买了第二辆新货车。后来我们买了一辆小卡车，然后又买了一辆更大的卡车。十五年过去了，现在我总共有七辆车，包括两辆巨大的卡车，必要时能直接当成厨房用。

我真的干了很长时间才稍微有一点点成功的感觉。我成长在单亲家庭，跟妈妈一起生活。我老觉得自己还处在挣扎求生的阶段。刚开始自己干的时候，我总是念叨着：不许失败，不许失败。为了让客户满意，我甚至曾经三天三夜没合过眼。长途跋涉去工作更是不在话下。

一般说来，纽约的剧组一个工作日是十二个小时。现在是超级碗①赛季。有一个广告剧组请我去为他们服务，我知道这一个工作日八成得要十六个小时。我们要提前几个小时准备食物，装车，开一两个小时到现场，连续工作十二个小时，如果当天剧组的工作时间更长，我们就要连续工作十五个小时，然后打包，回到店里，卸车。到次日工作开始之前，如果有四个小时能稍微休息一下，就已经是很幸运的事了。

2014年我参与了百威淡啤为超级碗拍摄的一个广告。整个团队连续拍了四天。拍摄的场地在世贸中心的旧址，现在叫自由塔。我们需要早上七点抵达现场。我们有六位员工凌晨四点就去店里装车，五点半就开车离开了格林普，这样才不会迟到。在纽约停车很难，但停车场为了这个项目专门给我们预留了位置。当时，自由塔还没有完全建好，用来拍摄倒是不错。因为视野非常开阔，我们又在第十五层楼，那几天我真的看到了自来曼哈顿之后见过的最美的风景。

---

① 超级碗（Super Bowl）是美国国家橄榄球联盟（NFL）的年度冠军赛，决赛一般于每年1月的最后一个或2月的第一个星期天举行，并伴有演出和庆典活动。因为具有超高的收视率，吸引大批企业在超级碗直播中投放最新广告或电影预告片。

大约早上六点半,我们开车到达现场。工作人员大概要花上半小时帮我们把车停好,然后我们要肩扛手提地把车上满满当当的食物和设备卸下来,再运上十五层。要从一辆停在曼哈顿街道中间的卡车上把东西卸下来可真是太难了。总是有人对我们骂骂咧咧的。我们好不容易把东西扛到电梯旁边,而同时还有其他20个部门的人也在往电梯上装设备。我们又得继续等着。我们是餐饮服务人员,不管我们觉得自己有多重要,在整个团队中我们依然是最不值钱的那群人。摄影师、导演、制作人、美术部门都得排在我们前面。有时候我们光是上楼就要花上两个小时。

我们什么都做,法国生蔬菜盘(crudité)、奶酪拼盘、果干、坚果、有机水果、各种各样的汤、辣椒酱、鸡翅、烤奶酪、烤曲奇饼、长卷三明治。只有想不到,没有做不到。第一天我们就服务了100个人,到最后一天,这个数字变成了500。在广告片里,你会看到体育场看台上坐着成百上千个人,还有人在街上走来走去。所有在片子里出现的人都是我们的服务对象。人真的超级多。拍摄的时候还来了好多超级巨星。我觉得整个拍摄的预算可能得有五百万美元吧。

拍摄团队本来不在现场吃饭的,制作团队会给他们钱出去吃。但这周太冷了,我们又在十五层,所以没人愿意为了一餐饭在冷风中等45分钟电梯。这下我们可是忙坏了,要服务的人一下多了起来。我们尽量满足所有人的就餐需求,在楼里不能用明火烹饪,只能用电。我用的是便携式对流烤箱和汤罐,感觉就像升级版的露营。第一天当我们回到店里的时候已经晚上十一点了。当天严格说来是从早上四点半开始工作到晚上十点半,这就是在剧组十六小时拍摄日时我们的工作时段。

娱乐行业的节奏很快。尤其是广告。他们总是事到临头才预订,因为他们可能要很晚才能知道迈克尔·乔丹(Michael Jordan)周五有档期,于是耐克的广告就得安排在周五拍摄,他们会今天下午给我打电话说:"帮忙安排一下五十个人的早餐和晚餐,就明天哈。"到了晚上他们又会打来:"人数改成一百个。"就算是在家宴客,晚上客人忽然从四个变成了六个,你也已经要忙疯了,或者至少会感到些许焦虑吧。但对我来说,要再多服务五十个人,我连停下来琢磨的时间都没有。在这方面我想自己应该能算得上是个熟手了。

如果有剧组以曼哈顿的街道作为拍摄背景,那么我们的工作就会有所不同。电影公司需要从市长办公室获得许可。他们会前往市长办公室申请说"我们要在 16 街上拍摄",然后向市政缴纳一笔费用。获得许可之后,在几个街区上就会立起"禁止停车"的牌子。然后一队拖车大小的卡车就会拉着拍摄所需的设备,鱼贯而入,停进街里。附近的居民都很讨厌这类拍摄,因为剧组的车不仅霸占了所有的车位,扰乱了周围的交通,有时候甚至让他们都没法好好走路。因为我们和桌上那些看起来很美味的食物一起站在户外,而这些食物他们又吃不着,于是他们也顺带讨厌了我们。

如果我工作的剧组恰好有些大明星,我朋友就会缠着我追问八卦:"他是什么样的人呀?""她跟你聊天了吗?"事实上,越是大明星,对人就越好。通常讨人厌的都是明星身边那些马屁精。比如坎耶·韦斯特(Kanye West)的工作人员,他竟然要求我们在韦斯特经过时转过头去不要直视他。真是莫名其妙。玛丽亚·凯莉通常都会迟到几个小时——但我无所谓,因为我超时工作是会收钱的。在贾斯汀·汀布莱克(Justin Timberlake)走红之前,我们就服务过他;玛莎·斯图尔特坐牢[①]之前也曾吃过我们做的饭。乔治·克鲁尼(George Clooney)?他就是一个超级迷人可爱的普通人。

拍摄的时候,这些明星大部分时间都在工作,或者待在自己的拖车里,不会整天跟我们混在一起聊闲天。但有一次,乔治·克鲁尼走过来拿了一个热狗,路上的行人看到了他,于是纷纷尖叫起来。他真是个巨星,他一走出来你就能感受到四射的光芒。这些明星我都见过。珍妮弗·洛佩兹(Jennifer Lopez)是一个甜美的普通女孩。麦当娜?我没有接近过她,她

---

① 玛莎·斯图尔特2004年曾因获得内线信息抛售股票及误导调查人员被判入狱。

稍微动一下就有大概二十个人围着她。Jay-Z 和碧昂斯？一对璧人。今年夏天我参与了碧昂斯 MV 的拍摄。拍了两天，每天十六个小时。一个三分钟的音乐短片要花三十二个小时来拍摄。这还不包括拍摄前的准备工作和拍摄完的后期工作。

我做这行已经十五年了。这些年来我只在飓风"桑迪"来袭的时候休过假。"桑迪"是一场大灾难。我住在长岛，我新买的房子也和其他人的房子一样在飓风中被摧毁了。那栋房子在挂牌销售之前好几年我就已经看上了，辛辛苦苦攒钱才买了下来。行业内有些客户打来电话说他们想帮忙。他们知道我有餐车，于是让我去灾民吃不上饭的地方供餐，比如斯塔滕岛、洛克威和皇后区。他们给制作公司打电话，让大家付钱雇我开车去给家中没水、没电、没食物的灾民送饭。有些灾民在这种情况下生活了超过一个月。这些制作公司都很慷慨。我为长岛的居民提供了两次服务。一次是感恩节之前，我为现场的救护人员和无家可归的人做了一顿感恩节大餐。还有一次我去市政厅给官员和警察供餐。我们四处奔波了两个月，为数以千计的人送去一口热饭。我给供应商打电话，看有什么就订什么。然后我做上 50 盘土豆泥、意面、烤鸡和炸鸡。我们想给大家吃点热乎食物。早上我们会做鸡蛋三明治和热咖啡。回想起来，这个过程很美好，我几乎没有时间去考虑自己的生活，也没有时间为自己那座毁于飓风的房子而难过。

我妈到现在都不满意我的工作,觉得太忙太累。但当我想不出该给公司起什么名字的时候,她倒是有主意:"叫Y-CATS怎么样?""Y-CATS?什么意思?"她说:"不就是你的名字史黛西(Stacy)倒过来拼嘛。"她说奥普拉就是这么起公司名的,她的制作公司叫Harpo,就是奥普拉(Oprah)倒过来。我想了想,也行,奥普拉都这么起,那我还有什么意见。

9

柜台文化
Counter Culture

纽约这座城市充满了懂吃的人。会有人认认真真地跟你争论六个月的曼彻格奶酪和十八个月的有何区别；或者盖朗德地区的盐之花是不是比雷岛的盐更出色。但这群人可能嫌做饭麻烦，可能根本就没学过烹饪，总之，会说的人不一定会做。幸运的是，他们并不需要会做饭。在纽约，"在家吃饭"主要由两个部分构成：点菜外带，以及外卖送餐。这里说的外卖可不仅仅是比萨或中餐。我们可以先来些薄如蝉翼的索拉诺火腿或是新西兰鸟蛤，然后再点个刚刚杀好蒸熟的龙虾和奶油焗茴香，最后来个梅耶柠檬配无花果的咸可丽饼当甜品怎么样？当然，如果这是一个有二十位国际客人参加的商务晚餐，你可能想稍微升级一下——有人能悄无声息地把这一大堆餐点从他们的车里掏出来然后装进盘子里（当然不是纸盘），没人能发现这些美味的来处。上述一切都可以不费吹灰之力，只要你知道该去找哪个外卖柜台就行。纽约有很多亚文化，但柜台文化显然不是其中之一，因为它太主流了。

今天稍晚些时候，我就要去光顾上述柜台了，因为有一群朋友要来家里吃晚饭。他们各个都说自己没有忌口，但我觉得至少得亲手准备一道健康些的菜。主菜可能是鱼。我住在曼哈顿上西区，所以一般在百老汇74街到80街附近购物。在这段街区，仅仅是在街道的西侧，就有九家可以提供"点餐外带"的商店或餐厅。我尤其喜欢其中的三家。

我首先前往菲尔维商店，这是一个面积有两千多平方米的建筑，在"大萧条"时期它只是一个水果摊。如今，在店铺前的人行道上依然排着一列卖水果蔬菜的小车。这里是个万里挑一的地方。你想要什么都能在这儿买到。想给你的晚宴买一些手工松露意大利饺子？可以。想买些家里孩子最喜欢的水果加黑巧克力口味的卡诗燕麦坚果条？没问题。只有你想不到的，没有在这里买不到的。但我并不很常来。因为整个商店乱得像个动物园，布局毫无章法。切好的西瓜正挨着意大利香醋，过道对面还摆着巧克力裹杏仁（虽然这种杏仁真的超好吃）。光是醋就有至少五十种。（你现在明白我的意思了吧？）货品的摆放已经够令人困惑的了，而你还得在那些乱糟糟的狭小通道上摸索着前进。你的脚后跟很有可能被一位暴躁的上西区老奶奶踢到，因为你毫不知情地挡住了她前往香蕉布丁柜台的道路。那么，为什么还要来呢？因为这里能为你提供超乎想象的帮助。

这里有本地屠夫在处理新鲜的肉类，有一个预处理食品部门，卖的东西有些你甚至都没见过。今晚的餐前小点我想来点洋蓟金枪鱼奶油酱配青豆。呃，在哪儿卖来着？

既然主菜想吃鱼，那么就必须去一趟西塔雷拉商店（Citarella）。它就在菲尔维隔壁，是上西区市场一带最有文化气息的地方。这里连购物推车都没有，只有小小的橘色手提购物篮。柜台里站着衣着端正的工作人员，头发包得一丝不苟，戴着手套。不管你想买什么——切成手指大小的西芹段，还是擦得锃亮的金巴利番茄——他们都能给你搞定。这里的鱼特别新鲜，你都能闻到它们身上的海水味。今晚我想吃红鲷鱼，但有点不想麻烦鱼贩帮我杀，因为怕弄脏他的新围裙，不过我当然还是要求了。西塔雷拉的东西没别的，就是"干净、高级、贵"。这里卖的东西对我来说还是太贵了，但如果有特殊场合需要的话，它就是最好的选择。

我把最好的留到最后才告诉你……扎巴商店。行吧，我承认我是他家的拥趸。他家的一切我都喜欢。我一走进店铺，整个人就被那种特别的气味包裹住了。那是一种混合了酸菜、奶酪、腌鱼、新鲜贝果面包和咖啡的味道，一秒就能把我带回1964年前后的迈阿密海滩。那时我父亲常带着我去"阿妮与里奇"餐厅（Arnie & Richie's）吃烤牛肉："两片烤牛肉——切薄一点啊。"如果我能把这气味装瓶，我一定要在店门口摆个小摊卖气味为生。我喜欢扎巴商店的一切。当然它是有点挤。如果每次我在走道里和人撞上互道一句"对不起"都能拿到一个硬币的话,我攒下的钱已经能买一辈子都吃不完的店内自制巧克力巴布卡面包了。但我愿意为了这些上乘的美味挨挤啊。正想着,我又往自己的篮子里扔了一条巴布卡面包。等等,还是来两条吧。然后我前往熏鱼柜台购买今晚的开胃菜——1磅用加拿大新斯科舍省的鲑鱼做成的薄切熏鱼片,要薄到就算盖在杂志上也能透过鱼片看到字的那种程度。我只放心让列尼·博克来切我的鱼。于是我又得排队了。

列尼·博克
Lenny Berk

扎巴商店
ZABAR'S

八十四岁的列尼是店里唯一一名犹太切鱼工。他当了四十年的注册会计师,然后卖掉了自己的事务所,想四处看看有什么跟数字无关的新工作可以做。某天他从友人处听说,《纽约时报》上刊登了扎巴商店正在招聘熏鲑鱼切工的广告。他是扎巴商店的老主顾,觉得这工作听起来不错。"我就想,为什么不去试试看呢?每次我去买熏鲑鱼,都是买一大块回家自己切啊。这活儿我肯定能干。"一转眼,他已经在这儿干了二十年。

我给店老板索尔·扎巴(Saul Zabar)发了一封传真,把我的各种执照都一一列了出来,又写了一堆话吹嘘自己多么靠得住。他给我打电话说,他不相信一个注册会计师会想要去切鲑鱼。他说:"我拿不准,要不你来咱们见个面,看看怎么安排?"我当注册会计师的时候一个小时赚200美元。我知道他肯定觉得我不是真的想干这份工作,但是他又没法不让我试。

于是我就去了店里，他立刻给我套上一件白外套，带我走到柜台后边。当时店里有一个叫杨大伟的中国切工。事实上当时切鱼的大部分都是中国人。老板把我带到柜台后，对杨大伟说：“你给列尼示范一下怎么切。”大伟是一个沉默寡言的人，索尔离开柜台之后，他对我说：“看着！”除了这俩字再没说别的。

于是我就乖乖看着。大约看了一个小时，店里渐渐忙了起来，有几位女士走向柜台，问我：“你有空吗？”于是我就操起家伙开始干活儿了。那天快收摊的时候，索尔走过来和杨大伟聊了聊，然后对我说：“要不你明后天再来试试？”我说：“好呀！”我到现在还记得那几天发生的事。一个人跟我说西班牙语，另一个人跟我说中文，我根本不知道他们在说什么，只知道频频点头，因为我不想让他们不高兴。

过了几天，索尔下楼来告诉我：“我很想雇你，但因为你以前从来都没干过这个，所以你只能志愿在这里试着干。”你跟一个来应聘切鲑鱼的人说他要志愿工作？很多人甚至不知道"志愿"[①]是什么意思吧！但我同意了。我又干了两个星期，每天两个小时。终于，索尔把我喊去他的办公室说：“行吧，志愿工作期结束了。从今天起我给你按时计酬。”

但我个人觉得，他原本就只是想用"志愿"这个词而已。

[①] 原文"pro bono"源自拉丁语，指为了公共的福祉自愿无偿提供专业服务。

十八年后,我依然在这儿切鱼。让我坚守阵地的原因是这里的顾客。顾客们太有趣了。这里是纽约,又是在扎巴商店,很多有趣的人都会来这里买东西。有一次,一位大约八十岁的老太太走进店里,身边有个人陪着。她走向柜台,用浓重的犹太口音对我说:"不要太咸的!"当时我已经干了五年了,打算把这位难搞的顾客的要求当作练手。于是我说:"行!不要咸的!"后来,她每周都会来,持续了一年,而且每次她都等着让我给她切鱼。我能感觉到她逐渐信任了我,所以每次她来柜台找我的时候,什么话都不用说,我们通过鲑鱼建立了一种非常有趣的联系。我们会朝彼此微笑,聊聊和鱼相关的话题。有一天,一直陪着她的那位女士自己来了,老太太没有来。我向那位女士问起老太太,她说今天她不过来。"她还好吗?""她没事儿。"我想,毕竟她还会订熏鲑鱼,所以胃口应该还不错。再说,熏鲑鱼 1 磅要卖 35 美元,所以她的经济情况应该也还行。那位陪同女士说:"呃,您知道她是谁吧?"但是我并不知道。"她是伍迪·艾伦①的母亲。"

即便对方一言不发你也会喜欢上对方,这真是一件很妙的事情。而有的人一言不发也能招你讨厌,这也挺奇妙的。这种内心的联系在人类社会中无处不在——甚至也存在于柜台的两

---

①伍迪·艾伦(Woody Allen),美国著名电影导演。其母为内蒂·柯尼斯堡(Nettie Konigsberg, 1906—2002)。

端。有些客人我不太喜欢，但我觉得他们感知不到，因为我总是努力表现得尊重每一位客人。我切鱼的头十年，根本不在乎客人是谁，就当他们是英国女王来伺候。过了十年，我就对那些态度不敬、令人厌恶的客人失去了耐心。所以有时候我会反唇相讥，但有时候也会稍微给他们一点面子。如果当时的情况我没法控制，那么我就只管埋头工作。

有些客人被我们称为"专业试吃员"。他们会问："我能试下这个熏鲑鱼吗？""可以。"但其实他们没打算买。于是他们又接着问："你们的白鲑鱼怎么样？""很不错。""给我来点儿试试？""行。"然后他们又会问："你们的鲟鱼味道好吗？"我不得不说："每人只能试吃两次。"多年前，我愿意让他们想试多少次就试多少次。但我毕竟不是卖午餐的。总有人专门来店里免费试吃个没完，你隔着一里地都能认出他们来。

多亏这份工作，我没有跟社会脱节。我精力充沛，脑子也很清醒，工作对我来说是一件至关重要的事。多年来一直如此。我想不到自己还能有什么比这更好的工作了。切鱼，聊天，跟客人交朋友。这很有趣。有些同事说："噢，再干一小时我就能下班啦！"而我会想："还有一小时就要下班了……幸好明天还能回来工作。"

克里斯·伯加蒂
Chris Borgatti

伯加蒂意大利饺子和鸡蛋面
BORGATTI'S RAVIOLI & EGG NOODLES

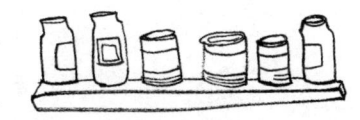

纽约的意大利区不在曼哈顿,而在布朗克斯。沿着亚瑟大道一直走下去,有一整条街出售各种各样的香肠、糕点和意面,还有其他意大利食品。克里斯的店铺就在这条街上。店铺小而明亮,两个相邻的房间挂满了伯加蒂家族几代人的照片。这里的意面都是按需定制的,已经持续了八十多年。这天下午,有一位客人走进来,静静地看着柜台后的服务员把一张张现做的面片送进手工切面机,切出一条条直径约3毫米的细面条。服务员称好面条,用油纸包裹好,交到客人手里。

克里斯·伯加蒂带我走向店铺后面的房间,我们在一张他祖父留下的金属小桌前坐下。他指着桌上一块脱漆的补丁,打趣起了它的历史:在这张桌子上人们吃过多少餐饭?付过多少次账?见识过多少种菜单?伯加蒂已是知天命之年,但看起来要年轻得多,他将此归功于自己一直"过得不错"……

亚瑟大道不仅是一条街，更是一个社区。我从1976年就在这里了，见过这里的生意百态。没有人是真的想要离开这里，主要还是受大环境所迫。这附近有些店铺已经运营了三四代，甚至五六代。比如戴德尔兄弟（Teitel Brothers），这是一个进口意大利特产食品的犹太家族，已经在这里经营了近一百年。马利欧餐厅（Mario's Restaurant）已经延续了五六代，阿图索点心铺（Artuso Pastry）开了超过六十年，埃吉迪奥的点心店开业于1912年，比昂卡迪肉店（Biancardi Meats）大概经营了四代。鱼市场、兰达佐的店铺、康森扎的店铺……太多了，数都数不完。

我是我们家的第三代。我的祖父母，林多和玛丽亚从博洛尼亚移民过来的时候带了六个孩子，其中一个就是我的父亲。我祖母是个好厨子，于是他们就白手起家开了这个小店为生，卖我祖母做的食物，主要是意大利饺子和鸡蛋面。就是这么个小本经营的店铺，在大萧条时期养活了家里的六个儿子还有其他一些领养的孩子。我觉得我们再也不会见到这样的一代人了。

随着父辈逐渐老去，几个叔伯逐渐转行，我父亲正式接手了这个店铺。1976年，我高中毕业，该决定是继续念大学还是回家继承父业了。对我而言，这根本不需要选择。因为我真的很想和父亲一起工作。从小到大，父亲一直忙于工作，极少有机会跟我们团聚。在这里工作就能让我每天二十四小时都和他待在一起。于是,十八岁那年,我成了伯加蒂生意的第三代传人。四十年之后,我依然和父亲在一起工作。他今年九十六岁,不像过去一样每天都来店里了。但相信我,他还是工作得很投入。

生意里的父子关系一般分为两种,一种是儿子急不可耐地想要改变一切,就嫌改得不够快。还有一种就像我和我父亲一样。我是那种墨守成规的儿子。这么多年来,我爸的生意经从来没有变过。他说:"克里斯,一切从简啊,一切从简。"他的意思是:做饺子就得像你祖母那么做。大部分时候我还是很听话的,但有时候也得顺应时代的变化。每个生意人都会告诉你,你无法停止时代前进的脚步,如果故步自封,时代就会抛弃你。

互联网极大地改变了人们的购物方式。如果顾客不再像以前一样常常亲临店铺,那么你就该把产品送到他们手里。这也一直都是我生意计划的一部分——拓宽伯加蒂饺子的销售渠道。问题是,我们的品牌象征着高品质。我是否愿意为了增加销量而冒降低品质的风险呢?不见得。但是我已经开始尝试慢慢做一些改变和调整了。

在过去的一两年里,我父亲对店铺的介入逐渐变少,这也给了我一些发挥的空间。然而他依然在鼓吹那些最基本的奶酪、肉类和菠菜饺子有多么好,其他东西在他眼里都是"昙花一现"。我已经默默尝试了一些新产品。比如说今年我们在秋天推出了一种南瓜馅的饺子，还有里科塔奶酪馅、菠菜馅和蘑菇馅。我还设计了一款新菜单，把进口的干牛肝菌和一种智利产的蘑菇混在一起做馅。每次我们给面条准备面团的时候，我都会做一批有趣的新产品。比如今天，趁着我爸不在，我们做了墨鱼汁面。

你说说，你能相信吗？我都五十五岁了，还要趁我爸不在的时候才能搞些小动作。

我一直觉得这仍是我祖父母的店铺。说来神奇，他们只是埋头做面，却把这个地方经营得有声有色。最近，我们作为亚瑟大道上历史悠久的店铺之一，获得了很多电视和平面媒体的报道。观光车开始把我们店作为一个景点，游客们纷纷前来打卡。他们会在店里跟那台老式切面机合影。但事实上，我们的大部分顾客不是来合影的，他们是来买面条的。从这个角度来说，我爸是对的。伯加蒂的终极价值，始终是饺子。

阿伦·托尼·夏姿
Alan Tony Schatz

夏姿肉铺
SCHATZIE THE BUTCHER

我们坐在上西区一家小肉铺后面的木凳上,身后有一扇巨大的钢门通往冰库,阿伦先生的肉就在那里储存着,肉排的熟成也在里面完成。我们左边摆着一个闪闪发亮的箱子,里面放着我们能想到的各种各样的整肉。切过的肉则放在别处。肉铺门上挂着一块看板:"鲜肉现切。"

肉箱对面的墙上,挂着二十世纪三十年代店里旧冰箱的门。以前每次店铺搬迁,他祖父都会带上这扇旧门,安在新冰箱上。他至今还沿用着父亲用了五十年的比罗牌肉锯。他为人和蔼可亲,嗓音低沉悦耳,穿着屠夫的白色短外套,看上去有点疲惫。我们在聊天的时候,一位五十岁左右的风骚女子牵着狗停在店门口。根据法律,她是不能把狗带进店里的,于是她站在门口点完单就走了。"我喜欢女人,"他说,"这份工作里我最喜欢的部分就是女顾客,一直如此。"他今年六十八岁。

我当了五十五年屠夫。我父亲、祖父、曾祖父都是做屠夫的，整整四代。我十一二岁时开始学切肉，我的技术指导其实是我父亲的助手。我父亲没法亲自教我，因为教自己的亲儿子杀猪是很困难的，俩人总归要吵起来。你看看我就知道了。我儿子现在跟我一起工作，我俩一天到晚都在吵架。他不想像我干得这么拼命。年轻人都这样。我最开始生气就是因为他不像我这么努力工作，我一周干七天，每天十八个小时。但我越想越觉得，他可能的确不需要像我这么勤劳。他不用像我这么早开工，因为现在已经没人这么早上班了。我的职业操守要求自己这么做，但不能强求他也跟我一样。我是把他给宠坏了，送他上私立学校，去露营，去欧洲，他想干什么就干什么。但现在他该学会谋生了，所以我就把他弄到店里来了。

我的梦想其实是当歌手。当我终于鼓起勇气去加州试试看能不能当个歌手时，收到了父亲去世的消息。于是我只得回到布朗克斯接管这个肉铺，梦想就这么结束了。

这些年世界变化得太快。我年轻的时候，每天早上四点就起床了，然后开着自己的卡车去布朗克斯的市场选肉，再回到店里，一直工作到晚上七点关门。一周工作六天。周日我们休息，但我还是会去店里检修机器，确认一切设备都正常运转。我父亲以前也是这么干的，所以我如法炮制。十五年过去了，1969年，我从布朗克斯搬到了曼哈顿上东区的麦迪逊大街。那是个夏天,我很快就发现所有肉铺周六都休息。我立刻对老婆说:"咱们周六营业吧!我们会是唯一一家开门的肉铺,生意肯定很好!"说来生意还真是好,第一个周六我赚了20美元。第二个周六,我老婆推着婴儿车来店里。当时是下午一点,我才赚了15美元。我说:"算了算了,周六咱还是别营业了。"上东区的商店周六都不开门,因为所有人都在汉普顿的另一套房子里过周末。后来上东区的租金涨得离谱,于是我两年前搬来了上西区。现在我又开始一周七天都营业了。

如今的世道,有很多事跟以前都不同了。我小的时候,每天从上午十点一直到晚上,店里都会有女人来光顾。如今女人都当上律师了,也不在家看小孩。所以店里的生意直到下午四点才会好起来,越晚越忙。周六生意最好。店里如果有30辆婴儿车的话,有28辆都是男人在推。这些男人就像以前的女人。我觉得男人身上发生的改变比女人还要大。

我还记得妇女运动刚开始的那会儿。有些事情你可能都不敢相信是真的,我光是想想都觉得好笑。有一个周六,一个男人和他老婆一起来店里买肉。她走在他前面,看来看去。"嘿,老夏,最近怎么样?"她跟我打招呼。他推着婴儿车走在她身后,背着个背包,胸前的婴儿背带里还坐着一个宝宝。他老婆在跟我聊天的时候,车里的婴儿忽然开始哭闹着要喝奶。于是男人想从背包里拿牛奶,但因为胸前挂着一个宝宝,所以手够不着身后的背包。他竟然没有开口向老婆求助,就让她自己在那儿逛着。我目睹了这一切。他放下胸前的宝宝,脱下背包,包里的东西撒了一地。他正在找牛奶的当口,孩子又哭了起来,他顿时手足无措。而他老婆正在忙着挑选马苏里拉奶酪。

男人在地上翻找着牛奶,一筹莫展。他看向我,我看向他的老婆。显然她的眼里只有奶酪,不然至少也要帮帮自己的老公吧。我跟你说,可能我这人有点老派,这种事情我真的忍不了。

如今专业的屠夫越来越少了,因为他们都死光了。再也没人想当屠夫了,大家都想当电影明星。你知道有谁想当屠夫吗?没有吧。大家觉得干这行不体面。这的确不算体面。但我个人觉得吧,赚钱比体面更重要。

人们都看不起当屠夫的,现在这对我倒没有什么影响。但我年轻的时候,还是挺受打击的。我从来没问过别人的职业,从来没问过。首先,我不在乎这些;其次,做什么工作又有什么区别呢?当然,在纽约,90%的人都会在对话的前三分钟就告诉对方自己的职业。你肯定会这么干,因为你需要弄明白你和对方谁的级别更高。

我敢打赌,如果在聚会上有人问我:"您是做什么工作的?"我回答:"我是开肉铺的。"然后他们又问我哥:"您呢?"我哥说:"我是脑外科医生。"大家就觉得我哥的社会地位要比我高得多。我不喜欢这样。

父亲过世后,我独自在布朗克斯经营肉铺长达十二年。肉铺位于非裔和波多黎各裔聚居的地方。那些人夜里会到店里来送我上车,我是很受尊重的。我毕竟是一个店铺的老板啊。烟铺的老板和家具店的老板也都有这样的待遇。但当我到了麦迪逊大街,所有人都觉得我是个送外卖的。

我觉得自己能坚持下来的唯一原因就是,干这个真的很赚钱。虽然我们不该用财富多寡来评价自己,但如果你需要钱而工作又能帮你赚钱,那就好好去干。我二十七岁那年,在公园大道买了一间公寓。然后我每三年都会买一辆新的凯迪拉克。我觉得自己跟华尔街和时尚界的那些人没什么两样,尽管他们可能觉得自己比我高端。有钱的确让我自我感觉好得很。

最近几年盛行的素食运动对我完全没有影响。因为那些真正吃素的人本来就不是我的顾客。说实话我根本不在乎别人吃什么做什么。你想吃素?没问题。你别来对我卖肉指手画脚就行。

如今,大家对于吃进嘴里的东西深感焦虑。他们需要确切地知道自己吃的动物是用什么饲养的。你想象一下,他们会问这样的问题:"这个肉是草饲[①]的吗?"我说:"是草饲的呀。"他们又会问:"是全草饲的吗?"我说:"全什么?什么意思?

[①] "草饲"(grass-fed)指放牧养殖,但有可能在成熟期会使用谷物饲料,所以又出现了强调从头到尾都是放牧草饲的"全草饲"(grass-finished)一词。

这就是草饲的呀。"他们说:"草饲并不意味着是全草饲。"我当时心想:"那你就别买啊!你到底想知道什么?"但我当然没有说出口。我不知道"全草饲"是什么意思,他们很可能也不知道。我觉得他们就是在哪里读到了这么个词而已。

我的店里也卖鸡肉。普通的鸡肉1磅也就2.98—3.29美元,这些鸡都是散养鸡。我也卖有机鸡肉,6.98美元1磅。有机鸡肉其实我不怎么赚钱,但顾客有这种需求。我觉得这挺扯的。有机鸡必须喝有机水吃有机饲料长大,要经过政府认证。就为了这些有机水和有机饲料,你要为一只3磅重的有机鸡花上21美元——如果客人坚持需要,我是很乐意卖给他们的——尽管我卖的普通鸡肉也一样好吃。我卖的普通鸡肉里没有防腐剂和添加剂,但是客人们不接受,他们非要买有机的。一切都要确保纯正无污染。行吧,你想象一下,如果一只有机鸡正在后院里吃着它的有机草,忽然有只鸟飞了进来,在草地上拉了一摊屎。那这片草地还是有机的吗?那么为了养出一只100%有机的鸡,咱们就得把鸡关进笼子里。它们不能出去溜达玩耍,只能在笼子里闷着,这才是真正的有机。有机鸡看起来都弱不禁风,吃起来也没什么特别。而你竟然因此非常高兴,因为它获得了人性化的对待。

我儿子理查德十岁的时候,有一位女士来店里买肉。他想帮忙,但是年纪太小了所以只能眼巴巴看着。我说:"您想要些什么?"这女的就开始对我大放厥词说教起来,说小牛多么可怜,年纪小小就要被屠杀。她更希望它们能被人道地对待。我十岁的儿子开口说:"那么,我们人道地对待这些小牛之后,再把它们杀掉,这样做还算人道吗?"那位女士只得默默看着他。其实,她只是希望确认她的牛排还长在牛身上的时候被好好对待过。

你可以买到新鲜的肉,也可以买到散养的肉,还能买到经过认证的有机肉。有机肉是吃着有机饲料喝着有机水长出来的,不能碰其他非有机的东西,但你知道这根本就是不可能实现的。

牛肉分为四种。等级从高到低分别是:特级牛肉、精选牛肉、普通牛肉和罐头牛肉。最后一种基本上就是狗粮了。大部分超市里卖的都是精选牛肉和普通牛肉,我卖的是特级牛肉。一只牛身上只有2%的特级牛肉。华尔道夫和棕榈泉这些高级酒店和餐厅用的都是特级牛肉。另外,你是买不到特级有机肉的。为什么呢?因为特级牛肉只能产自谷饲牛。牛吃的谷子越多,脂肪就越多。吃谷子的牛,肉会呈现出淡红色,脂肪丰满地分布其中,形成我们所说的大理石纹。这才是最好的牛肉。脂肪是造就特级牛肉的关键。你看看我本人其实就是一种"特级肉",我有很多脂肪。所以对于肉类来说,动物越肥,它的肉越高级。

有机牛肉是草饲的。它们不摄入脂肪。如果牛除了草什么也不吃,那么宰杀之后它的肉就是红色的,没有大理石纹。我觉得吧,如果你要买牛排,你该担心的根本就不是健康。你该对自己说:"我要来一块我能买得起的最好的特级牛肉。一周吃一次,或者两周吃一次,也比每隔一天就吃一回次等货要强。"

曼哈顿西区基本上可以自成一州,就叫"美利坚合众国上西区州"吧。纽约的东区和西区差异之大,简直就像白天和黑夜。西区人觉得自己比东区人时髦,东区人觉得自己比西区人有钱。我觉得西区人的确比较聪明,但他们觉得自己是绝顶聪明的。在西区,我们的鸡肉加两个配菜一共卖 9.98 美元,加上税是 10.87 美元。你知道有多少人进来一看就说:"这难道不应该是 10.85 美元吗?"这就是个小到我懒得改的错误,只差两分钱啊!

东区的顾客会问:"多少钱?"你说了价格之后,他们会说:"行。"我们西区的客人呢?"哎呀放回去吧,不买了,太贵了。"两个街区的人截然不同。但西区的人口比东区多很多。曾有一对夫妻进店里来逛了 20 分钟,然后问:"能给我拿一根香肠吗?"我很想对他们说:"这是个肉铺,又不是时装店。"东区的顾客根本不会买香肠,因为太肥了。西区的客人会一边买一边抱怨。在这两个地方开店的体验完全不同,很有意思。

像我们这样传统的肉铺几乎不复存在了。今天的年轻人根本不在乎肉铺,他们都去超市买菜。他们还会给"新鲜直达"（FreshDirect，一个网上食品店）打电话订菜。他们根本不知道自己吃的是什么，他们也无所谓。如今甚至有些人，自己动手做了一道鸡肉菜，就觉得已经能自称"吃货"了。所以当有人走进店里惊呼："哇！一家传统的肉铺哎！快给我一块牛排！"我就感觉特别好。我选一块牛排，上秤称好，拿油纸包起来。客人付钱。真好，就像从前一样。

罗伯·考夫特
Rob Kaufelt

穆雷奶酪店
MURRAY'S CHEESE

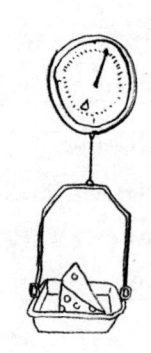

他的祖父以撒·考夫特(Isaac Kaufelt)是波兰移民,在新泽西开了一家食品店。二战后,以撒和儿子开了该地区的第一家超市。后来,这家超市发展成了一家连锁高端超市——梅菲尔超市(Mayfair)。1972年,罗伯大学毕业,进入该超市工作。他花了八年时间轮岗了所有部门,然后成了公司的总裁。

可能每个人的情况不同吧。但对我来说,不管职位是什么,跟家人一起工作都是非常困难的。如果你很有主见,就更是如此。我就是这样的人。所以三十八岁那年,我决定离开梅菲尔自己创业。我爸对我此举的态度,用"不高兴"已经不足以形容了。但反正木已成舟。

我的首次创业是在新泽西的萨米特区开了一家特产食品店,后来我在普林斯顿又开了一家。萨米特区的那家店非常成功,但第二家店是在1987年股灾时候开的。普林斯顿分店的开店成本极高，结果并没有获得预期的成功。其实就是彻底倒闭了。店铺倒闭后，我觉得自己受够了新泽西这个鬼地方。我把萨米特那家店卖了，成了无业游民，然后去纽约看看自己接下来要做什么。

我搬进了我哥在曼哈顿西区的旧公寓，想看看在食品行业能找到什么工作，结果并没有我心仪的岗位。某天，我正在住处旁边的穆雷奶酪店排队买三明治，无意间听到老板路易斯·图达（Louis Tudda）说他打算把店关了搬回意大利。路易斯是从卡拉布里亚来的意大利移民，一直在给店铺的创始人穆雷·格林伯格先生（Murray Greenberg）打工。穆雷于1970年将店铺卖给了路易斯，而现在路易斯打算退休了。于是，我们很自然地达成了协议，我成了纽约历史最悠久的奶酪店——穆雷奶酪店的第三任老板。

彼时，我对之前创业的失败依然耿耿于怀，心里只想好好享受一下静谧的西区生活——我觉得开个小店或许是这种生活的美好开始，也没打算发大财。我觉得如果一年能赚到五万美元，够付房租，能负担得起几周假期，就足够了。我对这家店毫无期待。那时，父亲和我的关系依然很微妙，但我仍打电话告知他我开店的计划。他说，在全世界都在担心胆固醇过高的时候，你却买了个奶酪店——好吧，事实上他说我根本是丧失理智才会干出这样的事。事后想想，可能正是这些话迫使我想要证明他是错的。不过当时我倒是觉得他的话蛮有道理。

1991年5月27日，新店开业了，那天是阵亡将士纪念日。我承认自己有点紧张。我创过业，知道自己做生意并不容易。但作为这个街区的新人，我非常幸运地获得了邻居齐托兄弟的帮助。齐托父子面包房（Zito & Sons）的历史比穆雷还要久。这对兄弟是老板的儿子，两人都是移民。我在奶酪店里代售一些他们的面包，时常会去他们店里转转。他们会告诉我一些做生意的小窍门。

我到现在还记得，有一天早上我在他们店里时，一位女士走了进来。当时齐托在看店。他是个六十来岁叽叽歪歪的意大利老头儿。女士走向他，问道："这面包新鲜吗？"我从小在新泽西的一个小镇长大，家里店铺的客人大部分都是犹太人。每天我都能听到他们给我爸妈打电话抱怨店里这不好那不好，所以很习惯听见客人说这类的话。并且我从小就格外彬彬有礼，因为顾客永远是对的。但我却听到齐托对那位女士说："你说什么？"女士说："我说，这面包新鲜吗？"齐托："出去！"女士："你什么意思？"齐托："你给我出去！怎么会有人敢问我的面包新不新鲜！"于是那位女士因为伤害了他的感情而向他道了歉。但他不依不饶："不行，太迟了！"他真的把她赶出了店铺。我说："哇，齐托。我真不敢相信你会这么干！那位女士回到家肯定要把这件事告诉自己的20位朋友，然后那20位朋友又会分别告诉自己的20位朋友,这就有400个人知道这件事啦!很快整个纽约就没有人会来找你买面包了。"他说:"不会的,别担心。她会比以前更想要吃到我的面包。她肯定会回来的。"后来她果然又回来买面包了。我确定这种类型的沟通是很需要技巧的,但我不知道其中的技巧到底是什么。

全世界大大小小的企业家都生活在一种持续的恐惧中,大家所害怕的无非是同一件事——失败。做生意的时间长了,安全感可能会稍微强一些。一旦获得成功,也会多一些自信。但那种恐惧绝不会彻底消失。不过失败并不是世界末日。现在回想起来,我觉得如果没有经历过失败,很难成为一名成功的企业家。而恐惧也不是你的敌人。不管是像乔布斯和苹果这样顶级的企业家和公司,还是像穆雷奶酪店这种本地小店,恐惧都是必要的。当我们犯错的时候,恐惧迫使我们思考究竟做错了什么。只有通过思考,才有可能发现错误,并且避免重蹈覆辙。

因此我也对之前的失败进行了一些思考和总结。此前创业带给我最重要的经验是不要负债,以及不要投入过多的资金。当然,这说起来容易做起来难。食品零售的成本非常高,因为需要采购很多冷冻和冷藏设备。城里的租金昂贵,奶酪生产非常耗费人力和仓储费用。仔细一想,食品行业几乎具备了现代互联网企业或者金融机构所不具备的一切特点。比方说,我们的劳动力和设备普遍比较老旧。以前,我从那不勒斯前往庞贝的时候，看到过人们在重修一个观光景点的古市场，那里有酒商、油商和橄榄商。我当时想："这不就是我正在干的事吗？两千年来没有变过啊。"有人负责制作或者采购油或酒，然后带去市场上以略高于成本的价格销售。这是资本主义在最细微处的体现。

想要在奶酪行业里闯出一片天，要考虑很多因素。比方说，奶酪是很容易腐烂的，所以需要控制库存。另外，还得祈祷千万别发生什么无妄之灾，比如断电。虽然发生的概率很低，不过的确可能发生。纽约城里有各种各样的监管机构——这些人四处检查、收费，有可能给你开罚单，甚至把店铺关掉。所以处理和监管部门的关系也是需要考虑的一个因素。另外，我们的毛利很低，但竞争非常激烈。食品行业天生就竞争激烈。好的方面是这个行业看得见摸得着。食品是实实在在的，人们必须有吃的，必须亲自吃饭，吃饭这件事不能外包出去让别人干。而且因为食品是定期消耗品，需要持续补充。所以最终，这个行业的竞争核心还是产品、价格、便利和服务。就这么简单。

我觉得自己此刻同时身处三个食品世界里。第一，特产或零售的世界——穆雷目前有两家食品店，并且在全国的超市都有穆雷的奶酪专柜；第二，很多高端餐厅的菜单上有奶酪类的菜品，而穆雷是它们的供应商；第三，穆雷也进军了餐饮行业。

我们刚刚在奶酪店隔壁开了第一家餐厅，打算以后开更多的连锁店。在短短二十年里发生了这么多事，真是个奇迹。我必须要感谢出色的员工们。我们团队由大约一百位聪明的年轻人组成，他们的平均年龄在三十岁上下，和他们一起工作非常愉快。尽管这也让我有时候觉得自己像个共和党人，但奇怪的是这感觉并不像想象中那么糟。另外，我早已跟我父亲达成了和解。信不信由你，他现在可是我最大的支持者。

查理·萨哈迪
Charlie Sahadi

萨哈迪
SAHADI'S

我曾在某处读到过,有顾客问查理·萨哈迪:"最好的橄榄是哪种?"他回答:"如果世界上只有一种'最好的橄榄',那我为什么要进32种货呢?"这个答案很好地总结了这家店及其老板的调性和风格。

随便挑个周六走进萨哈迪,这里都挤满了人。大家在熟食柜台前费尽心思想挤出个地方。每个人的篮子里都堆满了成罐的无花果干和橄榄。大家彼此寒暄,满场追着自己乱跑的小孩,向一袭蓝衣的店员提各种各样的问题。查理喜欢这种乱糟糟的场面。事实上,如果不乱,他倒要不高兴了。他身材高大,头发灰白,性格温和友好,说话的时候眼角泛起皱纹。"你想来这里工作的话,就会看到求职表上的第一个问题是:你是不是疯了?如果你的答案是肯定的,那就来上班吧。"

除了开店,我从来没有过其他的梦想。我就是在这个市场里被训练出来的。小时候，我每个周末都在这里度过。我当然也想出去打篮球，但是家里生意需要我帮忙，而且我的确也喜欢投入其中。刚开店那会儿，我们什么都卖，店里还有成堆的糖果和坚果。所以，我名副其实就是一个糖果店里的小孩。你说我还有什么不满意的？

（二十世纪）五六十年代的时候，我刚开始在店里工作。我们店和其他店都不一样。一般说来，你走进一家熟食店，肉和奶酪是可以按照你的需求切好的，沙拉是新鲜拌好的。但除此之外，店里的其他商品都是早就包装好了的。但我们店不是。一直以来萨哈迪都更像是一个食材店，我们按重量销售你需要的所有东西。店里摆满了大罐和大袋装着的各种原材料。所以假如你的食谱需要"三茶匙松仁"，你可以直接来我们店里买几盎司松仁。

我们也是一家严格的中东食品店。那个年代，如果你来自叙利亚、黎巴嫩或是埃及，就一定会来萨哈迪买东西。因为只有我们才知道什么是布格麦①和中东芝麻酱。别忘了，当时还没有现在这么多健康食品店，所以这些东西在其他地方是买不到的。一般的超市也不会严格遵守宗教对食品处理的要求。

现在，每个人都很注重健康饮食。你在我们店里转转，大

---

①布格麦（bulgur wheat），一般由去壳的硬质干小麦碾碎制成。

家都在读包装上的标签。而且不仅仅是女人在看,男人和青少年也在看。据说全美国阅读量最大的场所,第一名是图书馆,第二名就是食品店。我深信不疑。你看大家拿起一罐果酱,一个罐头,或是一盒麦片,口中念念有词:"噢……内含318毫克的盐!还有11克脂肪和13克糖。"然后立即像丢下一块烫手的山芋般扔下那件东西,又拿起旁边的另一件,继续检视上面的成分表。谁说现在没人阅读了?这可真是个笑话。

其实我们也为健康饮食做出了一些贡献。你还记得从前在我们这样的店里,客人们总是把手直接伸进一个敞口的罐子里掏出一大把无花果或坚果或糖果吗?如今,如果你旁边的顾客看到你这么做,就会以迅雷不及掩耳之势猛打你的手。每个顾客都觉得自己是"健康警察"。他们是对的,那样做的确不卫生。我们店售卖的东西很适合地中海餐饮——可能是最健康的饮食了。橄榄油、鱼、坚果、巧克力。我们有32种橄榄,以及你能想到的几乎所有品种的干果,包括奇异果和梨。我们有12种杏仁,从白杏仁到肉桂烤杏仁都有。我们有来自六个不同国家的开心果,来自九个不同地区的枣,还有杏仁粉、藜麦、枸杞甚至奇亚籽。没有什么食材是我们没见过的。在中东,酸奶和以上这些食材一直都很流行。

我们依然是这附近唯一销售散装食材的店铺。但我们也与时俱进地改动了一下销售规则,因为服务每个客人实在是要花掉太多时间了。你来店里要买2磅鹰嘴豆。我称好了之后，贴上价签，正要交给你，你又改变了主意："看起来好像不够，能不能帮我再称1磅？"于是我要打开包装，给你装好3磅鹰嘴豆，再打好包，贴上新的价签。"啊，好像又有点多……查理，你能帮我减点吗？"如果是周六或是节假日，干这种事真的特别耗神。

人们总觉得土耳其人和黎巴嫩人日常应该就是膝头妥妥地摆一小杯咖啡，悠闲地坐着，但我可不是这样。我这辈子从没喝过一杯咖啡。真的，我从来不碰咖啡。顾客们总是问我："哪种咖啡风味最好？""哪种咖啡的味道最浓？"尽管我自己不喝，但我还是能很稳妥地描述出店里销售的一半咖啡的风味特点。怎么办到的？只要听顾客们聊天，我就无须品尝也能了解风味。但如果有人想知道我个人最喜欢的咖啡，我就会告诉他们实话："我只喝百事可乐。"就这样。

我觉得自己没必要为了卖东西而说谎。说谎需要很聪明才行，如果你跟每个人说的都不一样，怎么可能记得自己说过什么呢？"上次这位女士来店里的时候，我跟她说过什么来着？"如果你说实话，即使你的故事可能有一些偏离事实——这很正常，你不可能所有细节都记得一清二楚——但是偏差的范围还是可以接受的。我也是这么跟我的员工说的："如果你不确定明天能不能到货，就不要告诉客人说明天能到。他们明天要是又来了但是货没到,那该有多失望啊。"

我喜欢货比三家。我一般会去扎巴的店里看看货,我觉得他家很好地体现了"特产食品商店"或是"美食商店"的特点。我们都很感谢索尔·扎巴创造了一个在这一带前所未有的行业。我们也要谢谢克拉维塔公司(Colavita),是这群橄榄油业者在美国创造了"特级初榨橄榄油"的概念。1982年之前,纽约没有"特级初榨"橄榄油。只有纯橄榄油,还有其他一些油类和橄榄油混在一起制成的调和油——我也记不太清成分里有哪些油了。1982年,橄榄油的分类发生了改变,克拉维塔牌橄榄油面市了。现在,你在货架上看到的所有橄榄油都是特级初榨橄榄油。"特级初榨"意味着只经过初次压榨,并且酸度必须在一定范围内。其他经过化学工序处理的油则被称为"纯橄榄油"。如果你看油桶底部,还会看到"果渣油"这个词。"果渣油"是由橄榄核榨出来的油。我们对橄榄还真是榨得连渣都不剩下。榨果核的过程通常由化学提取器完成,会得到非常清透的一种油,几乎没有味道。为了让它具备味道和色泽,会加入5%—10%的初榨橄榄油。这样,油就有了一点颜色和味道,但这其实都是假的。我再次强调一下,我很注重诚实。橄榄油对身体很好,但如果你吃了这种化学榨取的玩意儿——那所有健康的元素就都被冲进下水道里了。我总是说,如果想省钱,你就买一件便宜的衣服,穿破了就扔掉。如果你要吃东西,尽量吃点好的，因为你的身体就靠吃的来滋养，如果总吃垃圾，那你的身体也会变成垃圾。

不过，亲爱的朋友们，我的身体是由巧克力和冰激凌构成的，而且还不是黑巧克力，因为当时没人告诉我黑巧克力有益健康。巧克力和冰激凌是我的动力，而且我也并不为此感到惭愧。我的身体状况很好。每次别人问我何时退休——最近这些问题出现的频次略高——我根本不予理会，就像弹开一只小虫一般轻蔑地忽视这些问题。我依然很喜欢我的工作和顾客。他们已经认识我这么多年了。有些顾客的年纪比我还大，虽然听上去很难以置信，但真的有。

我尽量不生气，但偶尔也会暴怒。有一次，一位顾客买了一包5磅重的开心果。当时大概卖5美元1磅。过了一周多，他拿着袋子回来了，里面还剩下1.25磅开心果："我想退货。"我说："是开心果有什么问题吗？"他说："我们不太喜欢。"我说："可以。"我把开心果放上秤，显示重量是1.25磅。我给他退了5美元。他说："我可是付了25美元呀！"我十分冷静地说："你买了5磅，只退回来1.25磅。你该不会是要告诉我说，吃了3.75磅之后，才觉得自己不喜欢这些开心果吧？你是以为多往下吃吃它们的味道就会变好吗？"他愤怒地瞪着我说："我再也不来你这儿买东西了！"我回道："你最好记住这句话！"

后记

纽约是一个活在当下的城市——有时候甚至活在时间的前面。在我进行这个项目的三年里,这个城市餐饮和食品行业变化的速度就像马拉松选手冲刺那么快。改变无处不在:餐厅在变,为我们提供食物的专业人士在变,客人也在变——想吃什么,去哪里吃,如何吃,正是这些问题驱动着改变不停地发生。

对创业者而言,数目惊人的餐厅正在纷纷关张。当然,餐厅倒闭是餐饮服务行业正常的新陈代谢。但为什么倒闭的这么多?为什么是在这个时间?有一个确定无疑的因素是纽约飞速发展的房地产业。萨米·阿纳斯塔西奥和路易莎·费尔南多表示,他们非常难过地得知自己挚爱的曼哈顿小馆和公园蓝餐厅都要被拆掉,建成高层公寓楼。纽约的地标之一联合广场咖啡馆已经在联合广场伫立了近三十年,如今也要因涨租而搬离旧址。城里到处都能看到橱窗上贴着"租约到期"的告示,而那些橱窗里曾经贴着诱人的菜单。

造成如此巨变的另一个原因非常简单，旧的不去，新的不来。今年夏天我们得知，2016年7月，四季酒店将从西拉格姆大厦迁出。四季酒店被认为是美国的第一家现代餐厅，自1959年起就栖身于这栋大厦。尽管时至今日，其扒房在午餐时段依然聚集着城中一众权贵，池畔餐厅也仍是纽约最尊贵优美的餐厅之一，但大厦业主依然决定引入里奇·托里西[1]和马利欧·卡伯恩[2]（这些年轻的名厨）来运营新的（生意更好的）餐厅。此举将会对古约·卡塔瓦南和"阿比"·乔卡这样的老厨师带来何种影响，大家都说不准。

但是新餐厅开业的脚步并未停止。捷琳娜·帕西克要在2016年春天开出哈林奶昔的第一家分店。唐伟生则在乌节路上开出了南华茶室的副牌——风土餐厅。夏姿搬去城郊之后，在新肉铺的边上开了一家汉堡店。多米尼克·安塞尔新开了自己的同名餐厅，菜单上赫然列着布拉塔奶酪冰激凌和迷迭香布朗尼（不是他们的招牌牛角甜甜圈）。艾德·舍恩菲尔德则把风味餐厅开在了一家洗衣店的旧址上。

路边摊当然不是什么新鲜事，不过形式变得更有趣、更多元化，也更亲民。海外特产和小吃随着大批移民一起来到了纽约，改变了纽约人的餐饮体验。纽约的人口逐渐分布到五个

---

[1] 里奇·托里西（Rich Torrisi），美国名厨，出生于1979年。
[2] 马利欧·卡伯恩（Mario Carbone），美国名厨，出生于1980年。

行政区,从前需要出国才能吃到的食物,如今在纽约就能尝到。纽约市各区域间融合的速度可以说是日新月异。只需要花几美元买上一张地铁票,你就可以去皇后区的杰克逊高地,从成群的餐车和小摊上尽情品尝来自哥伦比亚和泰国的小吃。布朗克斯 D 线地铁则能带你去领略加纳、牙买加、波多黎各和尼日利亚的风味。在布鲁克林著名的红钩球场(Red Hook Ball Fields),数不胜数的拉美摊贩正在热情地兜售奶酪猪肉玉米饼、酸柠檬汁腌鱼、山羊肉玉米饼和烤墨西哥甜玉米(蘸着蛋黄酱和辣椒粉吃的烤玉米)。

美食广场也正在兴起。2010 年,马利欧·巴塔利和乔·巴斯蒂亚尼奇(Joe Bastianich)开了一家高端意大利菜美食广场伊塔利(Eataly)。它占地近 5400 平方米,包括餐厅、食品及烹饪用品的商店和公共用餐区域。伊塔利大获成功,这种业态迅速被复制——并且都相当成功:时代广场的"城市厨房",炮台公园的法国美食区,切尔西的甘斯沃特市场(Gansevoort Market),还有位于地狱厨房(克林顿区)的哥谭西美食集市(Gotham West Market)。美食广场的热潮一时无两,遍地开花,让人担心曼哈顿已经没有空地能容下安东尼·波登即将开业的同名美食广场了。但地方肯定还是有的,而且新店很快又要开起来了。

纽约人对新鲜事物抱有莫大的热情——他们必须亲临现场,

而且必须让人知道他们去过。那么我们要如何得知城中最热门的地方都在哪儿呢？无须等待《纽约时报》周三的餐厅评论。城中的消费狂热分子只需打开电脑或手机：Yelp 让我们每个人都成了能给餐厅评星的食评家，Instagram 把我们变成了美食摄影家，Facebook 则让我们变成了附近街区的向导。这一切都是实时发生的。将生活点滴分享给朋友们和陌生人不仅有趣，还很有用——但是你首先要对事实有所认知，不能盲目相信自己看到的分享。如果你不相信我说的话，我建议你重读一遍勒万面包房那一节，看看老板是怎么说 TripAdvisor 的。

当然，总有些东西是恒久不变的。纽约是个从早吃到晚的城市，对那些不知疲倦的餐饮从业者来说，并没有白天和夜晚之分。在南布朗克斯的晚上八点半，萨姆·索拉兹停好车，抓起他的白外套，开始在"百事通肉类供应公司"的十八小时工作日；凌晨三点半，珊迪·英格伯正在富尔顿鱼市为中央车站蚝吧挑选当日海鲜；凌晨三点，汤姆猫烘焙坊的卡门·梅伦德斯系上围裙，正要往案板上撒面粉；早上八点，宝莱特·约翰逊正穿过黑森街大桥前往赖克斯岛，而乔纳森·帕里拉则刚刚离开卡菲特拉准备回家睡觉。

我对这些人始终深感敬佩，敬佩他们的坚持、决心和热情。每到采访终了，我关上录音机，心里却还萦绕着他们的话语。我坐在电脑前敲着这些字时，也总是想起他们，不知他们未来将去往何方。我会想,麦可·博克的女儿有一天会成为德尼诺比萨店的第四代传人吗?八十五岁的西尔维亚·温斯托克会不会退休呢?约翰·格雷利会否真的去海边开一家滑板店?大卫·麦昆最终是否能够接受自己是一位雕塑家兼服务员呢?

我想,未来他们当中有很多人应该还在此刻的岗位上。但是行业新人和新趋势也如滚滚大潮涌来。可能最简单的肉和土豆会成为新潮的健康食品,以色列阿拉伯食品会引领混搭美食风潮,豪华的法国餐厅将卷土重来,而给小费的习惯或许会成为历史。希望老天保佑,列尼·博克届时还能在扎巴商店切熏鱼。

希望如此。

让我们拭目以待。

厨房团队编制

1903年,为了使厨房的职能更成体系,使高端餐厅的厨房工作更有秩序,法国厨师奥古斯特·埃斯科菲尔推出了厨房团队编制。整个体系效仿了军队的等级制度,采用了严格的指挥系统,每个厨房岗位都有一个工作台和一套明确的责任。每个岗位都直接向上级汇报。接下来就为大家列出这一套指挥体系和每个厨房岗位具体的职责。为了能更清楚地解释这些定义,我有时会用到"他"这个男性人称代词。但众所周知,越来越多的女性已经在厨房的各个岗位上发光发热,她们是无处不在的。

厨房编制

行政主厨(executive chef) 有时直接被称为"主厨"。在大餐厅或是餐厅的指挥系统中,他们主要的职能不是负责烹饪,而是负责运营厨房事务,安排菜单,招聘和解雇员工,研发新菜，以及采购食材。主厨也有可能会监督服务。

厨师长（chef de cuisine） 又被称为"烹饪厨师"，或是"亲自下厨的厨师"。如果一个人或一个集团同时拥有几家餐厅，那么厨师长就会负责其中某个餐厅的日常烹饪工作。如果只有一个餐厅的话，厨师长的职能和行政主厨是可以替换的。并且厨师长通常是会亲自下厨的。

副主厨（sous chef） 行政主厨或厨师长的副手。日常职责包括安排时间表，监督流水线厨师每天出品菜肴，帮助订购食材和管理库存。必要的时候，他也会兼任主厨或任何一位流水线厨师的工作。

厨师主管或工作台厨师（chef de partie / station chef） 如果某一个具体的工作台有超过一名厨师的话，他就是该工作台的负责人。

甜品厨师（pâtissier / pastry chef） 负责所有烘焙制品、糕点和甜品，可能是独自工作，也可能有一个甜品团队。

工作台（部门）/ 流水线厨师

每个流水线厨师都归属于专门的部门，负责该部门的菜品筹备。因为餐厅规模不同，有些部门会被合并，有些部门在某些餐厅里根本不存在。在编制系统里，流水线上的部门是有级别之分的，从高到低依次为：

酱厨（saucier / sauté cook） 负责调制酱汁，为肉类菜肴制作酱汁和高汤。这是流水线上要求最高的岗位，因为酱厨在餐厅营业期间通常要同时照看十个锅，因此这个岗位也是流水线上地位最高的。

炙烤厨（grillardin / grill chef） 向酱厨汇报工作。他负责所有炙烤类的菜品。

烘烤厨（rôtisseur / roast cook） 与炙烤厨同级。在小餐厅里这两个岗位可能合二为一。

炸厨（friturier） 负责煎炸类食物。这个岗位在某些情况下也会与烤厨合并。

鱼厨（poissonier / fish cook） 负责所有鱼类和海鲜菜肴的准备工作，从拌炒到水煮。

热餐厨（hot apps） 负责菜单上所有热的开胃菜。

蔬菜厨（entremetier / vegetable cook） 负责热的蔬菜、汤、面和其他淀粉类食物以及装饰菜，基本上负责主菜盘中所有的配菜。

冷餐厨（garde-manger / pantry chef） 负责所有冷食的准备，包括冷的开胃菜和沙拉，调料和肉糜。对大多数厨师来说，不管他们之前的烹饪经验有多丰富，刚到一家餐厅工作时都要从这个岗位做起。

流动厨师（tournant） 有丰富的经验，能够随时应付任何一个部门的工作。

助理厨师（commis） 学徒或是初级厨师,被安排在特定部门工作,直接向该部门的主管厨师汇报工作。

(公社的)社员（communard） 负责准备每天的员工餐。

术语表

Aging 熟成。将牛肉挂在控温环境下约三十天,在这段时间中,肉里的自然酶会开始分解,令肉的质感更好,风味更浓厚。

Amuse‑bouche 餐前小吃,法语里"让嘴开心一下"的意思。一般是主厨选好的一口大小的开胃菜——比如一小杯汤或是一块上面有馅料的开胃饼干——作为正餐开始之前赠送给客人的小礼物。

Back waiter 传菜员,他连接着用餐区域与厨房,负责从领班处获取客人点菜的订单,监督厨房的订单制作进度,当客人准备好用下一道菜时通知厨房备餐。

Bain‑marie 隔水炖锅,一口盛满热水的平底锅,里面放着若干小小的容器。在烹饪期间可以用来对比较精巧脆弱的食物进行保温,比如蛋奶沙司。

Bastads 厨房工作人员常穿的瑞典木屐。

BOH（Back of the house） 可以指：（1）餐厅厨房里用于烹饪的地方；（2）厨房工作人员，包括主厨、厨师和洗碗工。

Busboy 服务员，在前厅服务的员工，职责包括将托盘送进后厨，给客人添水，送上面包，清理餐桌并在下一位客人来之前布置好餐桌。

Captain 领班，负责用餐区域的若干餐桌。领班要与客人沟通，介绍并解释菜单，负责点菜，确保自己负责范围内的每张餐桌都获得应有的服务。

Chef de cuisine 厨师长，参见厨房团队编制。

Chef de partie 厨师主管，参见厨房团队编制。

Combi 一种多功能的炉子，既能蒸也能烤，使用者能控制烹饪容器内空气的湿度。

Commis 助理厨师，参见厨房团队编制。

Comp 赠送客人某物或是由账单中去除某道菜的费用。

Cover 指用餐区域的一位客人。

Drop the check 将账单递给客人。

Dupe 服务员交给厨房的点单纸条，厨师将据此准备菜品。

Eighty-six 86，因为厨房已没有存货，故将某道菜从菜单上去除。采购员可以从"86清单"上获知厨房需要补充哪些货品。

Expediter 稽查员，负责控制厨房运作的人，有时候就是主厨本人。他一般站在流水线上厨房与用餐区域的交界处（走廊的末端），负责接收用餐区进来的订单，分配给厨师，并且在菜品送出去给客人之前做最后的检查。

Extern　实习生，指在厨房里工作却并非正式员工的人，不一定带薪工作。

Family meal　工作餐或家庭餐，通常像家里吃饭一样。所有的员工在餐厅营业前或是打烊后一起吃饭。

Fire!　开火！稽查员向流水线厨师发出指令，让大家一起开始做客人点的某道菜。这样，某张餐桌上所有客人点的这道菜都会在同一时间做好。

FOH（Front of the house）　与BOH相对，指用餐区域。也可以指代该区域的员工。

Front waiter　前厅服务员，该岗位的职责因餐厅规模大小而有所不同，但主要包括布置餐桌，点餐，上菜，添加酒水，以及在每道菜吃完之后清理餐桌。

Garde‑manger　冷餐厨，参见厨房团队编制。

Grillardin　炙烤厨，参见厨房团队编制。

Gueridon　银色的滚轮小推车，在高档餐厅里常被推到桌边用来向客人展示如何切烤肉或剔鱼。

Halal　清真，按照伊斯兰教的律法来处理及烹饪的肉类。

Hood　排烟机，通常安在高温烹饪设备上方，用于抽走厨房里的热气、蒸汽和油烟。

In the shit. 比 in the weeds（见下条）更进一步，用来形容订单多到流水线厨师已经忙不过来，正在疯狂地做菜和装盘。

In the weeds. 用来形容流水线厨师忙得赶不上进度，绝望地望着厨房里的东西越堆越多却又没有退路，只能硬着头皮继续做下去。

Kashering the kitchen 厨房洁食化，通过符合犹太教规的卫生清洁程序，将一个不符合犹太教规的厨房变成符合犹太教规的厨房。

Kosher 洁食，符合犹太教规的食物。

Line 流水线，专业厨房里进行备餐和烹饪的地方。

Line cook 流水线厨师，参见厨房团队编制。

Lowboy 摆在柜台下方的冰箱。

Maître d' 餐厅领班，在服务过程中负责统筹和监督用餐区域的员工，协助预订员工作，迎接客人，给客人安排座位。

Michelin Guide 米其林指南，来自法国的酒店和餐厅指南，对世界各地的餐厅进行评论和评星，从 0—3 星不等。米其林之星是餐厅最向往的荣誉。

Mise en place 法语"一切就位"的意思。指餐前准备，厨师当晚所需的所有原材料和配料，通常在开始营业前就已准备就绪。

Molecular cuisine　分子料理，一种现代烹饪方式，通过例如速冻之类的处理来减少食物中的某种成分，从而使食物变成另一种可食用的形态，比如透明的意面、粉末状的鱼子酱；或是被解构的甜品，比如柠果泡沫或点状的咸焦糖。

Omakase　出自日语"お任せ"，指"我相信主厨"。是一种日料餐厅常见的服务方式，由主厨决定当天上什么菜。菜单通常取决于当日能买到什么新鲜食材。

Ordering!　接单！稽查员对流水线厨师发出的指令，要求他们开始为已经下单的菜进行备菜。

Pass　厨房里一个平滑的金属桌面，厨师们可以在上面把食物传给主厨装盘，主厨会在此检查菜品，然后再交给服务人员送往用餐区。

Pâtissier　甜品厨师，参见厨房团队编制。

Plate　装盘，将做好的菜盛进盘里。

Poissonier　鱼厨，参见厨房团队编制。

Prep　在烹饪一道菜之前已经完成的准备工作。

Proofing　发面的过程。酵母充分活跃，面团渐渐膨胀起来。这个工序需要在面团成型和开始烘焙之前完成。

Protein　对富含蛋白质的菜品的统称，比如肉类、鱼类、禽类，一般都是主菜。

PS ticket　某些餐厅会在点菜订单上标注字母，以示这是某位常客或重要客人点的菜。

Rôtisseur　烘烤厨,参见厨房团队编制。

Runner　跑堂,负责将菜品从厨房送往用餐区域。与传菜员职能可替换。

Salamander　一种用于炙烤的烹饪设备。

Saucier / sauté cook　酱厨,参见厨房团队编制。

Sauté　在平底锅中快速翻炒。

Server　男/女服务员的统称术语。

Service　为客人准备餐点并为其服务。

Shokunin　日语"職人",技艺超群的手艺人,本书指做寿司的人。

Slammed　忙得不可开交,并且几乎肯定是赶不上进度了。和"in the weeds"意思类似。

Sommelier　侍酒师,负责推荐酒及提供酒水的相关服务。

Sous chef　副主厨,参见厨房团队编制。

Stage　法语,发音为 staah-je。意为延长的试工。某位流水线厨师完成试工之后,如果主厨觉得他还不错,他就会被安排进行"延长试工",时间从几天到一两个月不等。对准厨师来说这是一个学习的过程,对厨房来说则是多了一个免费劳动力。

Stagiere　在延长试工期内的人。

Station　由某一位服务员服务的几张桌子,或者是指厨房里厨师在准备食物时站立的地方。

Tasting　试菜，应聘主厨者通常会被要求准备一套菜单，并亲自烹饪一系列菜肴，以展示其能力；也指行政主厨和厨房团队在推出新菜之前进行的试吃。

Top　聚会中客人的数量，或者是餐桌能坐下的客人的数量。比方说，"an eight-top"意为一场8人宴会，或是一桌8个客人。

Tournant　流动厨师，参见厨房团队编制。

Trail　追踪观察，来应征厨师工作的人在被主厨面试过后，会被安排在厨房试工一天。主厨和其他员工能够观察他的工作能力和专业知识的掌握情况。

Turn a table　翻台，送走一桌吃完饭的客人，迎来一桌新客人。

Two - second rule　两秒钟原则。当食物（比如半只烤鸭）掉到地上之后，只要在两秒内捡起来放回锅里或者盘子里，就还是没问题的。（肇事者如果走运的话，就没人会看见。但在繁忙的厨房里，大家就算看见了，一般也当作没看见。）

Walk - in　冷冻室或冷藏室，用来贮存易腐烂的食物，另外，那些过度兴奋，过度劳累，并且／或是过分紧张的厨房员工，也可以偶尔躲在里面喘口气。

Working　正在烹饪中的食物。

致谢

经验告诉我,靠一己之力是写不完一本书的。但当开始写这本书时,我完全没想到会有这么多人来帮助我。我对每个曾为这本书的写作提供过帮助的人都深怀感激。

首先我要格外感谢我的编辑——精明、犀利、乐观向上的凯莉·柯伦(Kerri Kolen)。她从一开始就全心投入这个项目,随着项目的推进,她的热情有增无减。凯莉给了我客观而出色的指点,对细节极度关注(她写了成篇的注解)。本书能由她来负责,我深感幸运。此外,我始终对我的经纪人金·威瑟斯庞(Kim Witherspoon)怀着深深的感激。在我的整个职业生涯里,她一直都冷静而睿智地陪伴着我。还要感谢她的助理莫妮卡·伍兹(Monika Woods),以及撰书初期就很支持我的艾莉森·亨特(Allison Hunter)。

每本书都是对未知领域的探索,本书也不例外。我的美食导师苏珊·斯奎尔(Susan Squire)是一位出色的作者及编辑,她勇敢（而幽默）地揭秘了城中许多美食内幕。非常感谢她。马歇尔·希斯罗维茨（Marcel Sislowitz）对纽约的贡献不亚于伍迪·艾伦。从严格意义上说，他既是历史学家，又是观光导游。他兴致勃勃地带我见识了许多我闻所未闻的事。在整个研究过程中，他始终坚定地支持和鼓励我。在此特别向他致以诚挚的谢意。

感谢企鹅布特南出版公司和兰登书屋兢兢业业的制作团队。作为作者，能跟你们合作是最幸福的事。感谢优秀的设计团队为这本书带来了精美的装帧，他们是设计总监克莱尔·瓦卡洛（Claire Vaccaro）和格雷琴·阿奇利斯（Gretchen Achilles）。还要感谢瑞塔·卡罗尔（Rita Carroll）为本书的每个章节都安排了精巧的图画。本书充满想象力的外封则归功于艺术总监莫妮卡·贝纳卡扎尔（Monica Benalcazar）和插画师乔什·柯克伦（Josh Cochran）。这本书的顺利出版离不开宣传总监阿历克斯·威尔比（Alexis Welby），凯蒂·格林奇（Katie Grinch）和阿什利·休伊特（Ashley Hewlett）。还要感谢市场总监阿什利·麦克莱（Ashle McClay）毫无保留地告诉我宣传平台的重要性，教会我如何在社交媒体上展示一本书。感谢我们的出版律师凯伦·梅尔（Karen Mayer），让我成为一名正直坦荡的作家；感谢编辑助理爱丽丝·霍法克尔（Alise Hofacre）一直能在我最需要时施以援手。以前我从没想过一位好的文字编辑是多么宝贵，直到我意识到自己可能犯了很多明显的错误。两位出色的文字编辑多利安·哈斯汀（Dorian Hastings）和玛丽·费纳摩尔（Marie Finamore）一直守护着我，他们总是温柔地指出我行文中的错误，以免未来付印后发生更大的尴尬。比如说我曾经写道"约翰·华莱士是纽约尼克斯队的中锋"，事实上每个纽约人都知道他是前锋。

我永远都会对我的挚友艾伦·斯坦（Ellen Stern）深怀感激。奇思妙想的她以寥寥数笔就帮我将未成形的粗略想法塑造成可行的方案。我还特别感谢我儿子史蒂芬·雅洛夫（Stephen Yalof）。他的作用就像个"创意篮板"。我在本书的策划和撰写过程中，不停地与他交流我的想法，而他总是能反馈给我更好的结果。好在我是他的长辈，如果和他身为同辈可真是望尘莫及。

谢尔顿·扎普尼克（Sheldon Czapnick）、理查德·德鲁贝尔（Richard Drubel）、罗兹·西格尔（Roz Siegel）、苏兹·雅洛夫·施瓦茨（Suze Yalof Schwartz）和莱斯利·坦泽（Leslie Tenzer）是本书最早的读者。感谢你们对本书所提出的宝贵意见。戴比·阿奎（Debby Aqua）帮忙把我采访磁带里的大量内容仔仔细细地誊写下来。还有许多人在本书的撰写过程中带给我巨大的感动，他们都是美食的狂热爱好者，他们花了大量宝贵的时间和精力帮助我了解纽约的美食文化：

路易斯·巴度奇（Louis Balducci）、詹姆斯·拜能（James Bynum）、米格尔·卡斯特罗（Miguel Castillo）、奇斯·科恩（Keith Cohen）、艾瑞克·弗里德曼（Eric Friedman）、雷蒙德·古阿德鲁珀（Raymond Guadalupe）、尼克·卡珀罗尼斯（Nick Kapelonis）、韦恩·拉玛斯（Wayne Lammers）、玛丽贝尔·利伯曼（Maribel Lieberman）、马克·梅纳德－帕里斯（Mark Maynard-Parisi）、麦克·摩根斯坦（Mike Morgenstern）、克雷特·彼得斯（Collette Peters）、亚历山大·佩卓森（Alexander Petrossian）、莎拉·鲍尔斯（Sarah Powers）、詹姆斯·拉斯、赫伯·罗斯、阿莫德·谢里夫（Ahmed Sherif）、罗伯特·谢尔斯（Robert Shields）、马克·斯特劳斯曼（Mark Strausman）、劳伦·泰勒尔（Lauren Tyrell）、芭芭拉·尤里阿特（Barbara Uriarte）、阿历克斯·冯·彼得（Alex von Bidder）、索尔·扎巴和罗拉·扎鲁宾（Lora Zarubin）。

最后，我想郑重感谢本书所有篇章的受访者。感谢你们向我这样一个陌生人敞开心扉。唯有通过你们生动的描述，旁观者们才能观察并真正了解纽约这个激动人心又无比苛刻的美食城市。我永远感谢你们，希望你们知道，如果没有你们的分享，本书无疑只是一潭死水。是你们成就了这本书。